홍천 7
백준 新무협 판타지 소설

초판 1쇄 찍은 날 § 2010년 2월 26일
초판 1쇄 펴낸 날 § 2010년 3월 5일

지은이 § 백준
펴낸이 § 서경석

편집장 § 문혜영
편집 § 주소영

펴낸곳 § 도서출판 청어람
등록번호 § 제1081-1-89호
등록일자 § 1999. 5. 31
어람번호 § 제2-1897호

주소 § 경기도 부천시 원미구 심곡2동 163-2 서경B/D 3F (우) 420-822
전화 § 032-656-4452 팩스 § 032-656-4453
http://www.chungeoram.com
E-mail § chungeoram@chollian.net

ⓒ 백준, 2009

ISBN 978-89-251-2103-1 04810
ISBN 978-89-251-1706-5 (세트)

※ 파본은 구입하신 서점에서 교환하여 드립니다.
※ 저자와 협의하여 인지를 붙이지 않습니다.
※ 이 책은 도서출판 청어람과 저작자의 계약에 의해 출판된 것이므로,
  무단 전재 및 유포 · 공유를 금합니다.

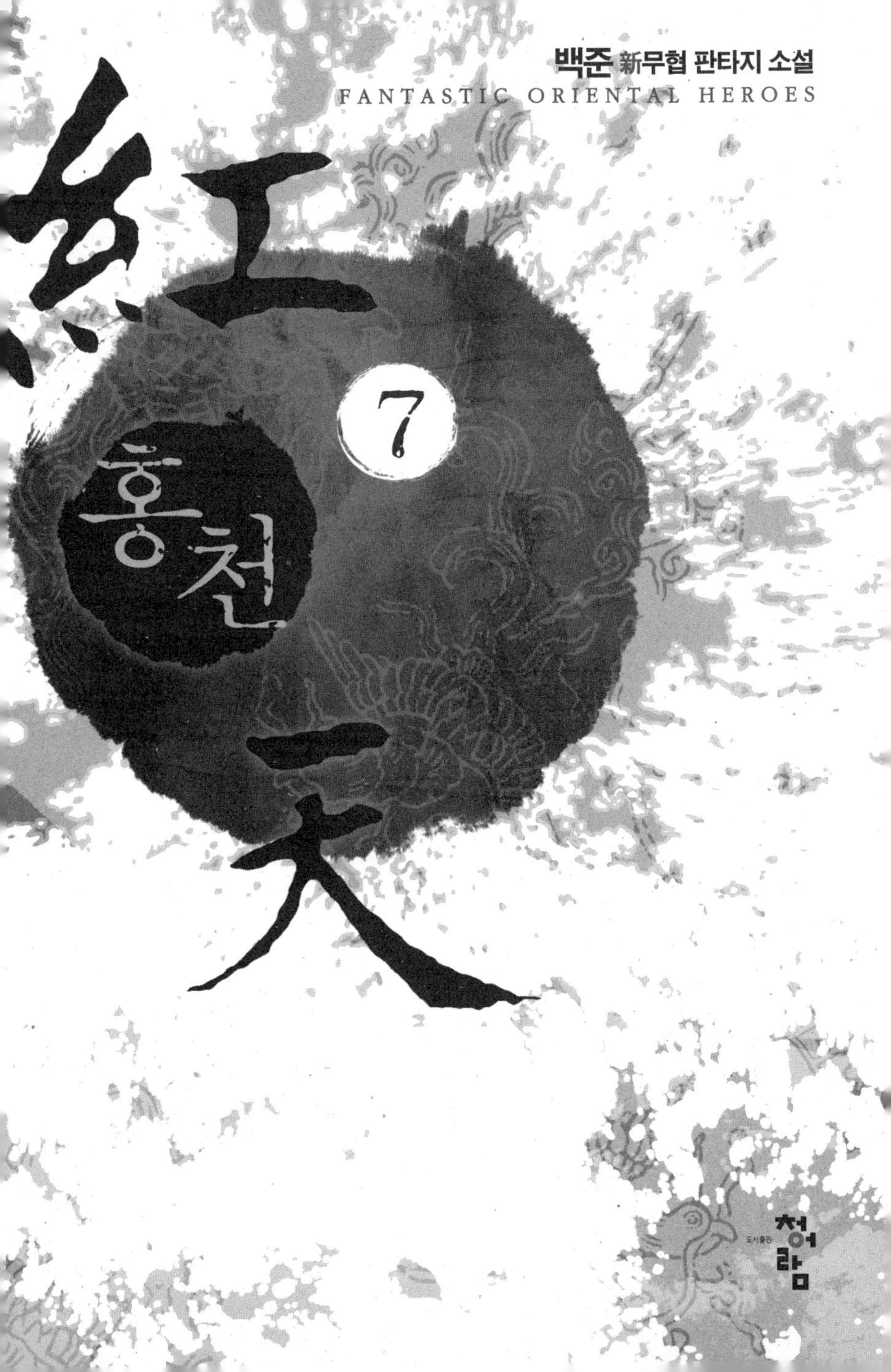
백준 新무협 판타지 소설
FANTASTIC ORIENTAL HEROES
紅天
7
홍천
도서출판 청어람

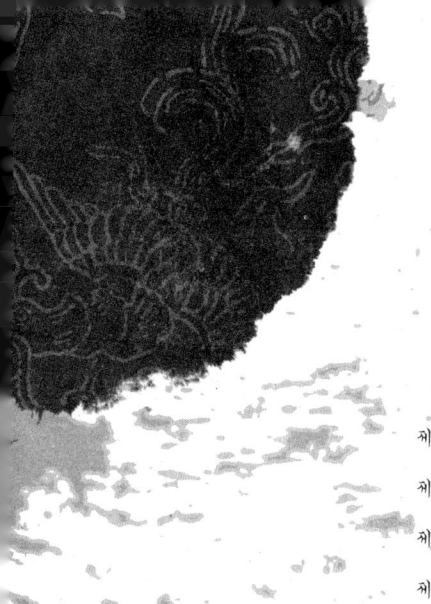

目次

제1장	자존심은 버려두고	7
제2장	다시 만난 인연	49
제3장	거짓된 얼굴	95
제4장	재회	145
제5장	먹다 뱉은 음식	175
제6장	밥값은 해야지	209
제7장	나도 모르게 움직인다	241
제8장	검을 든 손님	277

第一章

자존심은 버려두고

자존심은 버려두고

    살면서 가장 문제가 되는 감정 중 하나가 있다면 아마 그건 자존심일 것이다. 자존심이 없는 사람 없고 그로 인해 원한은 생겨났다. 강호인에게 있어서 자존심만큼 커다랗게 가슴을 잡아먹고 있는 감정이란 게 있을까?
    하나 있다면 그건 사랑일지 모른다. 하지만 사랑이란 감정과 자존심은 엄연히 다른 존재였고 서로 다른 영역에서 최고의 자리를 차지하고 있었다. 하지만 가끔은 그렇지 않은 사람들도 존재했다. 자존심보다는 실리를 추구하고 삶을 좀 더 영리하게 사는 사람들이 더러 존재했다. 물론 한 치 앞을 볼 수 없는 강호에서 그렇게 사는 것도 나쁘지는 않을 것이다.

하지만 멀리 보고 가는 사람에겐 자존심이 무엇보다 중요했다.

사박! 사박!
풀밭을 걷는 발걸음 소리는 깃털처럼 가벼웠고 얼굴에 피어난 미소는 자신감에 충만해 있었다. 눈빛은 가벼우면서도 마치 맑은 냇물처럼 투명하게 반짝이고 있었다. 넓은 공터로 걸어나온 청년은 헝클어진 머리의 청년을 향해 가볍게 포권했다.
"또 봅니다."
괴홍랑은 눈살을 찌푸리며 오 장 앞에 선 운소명을 아래위로 살폈다. 자신에게 건포를 건네준 청년이란 사실에 조금 놀라고 있었으나 표정의 변화는 없었다.
"소형제를 이런 곳에서 보게 될 줄은 몰랐는데? 소형제의 목적도 저 계집인가?"
괴홍랑은 한쪽에 물러서 있는 네 명의 여자를 눈짓으로 가리키며 물었다. 자신을 제외하고도 다른 사람들이 곡비연을 제거하기 위해 왔을지도 모른다고 생각했기 때문이다.
"예. 저도 저분들 때문에 이곳에 왔습니다."
운소명의 대답에 괴홍랑은 눈을 반짝이기 시작했다. 자신과 목적이 같았기 때문이다. 문제는 적이냐 아군이냐였다. 괴홍랑은 전에 봤을 때 청년에게서 무림맹과 관계는 없지만 중원에서 활동한다고 들었었다. 그 점을 상기하며 말했다.

"설마하니 백화성은 아닐 테고⋯⋯."

"제가 백화성이 아니라는 것을 어찌 아십니까?"

"백화성에서 설마 소형제 한 명을 보냈을까? 그것도 원주급 인사에게⋯ 무엇보다 다음 성주의 후보가 아니던가?"

"무림맹은 아니라고 생각하시나 봅니다."

괴홍랑의 대답에 운소명은 빠르게 되물었다. 그러자 괴홍랑이 다시 말했다.

"무림맹 소속이었다면 내가 목적이었겠지. 안 그런가? 무림맹에서 설마 백화성의 원주를 대놓고 노리겠나? 살수를 쓰지 않는 이상⋯⋯."

괴홍랑의 말에 운소명은 입가에 미소를 그렸다.

"살수일지도 모르지요."

"살수의 무공은 자네처럼 맑은 빛을 안 띠네."

괴홍랑의 대답에 운소명은 살짝 기도를 강하게 만들어 주변에 뿌렸다. 산들바람이 일어나 공터를 맴돌다 괴홍랑의 주변에서 사라졌다. 작은 풀잎 하나가 운소명의 주변에서 날아올라 괴홍랑에게 향하다 그의 일 장 앞에서 마치 안 보이는 벽에 막힌 것처럼 가라앉았다. 그 모습을 둘은 눈에 담았다.

"목적은 같은데⋯ 의도는 다른 것 같군. 맞나?"

"제 친구들입니다."

운소명의 대답에 괴홍랑은 눈살을 찌푸리며 고개를 저었

다. 그러다 짧게 숨을 내쉬며 다시 말했다.

"잘되는 것 같더니… 역시 되는 게 하나도 없다니까."

"이 정도면 충분히 쉬신 것 같은데… 결정해야지요, 선배. 싸울지… 아니면 그만둘지……."

스릉!

운소명은 한 발 나서며 도를 살짝 도집에서 꺼내 들었다. 그 행동에 담긴 의미를 괴홍랑이 모를 리 없었다. 그리고 운소명은 괴홍랑에게 약간의 시간을 주어 그의 내력이 회복되기를 기다려 주었다. 전 같으면 그런 것도 없이 바로 암습했을 것이다.

하지만 지금은 살수가 아니었고 홍천에 소속된 무사도 아니었으며, 명령에 의해 움직이는 게 아니었다. 오직 자기 스스로가 모든 걸 결정했고 행동에 옮기고 있었다. 무인이 되고자 한 것이다.

"조금만 시간을 더 주지 그러나? 이왕 주는 거. 하하!"

가볍게 웃으며 괴홍랑은 어깨를 풀기 시작했다. 그 모습에 운소명은 다시 말했다.

"괜찮겠습니까? 여기서 백 리 정도 떨어진 곳에 무림맹의 특무단과 그 유명한 장 소저도 있던데… 거기다 소림뿐만 아니라 화산과 무당까지 있더군요. 아! 모용세가와 해남파도 본 것 같습니다. 물론 조금 거리가 떨어져 있는데… 그들이 그러더군요, 마불을 잡아 죽이겠다고."

"후후! 하하하하!"

괴홍랑이 그 말에 큰 소리로 웃었다. 하지만 웃음에 내력을 담지는 않았다. 백 리의 먼 거리라 해도 이처럼 숲이 울창한 곳이라면 메아리가 되어 울릴 게 뻔하였기 때문이다. 거기다 무림맹의 특무단이 나섰다는 것은 밀영대가 움직이고 있다는 뜻이었다. 그 점을 알고 있는 괴홍랑이었다.

"그래서 포기하라는 건가?"

"그렇지요. 저희가 싸워봤자 서로 이득될 게 있습니까? 무림의 군웅이 몰려들게 만들 뿐이지요. 물론 저도 그들이 들으라고 큰 소리가 나는 무공을 펼칠 생각입니다. 소란스럽게."

그 말에 괴홍랑은 싸늘한 시선으로 운소명을 쳐다보았다. 그때였다, 운소명의 눈앞으로 두 개의 주먹이 나타났다.

"무영권!"

무영권에 놀란 운소명의 왼손이 재빠르게 허공을 날아 마치 날아드는 무언가를 휘감아 잡듯 반원을 그리며 두 개의 주먹 그림자를 잡아챘다.

파팍!

유형의 주먹을 쳐낸 운소명은 흩어지는 공기의 파장 사이로 어느새 일 장이나 접근한 괴홍랑이 낮은 자세로 주먹을 날리고 있는 모습을 보자 혈정마장을 극성으로 끌어올리며 앞을 막았다.

쾅!

붉게 변한 운소명의 좌장이 날아드는 괴홍랑의 주먹을 막자 강렬한 폭음과 함께 사방으로 날카로운 바람이 흩어져 갔다. 하지만 운소명은 한 발자국도 움직이지 않은 채 흩어지는 공기 사이로 반보 물러선 괴홍랑을 노려보고 있었다. 그의 눈은 여전히 괴홍랑을 향하고 있었으며 그의 행동을 주시하고 있었다.

반보 물러선 괴홍랑은 안색을 찌푸리며 운소명을 노려보았다. 자신의 무영권을 쉽게 막았기 때문이다. 또한 운소명의 오른손은 도를 반쯤 뽑은 상태였다. 마음먹었으면 막는 것과 동시에 허리를 향해 도기를 펼칠 수 있었을 것이다. 무엇보다 붉은 장영이 마음에 걸렸다.

"혈정마장."

낮게 중얼거린 괴홍랑은 인상을 찌푸렸다. 자신의 무영권을 알아봤다는 것이 조금 놀랍다고 생각했다.

"백화성이었군?"

"그게 지금 무슨 상관이오? 지금처럼 싸운다면 분명 사람들이 올 터인데. 그럼 둘 다 손해가 아니오?"

운소명은 확실한 제의를 하고 있었다.

"내가 그런 개미 같은 놈들에게 신경 쓸 거라 생각하나?"

"개미에게도 많이 물리면 아픕니다. 그 개미 중 한 명은 개미로 치부되기엔 좀 크지 않을까요? 꽤 클 것 같은데… 장 소저라고……."

운소명의 말에 괴홍랑은 목을 풀기 시작했다. 그리곤 발목을 풀며 주먹을 쥐었다 펴기를 반복했다. 다시 한 번 운소명과 손을 겨루고 싶었기 때문이다.

'사 할은 되찾은 것 같은데……'

괴홍랑은 머릿속으로 계산을 하기 시작했다. 본래 계산하는 성격은 아니었으나 목숨이 달린 일이라면 해야 했다. 물론 계산을 안 할 때가 더 많지만 지금 같은 경우엔 사정이 달랐다.

슥!

슬쩍 시선을 돌려 우측에 앉아 운기 중인 손수수를 쳐다보았다. 손수수의 내력도 어느 정도 회복되어 가는 듯 혈색이 돌아오고 있었다. 운소명과 싸우다 보면 분명 손수수가 일어날 것이고 그때가 되면 두 명의 공격을 받아야 했다. 이들은 죽기 살기로 자신을 죽이려 들 것이고 곡비연을 지키려 할 것이다.

번쩍!

그때 눈을 뜬 손수수의 안광에서 번갯불이 번쩍이듯 나타났다 사라졌다. 곧 그녀는 자리에서 일어나 강한 살기와 함께 검을 늘어뜨렸다. 생각보다 빠른 회복이었고 그녀는 적어도 오 할 이상 회복된 것처럼 보였다.

그제야 괴홍랑은 운소명의 계략에 빠진 것을 깨달았다. 운소명은 자신에게 내력을 회복할 시간을 주기 위해 대화를 유도한 게 아니라 손수수를 회복시키기 위해 시간을 끌고 있었다. 그 점을 알게 되자 절로 자존심이 상하는 기분이 들었다.

새파란 애송이의 계략에 빠져 당황하게 되자 생기는 감정이었다. 지금까지 후기지수 중에 자신을 곤란하게 만들 사람이 있다고 생각한 적은 단 한 번도 없었다.

"어찌할 생각이십니까? 피하실 겁니까? 아니면……."

슥!

운소명이 한 걸음 나서며 도의 손잡이를 강하게 잡았다. 그러자 삽시간에 훈풍 같은 기도가 차가운 살기로 변해 괴홍랑을 찌르기 시작했다. 그 모습에 괴홍랑은 절로 입가에 미소를 그렸다. 그것은 싸움에 대한 본능적인 미소였다.

"운소명이라고?"

"그렇습니다, 선배."

"기억해 두지. 말만큼 무공 실력이 좋은지 꼭 확인해 볼 생각이니까."

"그러십시오."

운소명이 도를 다시 도집에 넣으며 포권하자 괴홍랑은 잠시 곡비연을 쳐다보다 곧 빠르게 사라져 갔다.

그의 모습이 완전히 숲 속으로 사라지자 운소명은 빠르게 신형을 돌려 손수수를 쳐다보았다. 그 순간 운소명의 눈앞에 손수수의 그림자가 아른거리고 있는 것이 보였다.

"어?"

슥!

허점을 노린 것일까? 손수수의 검이 어느새 운소명의 어깨에 놓여 목을 겨누고 있었으며, 반보 앞엔 차가운 눈빛의 손수수가 운소명을 노려보고 있었다. 운소명은 자신의 마음을 찌르는 것 같은 손수수의 모습에 안색을 바꾸며 눈을 동그랗게 떴다.

"왜?"

운소명은 손수수가 반갑게 맞아줄 거라 생각했는데 예상과 달리 행동하자 깜짝 놀랄 수밖에 없었다.

"내가 조금만 움직여도 목이 잘리는 사실에 대해서 부인하지는 않겠지?"

스르륵!

검날에서 희뿌연 유형의 검기가 피어나자 운소명은 곧 눈살을 찌푸리며 말했다.

"장난은 적당히 해둬."

운소명의 말에 손수수는 차가운 목소리로 물었다.

"왜 이렇게 늦었지?"

손수수의 물음에 운소명은 자신에게 크게 화나 있다고 여겼는데, 늦은 것 때문에 그런 것임을 알게 되자 절로 한숨을 내쉬며 말했다.

"복잡한 일이 좀 있었어."

"복잡한 일?"

운소명은 고개를 끄덕이며 슬쩍 곡비연과 노화, 안여정을 쳐다보았다. 그러자 손수수는 곧 그가 그녀들 때문에 말을 못한다는 것을 알고는 검을 거두었다. 무엇보다 손수수는 따가운 여자들의 시선이 견디기 어려웠다. 그녀들은 말은 안 했지만 눈빛만으로도 충분히 알 수 있게 누구냐고 묻고 있었다.

"나중에 들을게."
"그래."

손수수가 검을 거두자 운소명은 가볍게 미소를 그렸다.

숲을 나온 괴흥랑은 관도에 들어서자 손을 털며 주변을 살폈다. 곧 수풀 헤치는 소리와 함께 정철이 모습을 보였다. 정철은 적과 만나자 불똥이 튈지 모른다는 생각에 몸을 숨긴 상태였다. 무공이 낮았기 때문이다.

"아니, 왜 그냥 왔습니까? 다 잡았는데……."

멀리서 구경하던 정철은 아쉽다는 표정으로 말하다 괴흥랑의 눈빛이 흉흉하게 빛나고 있자 놀라 뒤로 물러섰다. 괴흥랑은 평소답지 않게 낮게 중얼거렸다.

"피할 때는 피해야 돼."

말은 했지만 분한 모양인지 여전히 표정은 풀지 않았다. 그러자 정철이 조심스럽게 다가와 말했다.

"어떻게, 추적할까요? 제가 이렇게 보여도 추적은 잘합니다."

"그래?"

정철의 말에 괴홍랑은 마음이 동했는지 약간 표정을 풀며 잠시 생각하는 듯했다. 그러다 고개를 끄덕이며 말했다.

"그렇게 하지. 어차피 목적은 이루어야 되니까. 하지만 지금은 좀 쉬어야겠어. 무림맹 놈들의 눈도 피해야 하고. 완전한 몸 상태가 되어야 그 두 연놈들하고 붙었을 때 이길 수 있을 테니까."

"예. 일단 피하지요. 몸을 숨길 만한 좋은 장소가 주변에 있을 겁니다. 그리고 보고는 어찌할까요?"

"그냥 대충 해. 운소명이란 놈 때문에 방해를 받아 못 죽였다고. 기회를 봐서 죽이겠다고 말이야."

"예, 그렇게 하지요."

*　　　　*　　　　*

능글거리는 미소를 보이고 있는 운소명의 앞에는 네 명의 여자가 앉아 있었다. 그녀들은 타오르는 모닥불 앞에 앉아 각자 다른 눈으로 운소명을 이리저리 살피고 있었다. 대충의 소개는 손수수에게서 들은 상태였고 운소명의 입을 통해서도 들었다.

"손 위사가 강호에 있을 때 조금 신세를 지셨다구요?"

건포를 씹던 운소명은 질문을 던지는 고요한 눈빛의 조금 작은 키를 한 곡비연을 쳐다보았다. 곡비연은 어떤 신공을 익히고 있는지 모르겠으나 왠지 모르게 사람을 잡아끄는 무언가가 있는 여자라 생각되었다. 사람의 마음을 끌어당기는 매력을 소유한 미인이었다. 운소명은 그것이 일종의 보호 본능이란 생각이 들었다.

절로 그런 마음이 들게 만드는 여자라 생각한 운소명은 여전히 미소를 보이며 대답했다.

"보다시피 재수없게도 백화성의 무공을 익혔기 때문에 도와준 것뿐이오."

"그랬군요. 그런데 왜 백화성에 오지 않은 건가요? 중원에서 무공을 숨긴 채 살아가는 것도 힘들 텐데……."

곡비연의 질문에 운소명은 다시 대답했다.

"기회가 없었소. 거기가 어디 아무나 갈 수 있는 곳이오? 단지 도와주면 이 기회에 성내에 들어갈 수 있지 않을까 하는 생각으로 온 것이오. 물론 그전에 백화성에 안 가려 한 이유도 강호의 번잡스러운 싸움에 말려들기 싫었기 때문이오."

운소명의 대답에 곡비연은 다시 물었다.

"그런데 정말 이상하군요. 이야기를 들어보면 오 년 전인데… 그때의 손 위사가 과연 강호에 인연을 남겨두었을지. 보통 죽이는 게 원칙일 텐데요."

곡비연은 낮게 말하며 손수수를 쳐다보았다. 그리곤 노화와 안여정을 바라보았다. 노화와 안여정은 미미하게 고개를 끄덕였다. 암화단의 특성상 강호에서 자신을 본 자가 있다면 그 어떤 사람이라도 죽여야 했다. 그게 규율이었다. 그것을 무시했다는 것이 의외였다. 그것도 손수수가 말이다.

"죽이지 못했어요."

손수수가 낮게 중얼거렸다. 그러자 모두의 시선이 그녀를 향했다. 손수수는 곡비연에게 다시 말했다.

"낮에 봤듯이 운 소협의 무공은 대단해서… 죽이지 못했어요. 제 존재를 들켰으면서도 어찌할 수가 없었지요."

손수수의 말에 운소명은 웃으며 말했다.

"무섭더군요. 암습을 해오는데… 후후……. 그게 인연이 되어서 조금 알게 되었지만 그 이후엔 서로 연락한 적이 없소. 그러다 우연히 백화성 사람들이 와서 찾았기에 온 것이지요. 정 제 존재가 의심스럽고 손 위사의 말이 거짓 같다면 지금 돌아가도록 하지요."

운소명이 말을 하며 자리에서 일어서자 곡비연은 고개를 저었다. 손수수의 말을 충분히 이해했다. 운소명의 무공이 대단했기에 괴홍랑이 꼬리를 말고 도망친 것도 알고 있었다. 그가 없었다면 괴홍랑의 주먹에 죽었을지도 모른다.

분명 눈앞에 있는 운소명은 자신을 도와준 은인이었다. 그렇기 때문에 평소와는 다르게 마음을 열어둔 상태였다.

"의심하는 게 아니라 물어보는 것뿐이에요. 저는 지금 중요한 길목에 서 있어요. 적인지 아군인지 명확하게 알아야 할 위치에 있기 때문에 그러는 거예요. 기분이 나빴다면 사과하지요. 그리고 구해주셔서 고마워요."

곡비연의 사과에 운소명은 의외로 그녀가 순수한 사람이란 생각이 들었다. 보통 높은 자리에 앉아 있으면 자존심도 그만큼 높아 남들에게 사과조차 제대로 못하기 때문이다.

"그렇게 말씀하시니… 앉지요."

자리에 앉은 운소명은 다시 미소를 보이며 물었다.

"그런데 백화성의 원주님께서 아무런 호위도 없이 이렇게 큰 위험에 처하다니… 의외로군요."

"호위무사들조차 적에게 포섭된 상태였어. 그들은 우리들의 빈틈을 노리고 공격해 왔고. 그 이후에는 어찌 되었는지 말 안 해도 알겠지?"

"힘들었겠어……."

손수수가 대신 말하자 운소명은 고개를 끄덕였다. 그로 인해 결국 곡비연의 옆에는 세 명만이 남게 되었고, 그 세 명이 곡비연에게 있어서 가장 믿을 수 있는 조력자라는 것을 알았다. 그때 곡비연이 눈을 반짝이며 말했다.

"지금 저는 큰 기로에 선 상태예요. 아까도 말했지만 갈림길이지요. 앞으로 가느냐 아니면… 나락으로 떨어지느냐……."

운소명은 곡비연의 말에 고개를 끄덕였다. 그녀가 왜 그런 말을 하는지 알 수는 없었으나 기로에 선 것은 확실해 보였다.

"저는 앞으로 달릴 생각이에요. 어차피 그렇게 할 생각으로 후보가 된 것이지만… 성주가 되면 커다란 권력과 함께 제가 하고자 한 모든 것을 이룰 수가 있어요. 하지만 지금은 그저 성주 후보일 뿐이에요. 그렇기 때문에 이렇게 배신도 당하고 어려움에 처한 것이지요."

"후보는 혼자가 아니기 때문에 다른 후보들의 입장에선 후보가 적으면 적을수록 성주가 되는 게 유리할 수밖에 없어."

손수수가 옆에서 곡비연의 말을 받아 부연 설명을 해주었다. 그 말을 들은 운소명은 곧 고개를 끄덕이며 말했다.

"후보들이 많다면 당연히 그중에 가장 세력이 약한 상대를 먼저 공격할 것이고……."

말을 하던 운소명은 곡비연을 쳐다보았다. 그리고 그 주변에 앉아 있는 손수수와 두 명의 여자를 둘러본 운소명은 그들의 모습에 고개를 저었다. 눈앞에 보이는 이 곡비연이란 여자가 가장 약한 후보가 분명해 보였기 때문이다.

그러자 곡비연이 다시 말했다.

"제가 후보들 중엔 가장 세력이 없어요. 그리고 다른 후보들이 상대하기에도 가장 수월한 상대이구요. 하지만 살아남아 그들과 경합을 벌일 생각이에요. 그리고 제가 성주가 되면

운 소협에게도 지금의 은혜를 갚을게요."

"말만이라도 고맙소. 꼭 그렇게 해주시오."

운소명은 고개를 끄덕이며 대답한 후 약해지는 불 위에 나무를 올려놓았다. 그러자 곡비연이 다시 말했다.

"저는 믿을 만한 사람이 필요해요. 보시다시피 제 주변엔 사람이 적지요."

"보호해 달라는 말이오? 백화성에 갈 때까지?"

운소명은 곡비연의 말을 자르며 물었다. 그러자 고개를 끄덕인 곡비연이 눈을 빛내며 말했다.

"제 사람이 되세요."

"……?"

운소명은 그 말에 조금 놀란 듯 눈을 동그랗게 떴다. 그러자 곡비연은 천천히 말했다.

"본 성의 사람들은 믿을 수가 없어요. 그렇다고 외부에서 온 운 소협을 신용하는 것도 아니에요. 하지만 백화성의 무공을 익히고 있는 이상 본 성의 사람인 것은 확실해요. 제가 성주가 될 때까지 도와준다면 섭섭지 않게 해드릴게요."

"재미있군. 성주라… 만약 성주가 못 된다면 어찌 되는 것이오?"

그 말에 곡비연의 안색이 어둡게 변하였다. 곧 손수수가 운소명을 날카롭게 쳐다보며 말했다.

"하고 싶으면 하고, 하기 싫으면 하지 말고."

손수수의 말에 운소명은 찌푸린 표정으로 낮게 중얼거렸다.

"알았다고… 하면 되잖아, 하면……."

운소명은 곧 손수수를 향해 입술을 움직였다. 전음을 사용한 것이다.

[나는 단지 보고 싶어서 왔을 뿐인데…….]

운소명의 전음성에 손수수의 눈빛이 흔들렸다. 하지만 그것은 찰나였다. 운소명은 곧 시선을 곡비연에게 돌리며 말했다.

"어차피 백화성엔 가고 싶었기 때문에 묻지 않아도 그럴 생각이었소. 잘 부탁드리오."

운소명은 미소와 함께 대답한 후 노화와 안여정에게도 시선을 돌렸다.

"잘 부탁하오. 운소명이오. 두 분은 그럼……."

"저희는 그냥 이름으로 불러주세요."

"노 소저와 안 소저도 잘 부탁하오. 한 배를 탔으니 말이오."

운소명의 여유있는 미소에 노화는 살짝 얼굴을 붉혔으나 안여정은 날카로운 눈빛으로 그를 쳐다보며 말했다.

"성에 돌아갈 때까지는 어쩔 수 없기 때문에 함께하는 것이지만 도착하면 철저히 당신에 대해서 조사할 생각이에요."

"마음대로 하시오."

운소명은 고개를 끄덕이며 대답했다. 그녀가 어떻게 조사를 하든지 간에 손수수가 손을 쓸 거란 걸 잘 알기 때문이다. 그리고 손수수는 이미 오래전부터 자신과 한 배를 탄 사람이었다. 둘 사이엔 수많은 비밀들이 있었기 때문이다.

둘의 시선이 허공중에서 얽히자 곡비연은 그 모습을 잠시 쳐다보았다. 하지만 모르는 척 말했다.

"여정의 말처럼 본 성에 갈 때까지는 어쩔 수 없기 때문에 손을 빌리는 거예요. 제 사람이 되기를 바라지만 혹시라도 모르는 게 세상이잖아요? 여러 일을 겪다 보니 사람에 대한 믿음이 조금은 사라진 기분이에요."

곡비연의 말에 운소명은 고개를 끄덕였다. 믿었던 수하가 배신을 했으니 그런 마음이 들 만했다.

"그럼 이야기는 다 된 것으로 하고… 그럼 나는 어떻게 해야 하오? 그냥 우연히 길에서 위기에 처한 곡 원주님을 도와주다 함께 온 사람으로 해야 하오? 아니면 백화성의 칠대신군 중 혈성신군의 무공을 익힌 후계자라 해야 하오?"

"우연히 저희를 구한 운 소협인데 알고 보니 혈성신군의 무공을 익히고 있는 분이었다가 좋을 것 같은데요?"

곡비연은 말하며 재미있다는 듯 미소를 그렸다. 그 미소에 운소명은 고개를 끄덕이며 마주 웃어 보였다. 그 모습을 손수수가 날카로운 눈빛으로 쳐다보았다. 자기 이외에 다른 여자를 보고 웃는 게 조금은 마음에 걸린 것일까?

"원주님은 성주가 되실 분이니 혹시라도 흑심을 품었다간 죽을 줄 알아."

손수수가 낮고 차갑게 말하자 운소명은 알았다는 듯 고개를 끄덕였다.

"흑심은 무슨……."

운소명이 어이없다는 듯 말하며 모닥불에 장작을 던져 넣었다. 그러자 곡비연의 눈동자가 파랗게 변하였다. 하지만 빠르게 본래의 색으로 돌아온 그녀는 살짝 아미를 찌푸렸다.

'특이하군. 이 사람의 마음은 마치 안개에 가린 것처럼 아무것도 보이지 않으니… 마치 성주님처럼…….'

곡비연은 천안신공으로도 운소명의 마음이 가지고 있는 색을 구별 못하자 절로 고개를 갸웃거렸다. 이런 적은 지금까지 살면서 거의 없었기 때문이다. 이내 그녀는 웃으며 물었다.

"두 분은 생각보다 친하신 모양이에요. 남녀가 그렇게 편하게 말하는 것도 쉬운 게 아닌데… 보통 사이가 아닌 모양이에요?"

"보통 사이예요."

"보통 사이요."

"어멋!"

곡비연은 동시에 화난 표정으로 사납게 대답하는 둘의 모습에 눈을 크게 뜨며 매우 놀란 듯 손을 저었다.

"알았어요. 그렇게 성난 표정으로 쳐다보지 말아요."

곡비연의 말에 손수수와 운소명은 서로를 쳐다보다 시선을 돌렸다. 그러자 곡비연이 다시 말했다.

"본래 강호의 인연이란 게 쉬운 게 아니라서… 쉽게 친해질 수는 없어요. 그런데 두 분은 정말 가까워 보이네요. 거기다… 인연이 없었다면 과연 운 소협이 이곳까지 왔을까요. 손 위사도 운 소협을 생각하지 않았다면 부르지도 않았겠지요."

가만히 중얼거리듯 말을 하는 곡비연은 모닥불을 쳐다보고 있었다.

"어떤 인연 때문에 두 분이 그렇게 가까워졌는지 모르나 보기 좋네요. 그리고 운 소협의 신분이 확실했으면 좋겠어요. 손 위사가 이렇게 편하게 대화하는 모습을 보는 것도 처음이거든요. 거기다 이렇게 강호에 인연을 남겨둔 것도 신기하고요."

곡비연은 조금 부럽다는 시선으로 말했다. 그러자 손수수가 조용히 말했다.

"오늘은 많이 늦었으니 일단 쉬기로 하지요. 내일 아침 일찍부터 출발해야 하니 주무세요."

손수수가 말하자 곡비연은 고개를 끄덕였다. 하지만 맨몸으로 달려왔기에 마땅히 덮을 이불이 없었다. 그 모습을 보던 운소명은 자신이 입고 있던 장포를 벗어 손수수에게 건네주었다.
 손수수는 고개를 끄덕이며 곧 곡비연에게 장포를 덮어주었다.

 새벽이 되어 눈을 뜬 손수수는 옆에서 곤히 자고 있는 곡비연의 모습을 쳐다보다 곧 시선을 돌렸다. 하지만 운소명의 모습이 보이지 않자 고개를 돌려 한쪽 나무 위에 앉아 있는 안여정에게 물었다.
 "어디 갔어?"
 "운 소협이요?"
 손수수가 고개를 끄덕이자 안여정은 북쪽으로 시선을 던지며 말했다.
 "주변 좀 보신다고 북봉으로 갔어요. 불러올까요?"
 안여정의 말에 손수수는 고개를 저었다.
 "아니. 시간 되면 오겠지. 나는 세수 좀 하고 올게."
 "예."
 안여정의 대답에 손수수는 천천히 계곡 쪽으로 움직였다.

 새벽의 하늘은 검푸른 색을 띠고 있었다. 그런 하늘이 바로 잡힐 것 같은 높은 봉우리에 서 있던 운소명은 불어오는 바람에 깊은숨을 내쉬며 동쪽 하늘을 쳐다보고 있었다.
 사박!

풀을 밟는 낮은 소음이 들린 것은 동쪽에서 해가 막 뜨려고 할 때였다. 운소명은 고개를 돌려 다가오는 손수수의 모습을 쳐다보았다. 그녀의 긴 머리카락이 바람에 날려 흔들거리자 그녀는 머리카락을 귀 뒤로 넘기며 다가와 운소명의 옆에 섰다.

둘은 아무런 말 없이 가만히 떠오르는 해를 쳐다보며 잠시 그렇게 서 있었다. 그러다 본능적으로 움직인 것일까? 운소명의 손이 자연스럽게 손수수의 손을 잡았다. 손수수는 그저 가만히 서 있을 뿐이었고 손을 통해 전해지는 온기를 따뜻하게 받아들이고 있었다.

해가 완전히 떠오를 때까지 그렇게 둘은 한참 동안 서서 하늘만 쳐다보았다. 눈은 하늘을 향하고 있었지만 둘은 삼 년 동안 함께했던 기억들을 좇고 있었다. 그러다 깊은숨을 들이마신 운소명이 천천히 말했다.

"보고 싶었어."

운소명의 짧은 말에 손수수는 가만히 고개를 끄덕였다. 그렇게 꽤 긴 시간 동안 둘은 함께 서 있었다.

아침 해가 떠오르자 나무에서 내려온 안여정은 노화를 깨워 노숙했던 자리를 정리하기 시작했다. 곡비연은 피곤한지 아직도 눈을 뜨지 못하고 있었다.

노화는 불을 끄며 무언가 생각난 표정으로 안여정에게 물었다.

"여정아."

"응?"

"그 운소명이란 분 말이야, 어디선가 본 듯하지 않아? 아닌가?"

"글쎄, 잘 모르겠는데. 세상에 비슷한 사람이 어디 한둘이야? 스치듯이 본 사람들도 많이 있잖아? 일단 감숙성에 들어갈 때까지는 그의 신변에 대해서 조사하기 힘드니까 궁금해도 참으라고."

안여정의 말에 노화는 고개를 끄덕였다. 감숙성은 백화성의 절대적인 영향을 받는 곳이기 때문에 분타들과 순찰당의 외당들도 많아 쉽게 정보를 얻을 수가 있었다. 그곳에서 운소명에 대해 조사할 생각이었다.

"뭔가 의심스러운가요?"

곡비연이 어느새 눈을 떴는지 자리에서 일어나며 묻자 노화는 고개를 저었다.

"아니에요. 지금 상황이 상황인지라 그 누구도 믿을 수가 없어서 하는 말이에요."

노화의 말에 곡비연은 고개를 끄덕이며 말했다.

"그 말도 맞지만 운 소협을 의심하는 것은 손 위사를 의심하는 것과 마찬가지예요. 무엇보다 그는 혈성신군의 무공을 이어받은 사람이에요. 그가 강호에서 무공을 숨긴 것은 당연한 일이에요. 무림맹과 본 성과의 관계를 안다면 말이에요."

"하지만 예전에 백화성에 갔으면 될 것을 왜 이제 와서 가려는 것인지 그게 사실 좀 의심스러워서요."

노화의 말에 곡비연은 미소를 보이며 대답했다.

"노화도 백화성을 버리고 무림맹으로 가라면 갈 수 있어요? 그건 어려울 것 같은데요?"

그 말에 노화는 고개를 끄덕였다. 한 번도 생각해 본 적 없는 문제였기 때문이다. 그러자 곡비연이 다시 말했다.

"그것과 비슷하다고 보면 돼요. 중원에서 태어났는데 어떻게 하다 보니 익힌 무공이 백화성의 무공이었어요. 그렇다고 자신이 태어난 고향을 버리고 백화성으로 가야 할까요? 자신이 자란 터를 버린다는 건 그만큼 어려운 일이에요. 운 소협은 얼굴에 드러내지 않았지만 큰 결심을 해준 거예요. 본 성에 저와 함께 간다는 건 곧 중원을 버린다는 것과 마찬가지니까요."

곡비연의 말에 노화와 안여정은 어느 정도 이해한다는 듯 고개를 끄덕였다.

"그러니 너무 의심하지 마세요. 하지만 조사는 확실하게 해야겠지요?"

"물론입니다."

노화와 안여정이 동시에 대답하며 눈을 빛냈다. 안여정과 노화가 그렇게 운소명을 경계할 줄은 몰랐다는 듯 곡비연은 조금 의외라는 표정으로 둘을 쳐다보았다.

하지만 거기에는 이유가 있었다.

'감히 나의 언니에게…….'

노화는 손수수에게 거리낌없이 말하는 운소명이 싫었다. 자신에게 있어서 손수수는 언니 이상이었기 때문이다. 거기다 안여정은 더했다.

'언니가… 믿을 수가 없어……. 언니는 절대 남자를 가까이 대할 사람이 아니야. 뭔가 있어. 언니를 협박했거나… 흑심을 품은 놈이 분명해……. 언니를 보호해야 할 사람은 나뿐인가?'

안여정은 어떻게 해서라도 운소명을 떨쳐 내고 싶었다. 그래야만 손수수와 함께 있을 수 있을 것 같았기 때문이다.

둘의 목적이 비슷했기에 안여정과 노화는 운소명을 곱게 보지 않았다.

스슥!

풀이 움직이는 소리가 들리자 안여정과 노화가 경계하며 소리나는 방향을 쳐다보았다. 곧 운소명이 모습을 보였다.

"여어! 일어났구려."

운소명은 미소를 보이며 손을 들었다. 그러자 안여정과 노화가 아미를 찌푸렸다.

"아침부터 산보를 다녀오셨나 봐요?"

곡비연의 미소에 운소명은 웃으며 고개를 끄덕였다. 둘의 눈이 마주하자 순간 노화와 안여정의 머릿속으로 섬광 같은 번갯불이 지나쳤다.

'둘이 잘되면…….'

문득 둘이 잘된다면 손수수와 운소명의 관계가 어색해질 거란 생각이 둘의 머릿속에 스쳐 지나쳤다.

"손 위사는 어디 있소?"

운소명이 시선을 던지며 묻자 둘은 동시에 대답했다.

"씻으러 갔어요."

"세수하러 갔어요."

"오! 가볼까?"

운소명이 매우 기쁜 표정으로 일어서자 순간 노화와 안여정이 살기를 보이며 앞과 뒤를 막았다. 그러자 운소명은 놀란 듯 자리에 앉았다.

"농… 담이오, 농담."

"변태."

"변태."

둘의 말에 운소명은 얼굴을 붉히며 곡비연을 쳐다보았다. 그러자 곡비연도 고개를 저으며 말했다.

"변태였군요. 실망이에요."

"아니… 나는 그냥 세수를 하려고……."

운소명은 문득 이들과의 동행이 조금 힘들지도 모른다는

생각이 들었다.

  *   *   *

 무림맹을 떠난 백화성의 아림 일행은 낙양에서도 가장 크다는 선인루(仙人樓)를 삼 일 동안 빌려 휴식을 취했다. 삼백의 무사와 이동했기 때문에 커다란 주루를 빌려 휴식을 취해야 했다.
 장사를 하지 않기 때문에 주루의 문은 닫힌 상태였고, 오직 아림 일행과 주루의 일꾼들만이 움직이고 있었다.
 백무원은 백문원과는 다르게 백화성의 무력을 담당하는 곳이기에 백화성에서도 이름있는 무인들이 상당수 소속되어 있었다.
 그중에서도 이번에 아림과 함께 무림맹에 온 인물은 좌천대와 우천대로, 두 명의 대주도 동행하고 있었다. 또한 호위를 위해 장로 중 한 명인 독안도(獨眼刀) 호소방도 함께했다.
 넓은 실내의 중앙에 놓인 탁자를 사이에 두고 좌천대주인 철검용(鐵劍龍) 아홍추와 우천대주인 환영쌍검(幻影雙劍) 신유가 앉아 있었고, 그 중앙엔 아림이 앉아 차를 마시고 있었다.
 아홍추는 이십대 중반의 청년으로, 허리에는 무거워 보이는 중검을 찼고 아림의 사촌동생이었다. 백화성에선 후기지수들 중에 선두에 있는 인물이었다. 신유는 삼십대 초반의 인물로, 양 허리에 넓이가 보통 검보다 얇은 검을 차고 있었고 장로 중 한 명인 환영신군의 애제자였다.

그의 쌍검은 백화성 내에서도 손에 꼽힐 만큼 빠르고 날카롭다고 정평이 나 있었다. 둘 다 절정의 고수들로 아림이 총애하는 수하들이었다.

"장로님은?"

"안채에서 쉬고 계십니다."

아홍추가 대답하자 아림은 고개를 끄덕이며 다시 말했다.

"내일 아침에 떠날 거니까 그렇게 알고 오늘 저녁에는 중요한 손님이 오실 예정이니 너희들은 별도의 지시가 있을 때까지 뒷문을 열어두도록 해. 인원은 한 명이고 금방 갈 테니까."

"알겠습니다."

신유와 아홍추가 동시에 대답했다. 그들은 오는 손님이 누구인지 궁금한 듯했으나 묻지는 않았다.

곧 아림이 다시 물었다.

"다른 후보들은 어떻지?"

그녀의 물음에 아홍추가 재빠르게 대답했다.

"종무옥과 묵선혜는 지금 현재 본 성으로 복귀 중에 있다고 합니다. 곡비연은 현재 연락이 두절된 상태라 합니다. 귀주 분타에 도착한 이후 아직까지 별다른 연락이 없습니다."

"그래? 음… 걱정이군."

아림은 말은 그렇게 하였으나 눈은 웃고 있는 것처럼 보였다. 신유는 그녀가 진짜 걱정하고 있는지 의심스러웠다.

"그녀가 죽은 게 아닌지… 보고된 게 없으니……."

그렇게 말하며 아홍추는 미소를 보였다. 그 역시 곡비연이 죽기를 바라는 인물이었기 때문이다. 그러자 아림은 날카로운 시선으로 아홍추를 쳐다보며 말했다.

"그런 말은 하는 게 아니다. 내가 성주가 될 때까지 다른 후보들을 비방하거나, 어려움에 처했다고 기뻐해서는 안 될 것이다."

"솔직히 죽었으면 합니다. 어차피 성주는 한 명이지 않습니까? 머리가 조금 좋다고 해서 백문원주에 앉은 곡비연을 좋게 생각하는 사람들은 성내에서도 많지 않습니다. 저는 특히 더 싫어합니다. 무공도 약한 주제에, 아버지인 곡현의 뒤를 이은 게 마음에 들지 않습니다."

아홍추가 눈살을 찌푸리며 차갑게 말했다. 그는 자기보다 어린 곡비연이 자신과는 다르게 높은 자리에 앉아 있다는 것이 마음에 들지 않았다. 무공이 고강하다면 어느 정도 수긍하겠지만 그렇지도 않았다. 오직 죽은 곡현의 딸이라는 이유로

원주가 되었다는 게 불만스러웠다.
 "백문원주라는 자리가 세습이 아닌 이상 이해할 수 없는 인사겠지. 하지만 성주님이 결정하신 사항이니 불만이 있다면 성주님께 하거라. 나라고 해서 불만이 없는 게 아니야. 하지만 어찌하겠어? 성주님이 결정하신 건데. 의외로 백문원에서 잘 적응한 모양이야."
 아림은 낮게 말하고는 웃으며 신유에게 시선을 던졌다.
 "신 대주도 불만있나?"
 아림의 물음에 신유는 낮은 목소리로 대답했다.
 "성내에서 불만이 없는 젊은 사람들은 없을 것입니다."
 "자네도 있다는 소리로군."
 "그렇습니다. 하지만 성주님의 인사에 불만은 없습니다."
 신유의 대답에 아림은 한쪽 입술을 위로 올리며 끈적한 살기를 눈가에 담았다. 하지만 표현하지는 않았다. 신유의 곧은 성격을 잘 알기 때문이다. 또한 신유의 말은 성주님께 절대 충성한다는 뜻이 포함되어 있었다.
 아림은 장로인 환영신군을 떠올리며 그의 성격을 빼닮은 신유가 싫지 않다고 생각했다. 이런 인물은 절대 배신하지 않기 때문이다. 자신이 성주가 되면 그 역시 자신에게 충성할 것이다.
 "장로님처럼 곧아 가지곤……. 불만은 있는데 성주님께서 정한 일이니 성주님께는 불만이 없다는 뜻으로 생각하면 될까?"

"예."

신유가 짧게 대답하자 아림은 고개를 끄덕였다. 아림은 차를 다 마셨는지 자리에서 일어서며 말했다.

"그럼 보고도 다 받았으니 일어나지."

아림이 일어나자 아홍추와 신유도 일어섰다. 그들은 허리를 숙이며 나가는 아림을 배웅했다. 그녀의 모습이 문 너머로 사라지자 신유와 아홍추가 자리에 앉았다.

쪼르륵!

찻잔에 차를 따른 아홍추는 신유를 쳐다보며 물었다.

"신 선배는 여전히 중립이신가 봅니다?"

"스승님이 중립이시고, 나 역시 성주님께 충성을 맹세한 사람 아닌가? 원주님께서 성주가 되신다면 당연히 나 역시 원주님께 충성할 것이네."

"조금 서운합니다. 저하고 지낸 지가 벌써 오 년인데… 쩝."

차를 마시며 아홍추가 중얼거리자 신유의 무심한 얼굴에 가벼운 미소가 걸렸다. 신유가 미소를 보이는 상대는 성내에서도 많지 않았다. 그만큼 아홍추와는 가까운 사이란 증거였다.

"그렇다고 다른 후보를 응원하는 것도 아니네. 내가 곁에

서 지켜본바 아 원주님만큼 성주에 어울리는 분도 안 계시네."

"물론입니다. 제 누나라 그러는 게 아니라 정말 대단한 분이십니다."

아홍추는 엄지손가락을 치켜세우며 기분 좋은 표정으로 고개를 끄덕였다. 곧 둘은 성으로 돌아가는 방법과 세세한 사항에 대해 이야기를 하기 시작했다.

어둠이 내리는 밤이 되자 신선루의 주변으로 밝은 불이 마치 대낮처럼 환하게 피어났다. 여기저기엔 경비를 서는 무사들로 가득했으며, 웬만한 중소문파쯤 될 것 같은 규모의 무인들이 날카로운 눈으로 사방을 경계하고 있었다.

그런 신선루의 후문에서 방립에 천을 달아 얼굴을 가린 사내가 시비의 안내를 받고 안으로 들어왔다. 그는 곧장 아림의 거처로 향했는데, 움직이는 소리조차 없어 마치 유령이 걷고 있는 것 같은 인물이었다.

큰 상에 한가득 음식을 차려놓은 아림은 향이 좋은 죽엽청 한 병을 탁자 옆에 올려놓곤 창밖을 쳐다보았다. 그녀의 눈에 시비와 함께 걸어오는 방립인이 보이자 입가에 미소를 그리며 자리에서 일어섰다.

곧 시비와 함께 방 안으로 방립인이 들어오자 아림은 환하게 웃으며 반겼다.

"어서 오세요. 오랜만에 뵙는 것 같네요."

"오랜만이오."

방립인이 대답하자 아림은 시선을 던져 시비들을 나가게 했다. 그러자 시비들이 얼른 고개를 숙여 보이며 밖으로 나갔고, 방 안엔 오직 두 사람만 남게 되었다. 그제야 방립인은 쓰고 있던 방립을 벗었다. 눈이 크고 여성스러운 얼굴을 한 미중년이 모습을 보였다. 그가 보기 좋게 기른 수염을 쓰다듬으며 자리에 앉자 아림은 속삭이듯 말했다.

"변한 게 없네요."

"소저도 변한 게 없는 것 같소."

얼굴과는 다르게 조금 굵은 목소리를 내는 중년인이었다.

쪼르륵!

술잔에 술을 따르는 아림의 모습에 중년인은 미소를 보이다 술 향기를 음미하며 말했다.

"좋은 향기요. 술에서 흘러나오는 향기가 아름다운 여자의 체향보다 나를 더 취하게 한다오."

중년인의 말에 아림은 미묘한 시선으로 그를 쳐다보았다. 여자를 좋아하지만 술을 더 좋아한다는 것처럼 들렸고, 지금 이 자리에선 유혹하지 말라는 경고처럼 들려왔다.

아림은 중년인이 따라주는 술을 받은 후 천천히 말했다.

"먼 길 오느라 고생이 많으셨어요."

"아니오. 이번에 보면 언제 또 보겠소? 백화성에 들어가면 한동안 못 볼 터인데 내가 움직여야 하지 않겠소?"

"그래도 죄송하네요. 이 상서께서 친히 오실 줄은 몰랐기에 놀랐어요."

정말 놀랐다는 표정으로 아림이 말하자 이관용은 고개를 끄덕이며 술을 마셨다. 술 한 잔을 마신 이관용은 그 향을 음미하다 술잔을 내려놓았다. 아림은 자연스럽게 일어나 술잔에 술을 따르려 했다. 그러자 이관용이 손을 저으며 말했다.

"그만 하겠소. 금방 가봐야 하기 때문이오. 향을 음미하는 데 두 잔은 필요없소이다."

"저런… 섭섭하군요."

아림이 아쉬운 듯 자리에 앉자 이관용은 보기 좋은 미소를 보이며 빠르게 말했다.

"본론을 이야기합시다."

"본론이랄 게 있나요? 곡비연과 묵선혜만 죽으면 우리가 원하는 모든 걸 얻을 텐데… 저는 성주 위를, 당신은 무림을……."

아림의 조용한 목소리에 이관용은 가볍게 손을 저으며 말했다.

"오해가 될 만한 발언은 좀 삼가시기 바라오. 누가 들으면 무림제패를 원하는 사람처럼 보이겠소이다."

"그런 것 아니었나요? 천단은 이미 무림의 숨은 절대자가 아니던가요?"

눈을 반짝이며 아림이 말하자 이관용은 수염을 쓰다듬으며 대답했다.

"누가 들으면 정말 오해하겠소. 천단은 단지 무림의 평화를 위해 존재하는 곳이오. 그게 폐하의 뜻이고 내 뜻이기도 하오. 무림이 평화로워야 민심도 안정을 찾소이다. 무림이 시끄러우면 그만큼 민심도 시끄럽소. 또한 우린 외부로 많은 적들을 두고 있지 않소이까?"

이관용은 부드러운 표정으로 아림을 쳐다보았다. 그러자 아림은 잘라 말했다.

"백화성에게 적은 무림맹뿐이에요."

아림의 대답에 이관용은 고개를 끄덕였다. 그녀의 말처럼 백화성에게 적은 무림맹 하나였기 때문이다.

"그래서 천단이 있는 것이오. 백화성과 무림맹은 모두 한 울타리 안에 있는 내 가족이자 폐하의 시민들인데, 서로 죽이지 못해 안달이니 말려야 하지 않겠소? 천단은 그런 곳이지 무림을 제패하려는 곳이 아니오."

이관용의 말에 아림은 가볍게 미소를 그렸다. 그의 말을 들으면 정말 평화를 바라는 것처럼 보일 수도 있었다. 하지만 이관용은 야망이 큰 사람이 분명했고 그것을 잘 아는 아림이었다. 거기다 현 황제가 가장 신임하는 인물이 이관용이었다. 그렇기 때문에 그에게 천단을 맡기고 무림의 관리를 명하였다.

"천단의 의지는 평화일 뿐이오. 그렇기 때문에 내 뜻과 함께 움직이는 많은 고수들도 스스로의 의지로 움직이는 것이지, 명령에 따라 행동하는 인물은 없소이다. 그런 분들에게 누가 되는 발언이 무림제패일 것이오."

이관용은 가볍게 미소를 보이며 수염을 쓰다듬었다. 그의 말처럼 천단에 포섭된 사람들은 대다수가 초절정의 고수들이었고 강호의 평화를 위해서 이관용에게 포섭된 인물들이었다. 명예를 중시 여기는 고수들에게 천단의 제의는 다른 게 없었다. 오직 무림의 평화를 위해 함께하자는 것뿐이었다. 하지만 그 하나만으로도 수많은 무인들이 움직였고, 이관용은 그들이 명예를 중시한다는 것도 잘 알고 있었다.

"제가 성주가 된다면 확실히 무림맹과 백화성은 더 이상 싸움이 없을 것이에요. 평화가 오겠지요······."

아림은 확실히 무림맹주와 협약을 통해 두 세력의 싸움이 없도록 할 생각이었다. 그건 무림맹주인 추파영도 약속한 바였다.

"아 원주는 분명 성주가 될 것이오. 아 원주를 제외하고 누가 또 백화성주에 어울리겠소? 허허! 잘될 것이오."

이관용의 미소 띤 말에 아림은 술을 한 잔 마신 후 천천히 말했다.

"일이 잘못되어 제가 아닌 다른 사람이 된다면 그때는 어찌하실 생각인가요? 사실 그게 궁금하군요."

"일이 잘못될 리가 있겠소? 하나 만약 그런 일이 생긴다면 그때 가서 생각해 보겠소. 아 원주가 아닌 다른 사람이 된다면 분명 강호는 피비린내가 진동할 것이오. 묵가는 무림맹과의 오랜 원한을 어떻게 해서라도 풀려 들 것이고 곡비연은 아버지인 곡현의 죽음을 파헤치려 할 것이오. 가장 피해야 할 사람이 있다면 곡비연일 것이오. 그녀는 분명 무림맹과 부딪칠 테니, 큰불이 되기 전에 꺼야 할 것이오."

이관용의 말에 아림은 그가 잊은 인물이 있다는 듯 말했다.

"제 사매는 야망이 큰 사람이에요. 제가 가장 잘 알지요. 겉으로는 나를 따르고 내게 힘을 실어주지만 과연 사매가 마지막까지 그럴까요? 아마도 제 등을 찌를 사람이 있다면 사매밖에 없을 거예요."

"하나 사매인 종 소저와 아 원주는 떼려야 뗄 수 없는 관계이지 않소? 큰 비밀을 공유하고 있는 관계이니 배신하지는 않을 것이오."

이관용의 말에 아림은 눈살을 찌푸렸다. 큰 비밀이란 말에 오래전 기억이 떠오른 듯 그녀는 씁쓸한 표정으로 말했다.

"결국 그 일로 인해 이 상서와 우린 한 배를 탄 것이지요. 천단이라는 큰 배를 말이에요."

아림의 말에 이관용은 고개를 끄덕였다.

"그들이 죽었기에 현재의 무림맹주인 추 맹주와 조만간 성주가 될 아 원주가 있는 것이오. 두 분의 부탁이 아니었다면 나라고 그 일을 추진했겠소? 내 입장에선 무림맹과 백화성을 묶기 위한 기회였기에 거절하지 않은 것이오. 그들에겐 미안하지만 그들의 죽음으로 무림은 유례없는 평화를 맞이하게 될 것이오. 바로 아 원주와 추 맹주의 손에서 말이오."

이관용의 말에 아림은 눈을 반짝이며 술을 한 잔 더 마셨다. 그 모습에 이관용이 다시 말했다.

"묵 소저는 백화성에 도착하면 죽을 것이오. 곡 원주는 백화성을 구경하지도 못하고 원귀가 될 터이니 걱정하지 마시오."

"그리고 종무옥도 부탁해요."

"흐음······. 아 원주의 마음을 모르는 것은 아니나 후보가 모두 죽으면 성주가 이상하게 생각할 것이오. 내게 있어 가장 조심해야 할 상대가 있다면 바로 월황(月皇) 비천신(飛天神) 자심연이오. 그녀의 무공은 추측 불가일 뿐만 아니라 현 강호에서 대적할 자가 없는 진정한 천하제일인이오."

이관용이 자심연에 대해 극찬을 하자 아림은 고개를 끄덕이며 인정했다. 그녀가 볼 때도 스승인 자심연은 사람이 아니었기 때문이다. 곧 그녀는 반짝이는 시선으로 이관용을 쳐다보았다.

"하지만 당신 또한 그에 못지않은 사람이 아니던가요?"

아림의 말에 이관용은 손을 저으며 대답했다.

"나는 자 성주의 발끝에도 미치지 못하오. 하나 내 옆에는 백만대군이 있소이다. 여차하면 백만대군이 백화성을 포위할지도 모르오."

이관용은 가볍게 농담처럼 말했으나 듣는 입장에선 절대 농담처럼 들리지 않았다. 아림은 안색을 바꾸며 이관용을 쳐다보았다. 그러자 이관용은 자리를 털고 일어섰다.

"그만 가봐야 할 것 같소. 이렇게 아 원주의 얼굴을 보는 것도 오랜만이라 밤새 덕담이라도 나누며 앉아 있고 싶으나 갈 길이 바쁘니 이해해 주시오."

"아니에요. 저도 만나서 반가웠어요."

아림은 자리에서 일어나 방립을 쓰고 있는 이관용에게 미소를 보였다. 이관용은 신형을 돌리다 생각난 듯 멈춰 서더니 아림을 향해 빠르게 말했다.

"아! 그리고 성주를 조심하시오. 곧 물러선다고 했지만 성주는 성주, 그 힘을 무시하면 아니 되오. 또한 흘러가면서 들었는데… 성주는 곡 원주를 내심 다음 성주로 생각하는 모양이오."

이관용은 곧 신형을 돌리곤 빠른 걸음으로 사라져 갔다. 그가 밖으로 나가 문 사이로 사라지자 아림의 표정이 삽시간에 굳어지더니 눈동자에서 강한 살기가 흘러나오기 시작했다.

"감히… 협박이라니……."

아림은 농담처럼 던진 백만대군에 대한 이야기가 농담이

아니라 협박인 것을 잘 알고 있었다. 언제라도 이관용은 백화성을 무너뜨릴 준비가 되어 있다는 뜻이었다.
"그건 그렇고, 곡비연이라… 그게 더 기분이 나빠……."
아림은 이관용이 마지막에 한 말이 백만대군의 협박보다 더욱 가슴에 남았다.
"내가 아니라… 곡 원주라고?"
아림은 이마를 손으로 짚으며 고개를 저었다. 지금까지 자심연의 옆에서 얼마나 오랫동안 함께 생활하고 성주를 위해 노력을 해왔던가? 그런데 성주는 자신이 아니라 곡비연을 더욱 생각한다고 하였다. 그게 지나가는 말이었고, 농담이나 거짓된 정보일 수도 있으나 그 말이 남겨주는 파장은 컸다. 그건 자심연에 대한 배신감이었다.
아림은 입술을 깨물며 어깨를 떨었다.
팍!
손에 쥐고 있던 쇠로 된 술잔이 삽시간에 그녀의 손안에서 볼품없이 찌그러졌다. 잠시 그렇게 어깨를 떨던 아림은 이내 가볍게 미소를 지으며 의자에 깊숙이 기대어 앉았다.
"그러면 또 어떤가?"
아림은 가만히 중얼거리며 눈을 감았다.

第二章
다시 만난 인연

다시 만난 인연

"그는 다시 나타날 거야."
좁은 방 안에 앉아 있는 두 명의 여자에게 운소명이 입을 열었다. 운소명의 목소리에 손수수가 시선을 던졌다. 운소명은 가볍게 미소를 보였다.
"그 마불이란 사람."
"아……."
손수수가 고개를 끄덕였다. 자신이 생각해도 그가 아직 포기했다고 볼 수는 없었기 때문이다.
"성에 들어가기 전까지는 계속 조심해야 해요."
손수수의 말에 곡비연은 고개를 끄덕였다.

"조심하려고 이렇게 사람들이 안 다니는 산길을 통해서 움직이고 있잖아요. 힘들다구요."

곡비연은 자신의 무릎을 두드리며 아미에 주름을 그렸다. 다른 사람들에 비해 무공도 낮고, 익숙하지 않은 산길을 계속 이동하다 보니 지칠 수밖에 없었다.

"그래도 비를 피할 곳을 찾아서 다행이네요. 편안한 잠자리는 없지만……."

곡비연은 다시 한 번 중얼거리며 사냥꾼들이나 쉬고 갈 것 같은 통나무집을 둘러보았다. 창을 통해 우거진 숲이 보였고 한낮의 햇살이 밝게 들어오고 있었다.

"며칠 동안 노숙만 했더니 많이 피곤한 모양입니다?"

"여자는 이것저것 신경 쓸 게 많은 동물이에요. 당연히 피곤하지요. 전과는 다르게 운 소협이 오신 이후로 눈치도 봐야 하고……."

곡비연은 생리적인 현상 때문에 길게 이야기하지 않았다. 운소명은 그 말에 대충 눈치를 차렸기에 더 이상 궁금해하지도 않았다. 운소명은 시선을 돌려 창밖을 쳐다보았다. 바람에 실려오는 사람의 소리를 들었기 때문이다.

쉬쉭!

바람 소리와 함께 가벼운 깃털처럼 노화와 안여정이 나타났다. 그녀들은 품에 한가득 감자를 안고 들어와 밝은 표정을 보였다.

"구운 감자 어때요?"

짝!

곡비연이 밝은 표정으로 박수를 쳤다.

"구운 감자 정말 좋아해요. 성에선 사람들의 눈 때문에 잘 먹지 못했지만 어릴 땐 아버님 몰래 부엌에서 자주 구워 먹곤 했어요."

곡비연의 말에 노화와 안여정은 기분 좋게 웃으며 감자를 내려놓고 한쪽에 마련된 아궁이에 불을 넣기 시작했다.

"뒤처리는 잘했고?"

손수수가 묻자 노화가 고개를 끄덕였다.

"예. 물론이지요. 저희가 어디 한두 번이에요? 후후."

노화는 전적이 많다는 듯 대답했다. 임무를 맡고 성을 나가면 자급자족은 기본이었기에 익숙한 그녀들이었다. 단지 곡비연에게 지금 같은 노숙이 익숙지 않을 뿐이었고, 언제까지 산에서 지낼 수도 없었다.

곡비연은 불만을 가질 수도 있었으나 손수수를 비롯한 모두가 마을로 나가는 것을 반대했기에 그 뜻에 따랐다. 지금은 그저 조심해야 했다. 그런데 과연 성에 도착해서도 지금의 위험이 사라질까? 곡비연은 문득 그런 생각이 들었다.

타닥!

나무가 타들어가는 소리와 함께 감자들이 익어가는 냄새가 집 안을 맴돌자 입 안에 군침이 돌았다.

"호호!"

재미있는 이야기라도 하는 듯 모여 앉은 네 명의 여자는 감자를 까먹으며 웃고 있었다. 조금 떨어진 벽에 기대어 선 운소명은 그녀들의 모습을 쳐다보다 곧 시선을 돌려 창밖을 보았다. 쫓기는 입장 같았는데 이상하게 마음이 편했다. 왜 그런지 몰라도 그녀들 또한 그런 것인지 즐겁게 이야기를 나누며 웃고 있었다.

"어떻게 해… 다 묻었어."

곡비연은 울상인 표정으로 입 주변과 손이 까맣게 변해 있자 입술을 내밀었다. 숯 때문에 검게 변한 자신의 모습을 아는 것처럼 보였다. 그럴 수밖에 없는 게 모두 비슷했고, 자신도 그러하다는 것을 미루어 짐작할 수가 있었다.

"우리 목욕하러 가요. 요 앞에 작은 천(川)이 있는데 물이 맑아 시원해 보였어요."

안여정이 말하자 모두들 눈을 반짝이며 자리에서 일어섰다. 그러자 운소명이 안색을 바꾸며 고민스럽게 말했다.

"나도 가면 안 되나? 좀 씻고 싶은데……."

"밤에 혼자 씻어요."

곡비연이 차갑게 말한 후 곧 혀를 내밀고는 노화와 안여정과 함께 나가자 운소명은 마지막에 남은 손수수를 쳐다보았다. 그러자 손수수가 웃으며 실망스러운 표정의 운소명에게 말했다.

"금방 올 테니까 그 시간 동안 사냥이라도 갔다 와. 저녁에는 멧돼지가 먹고 싶어. 토끼는 조금 지겹잖아?"

손수수의 말에 운소명은 미소를 보이다 이내 안색을 바꾸며 굳은 목소리로 말했다.

"그렇게 할게. 그리고 혹시 몰라 말하는 건데 조심하고……. 곡 원주님의 목숨을 얻기 위해 마불이 움직였다면 이는 마불 스스로 움직인 게 아니라 모종의 세력이 원주님의 목숨을 노린다는 뜻인데… 마불 정도 되는 고수를 움직일 정도라면 대단한 놈들이 분명할 거야. 거기다 마불 하나라고 단정 지을 수도 없잖아?"

"그건 이미 예상하고 있는 일이야. 그래서 너를 부른 거고."

손수수는 미소를 던진 후 빠른 걸음으로 사라진 일행의 뒤를 따라갔다. 그녀들이 모두 나가자 운소명은 곧 집 안을 깨끗이 정리하기 시작했다. 흔적을 완전히 없앤 후에야 사냥을 나갔다.

쉬이익!

수풀 사이로 어른의 주먹만 한 돌덩이가 허공을 날았다. 나뭇가지 사이를 뚫고 나온 돌은 마치 눈이 달린 것처럼 땅 냄새를 맡고 있던 커다란 멧돼지의 얼굴을 강타했다.

다시 만난 인연

빠—박!

골이 깨지는 두 번의 소리와 함께 불의의 일격을 당한 멧돼지의 눈이 돌아가더니 이내 비틀거리다 바닥으로 쓰러졌다.

쿵!

육중한 소리가 울리자 놀란 새들이 허공으로 날아갔다.

쉬쉭!

쓰러진 멧돼지 앞에 바람처럼 나타난 운소명은 안색을 찌푸리며 자신과 거의 동시에 허공을 날아 맞은편에 선 청년을 쳐다보았다. 운소명은 그 청년이 구면인 듯 눈을 반짝였다.

땅에 내려선 청년도 굳은 표정으로 운소명을 노려보고 있었다. 그 역시 운소명을 익히 알고 있다는 듯 인사는 없었다. 대신 싸늘한 시선으로 운소명을 노려보다 먼저 말했다.

"내가 먼저 던졌소."

유신의 말에 운소명은 어이없다는 듯 말했다.

"내가 먼저 던졌고 먼저 발견했어."

"멧돼지가 쓰러진 방향은 분명 당신 쪽이오. 내가 던진 돌에 먼저 맞았기 때문에 그쪽으로 쓰러진 게 아니겠소?"

유신이 멧돼지가 운소명 쪽으로 쓰러진 것을 들먹이자 운소명은 아미를 찌푸리다 차갑게 말했다.

"돼지가 내 쪽으로 쓰러진 건 비탈길 방향이기 때문이지, 네가 던진 돌 때문이 아니야. 거기다 네가 던진 돌은 튕겨 나갔고 내가 던진 돌은 돼지 머리에 박혔어."

운소명은 말을 하면서 멧돼지의 머리에 박힌 돌을 쳐다보았다. 그의 시선을 따라 유신도 이동했고, 분명 운소명이 던진 돌이 박혀 있는 것을 보았다. 그리고 자신이 던진 돌이 멧돼지와 조금 떨어진 곳에 놓여져 있는 것도 발견했다.

"아무리 그렇게 우겨도 사실에는 변함이 없소. 돼지는 내 것이오. 운 형이 양보하시기 바라오. 유령도도 양보했는데 돼지까지 가져갈 생각이오?"

"허어! 천하의 유신이 돼지 하나 때문에 인상을 쓰다니, 그 사실을 알면 천하가 웃겠어."

"그건 운 형도 마찬가지가 아니오?"

유신의 말에 운소명은 비릿한 조소를 입가에 걸며 유령도의 손잡이를 잡았다. 그러자 유신도 검의 손잡이를 잡으며 서로를 노려보았다.

"마침 잘된 것 같소. 그때 결말을 제대로 내지 못했는데 한번쯤 우리도 결말을 내야 하지 않겠소?"

유신의 투기에 운소명은 그가 진심이란 것을 알곤 조소와 함께 투기를 발산하기 시작했다.

"그렇긴 하지. 전력으로 싸운 적은 없었으니까. 사실 위지세가에선 내가 운이 좋았지. 쉽게 이런 명도를 얻었으니 말이야."

"알긴 아는구려."

유신은 차갑게 중얼거리며 검을 뽑기 위해 손에 힘을 주었

다시 만난 인연

다. 그때 발소리들과 함께 많은 무사들이 유신의 주변으로 나타났다.

"부단주님, 무슨 일입니까?"

"이야, 이거면 우리 묵풍단 전체가 먹고도 남겠는데요?"

그들은 돼지를 보다 맞은편에 서 있는 운소명을 쳐다보았다.

"근데 부단주님, 저놈은 누군데 우리의 먹을 것 앞에서 저렇게 당당히 서 있습니까?"

묵풍단에 가장 먼저 들어온 단어리가 묻자 유신은 안색을 바꾸며 담담한 목소리로 말했다.

"소소공자라 불리는 운소명이라 하네. 오랜만에 만난 거라 반가워서 인사를 하는 중이었네."

"오!"

"그 소소공자?"

"부단주님과 한판했다던?"

운소명이란 말에 무사들이 일제히 떠들며 시끌벅적하게 주변을 소란스럽게 하자 운소명은 밝은 표정으로 포권하며 말했다.

"여러 영웅님들께 후배 운소명이 인사드립니다."

운소명의 인사에 유신은 가증스럽다는 듯 혀를 찼고, 묵풍단의 무사들이 앞 다투어 수인사를 나누었다.

"그런데 운 소협은 이곳에 무슨 일로 오셨소? 설마 부단주님처럼 멧돼지를 잡으려고 온 것은 아니겠지요?"

단어리의 물음에 운소명은 크게 웃으며 대답했다.

"하하! 설마 그럴 리가 있겠습니까? 발길 따라 다니다 우연히 만난 것뿐입니다. 그건 그렇고, 멧돼지를 서로 잡았는데… 일단 저는 일행도 적으니 다리 하나만 가지고 가지요. 설마 대묵풍단의 부단주님께서 거절하지는 않겠지요? 그 정도로 쪼잔한 사람은 아닐 거라 생각합니다."

웃으며 말한 운소명은 가타부타 대답도 안 듣고 멧돼지의 뒷다리 하나를 유령도로 자른 후 신형을 돌렸다. 그러자 유신이 빠르게 말했다.

"조심하시오."

짧은 말이었으나 운소명은 잠시 걸음을 멈추었다. 여러 의미가 담겨 있는 말이었다. 그것은 유신과 운소명만이 아는 대화였다. 하지만 그것도 잠시뿐 인사를 한 운소명은 빠른 걸음으로 산을 내려갔다. 그 모습을 보던 유신은 완전히 운소명의 모습이 사라지자 신형을 돌렸다.

"가져가자."

저 멀리 물장구를 치며 함께 놀고 있는 네 명의 여인을 잠시 쳐다보던 운소명은 문득 곡비연의 젖은 머리카락이 허공에 휘날리자 그녀가 백화성에서 가장 유명한 미인이란 것을 실감했다.

"여자는 물과 같다던데… 아니, 물과 잘 어울린다고 해야 하나?"

가만히 중얼거리던 운소명은 천천히 물으로 걸어가는 손수수의 모습을 쳐다보다 심장이 다시 한 번 크게 뛰는 것을 느꼈다. 운소명은 고개를 돌리며 짧게 숨을 내쉬었다. 그리고 다시 한 번 손수수가 자신의 가슴에 존재하고 있다는 것을 확인할 수 있었다. 운소명은 고개를 저으며 잘라온 돼지 뒷다리를 물에 씻기 시작했다.

해가 지자 집으로 돌아온 곡비연과 일행은 탁자 위에 올려진 커다란 뒷다리 하나를 쳐다보며 둘러앉았다.

"정말 잡은 거야?"

"물론."

운소명은 단도를 꺼내 들며 대답했다. 그러자 손수수가 다시 물었다.

"그런데 왜 다리 하나뿐이야?"

"설마 돼지도 아니고 그걸 다 먹을 생각인 거야? 이것 하나만도 벅찰 텐데……?"

운소명이 짐짓 놀란 듯 눈을 크게 뜨고 말하자 손수수는 눈을 흘기며 짧은 단검을 꺼내 먹기 좋은 크기로 고기를 잘라 곡비연에게 권했다. 그것을 시작으로 각각 자신의 단도나 단검을 꺼내 고기를 잘라 먹었다. 운소명도 고기를 한 점 잘라 먹은 뒤 말했다.

"이 근처에 무림맹이 있으니 조심해야겠어."

"무림맹?"

무림맹이란 말에 모두들 안색을 굳혔다. 만나고 싶지 않은 단체가 있다면 그 첫 번째가 무림맹이기 때문이다.

"마불을 쫓아왔대. 예전에 마불이 사고를 좀 많이 친 모양이야. 무림맹이 정예를 보낼 정도인 것을 보니……."

고기를 씹으며 말하는 운소명의 목소리에 곡비연이 물었다.

"어디에 있는지 아시나요?"

"이 근처인 것은 확실한데… 장소는 정확히 모르겠습니다. 아무래도 아침에 일찍 출발해야 할 것 같습니다. 그들도 사람인 이상 밤에는 쉴 테니 우리도 쉬기로 하지요."

"알겠어요. 그렇게 하기로 해요."

곡비연이 대답하자 운소명은 다시 말했다.

"오늘은 푹 쉬십시오. 내일부터는 다시 강행군이 될지 모르니……."

"걱정하지 마세요. 저 역시 무림인이에요. 곱게 자란 여자라고 오해하지 마세요."

곡비연의 말에 운소명은 고개를 끄덕였다. 그러자 손수수가 말했다.

"오늘은 푹 쉬어야 하니 교대로 번을 서기로 한다. 처음은 내가 서고 다음은 노화와 안여정 순으로 해서 남자인 네가 마지막에 서줘야겠어."

"그러지."

운소명은 선선히 고개를 끄덕이며 허락했다.

식사를 모두 마치자 곡비연은 한쪽에 쌓아둔 마른 잎 사이에 누웠고, 그 옆에 안여정과 노화가 누웠다. 운소명은 밖으로 나가 지붕 위에 누워 하늘을 이불 삼아 눈을 감았다. 곧 발소리와 함께 손수수가 밖에 나와 마당에 서서 주변을 둘러보다 지붕 위에 누운 운소명에게 시선을 던졌다.

[백화성에 정말 갈 거야?]

손수수의 전음성에 운소명은 눈을 떠 밤하늘을 쳐다보았다. 때를 맞추어 구름 사이로 초승달이 얼굴을 내밀자 운소명은 미소 지었다.

[가야지.]

[보고 싶어 불렀지만… 막상 함께 간다고 생각하니 걱정되네.]

[내가 무살이라서?]

운소명의 물음에 손수수는 대답하지 못한 채 밤하늘을 쳐다보다 이내 천천히 주변을 서성이기 시작했다. 그렇게 서성이던 손수수는 길게 숨을 내쉬고는 운소명에게 전음을 던졌다.

[무살은 없어.]

운소명은 그 말에 가만히 미소를 그리다 이내 눈을 감았다.

새벽이 되자 눈을 뜬 운소명은 옆에 앉아 있는 안여정의 모습에 입을 열었다.
"벌써 새벽인가?"
"네."
안여정의 목소리는 조금 낮았고 차가워 보였다. 여전히 그녀는 운소명을 경계하고 있는 듯했다. 손수수의 성격을 잘 아는 그녀였기에 운소명의 등장 자체가 의심스러울 수밖에 없었다. 그가 나타나 자신들을 구해준 건 고맙고 감사한 일이지만 그것과 운소명을 의심하는 일은 별개의 것이었다.
"궁금한 게 있어요."
"물어봐."
운소명이 시선을 던지자 안여정은 고개를 끄덕이며 물었다.
"단순히 손 언니와 아는 사이이기 때문에 백화성에 가려는 건가요? 아니면 백화성의 무공을 익혔기 때문인가요?"
"둘 다겠지?"
운소명은 가볍게 미소를 입가에 걸었다. 그러자 안여정이 아미를 찌푸리며 말했다.
"그냥 이상해서 물어본 것뿐이에요."

"무엇이?"

운소명이 쳐다보자 안여정은 안색을 바꾸며 주변을 둘러보았다. 운소명도 누운 자세를 풀고 앉았다. 그러자 안여정이 말했다.

"손 언니가 중원에 아는 사람을 남겨두었다는 거요. 절대 그럴 분이 아니에요. 당신의 무공이 아무리 고강해도 말이에요."

그렇게 말한 안여정은 통나무집 근처로 움직이는 인기척을 감지하며 운소명에게 다시 물었다.

"당신은 누군가요?"

운소명은 표정을 굳히며 주변을 둘러싸고 있는 무사들의 움직임을 주시했다. 그리고 그들이 무림맹의 무사들이란 사실에 더더욱 눈살을 찌푸렸다.

"손수수가 도대체 어떤 사람이기에 절대로 중원에 아는 사람을 남겨두지 않는다는 거지? 그게 이해하기 어렵군. 사람이 사람을 만난 것뿐인데 말이야. 백화성은 외부로 나갈 때 늘 살인멸구(殺人滅口)로 일을 대처하는 모양이야?"

운소명의 물음에 안여정은 눈에 살기를 드러냈다.

"꼭 그렇지도 않아요. 단지 손 언니는 조금 특별하기 때문에 물어보는 것뿐이에요."

"내가 볼 땐 특별한 것은 없어 보이는데?"

안여정은 그 말에 설명을 하려면 암화단에 대해서 말해야 한다는 것을 알기에 더 이상 입을 열지 않았다. 안여정이 침묵하자 운소명은 땅으로 내려오며 말했다.
"그것보다… 눈앞의 과제부터 풀어야 할 것 같군그래……."
운소명이 중얼거리자 안여정은 고개를 끄덕이고는 안으로 들어가 일행들을 깨우기 시작했다. 운소명은 그런 안여정의 뒷모습을 슬쩍 쳐다보며 눈을 반짝였다.
'이거 생각보다 귀찮은 여자인데…….'
운소명은 자신이 무살이란 사실을 그들에게 들키지 않을 자신이 있었다. 무살일 때의 얼굴과 지금은 전혀 다르기 때문이다. 무살로 그녀들에게 잡힐 당시에는 이미 창천궁에 잡혀 몰골이 말이 아닌 상태였다. 거기다 광대뼈도 튀어나온 상태였고, 거의 먹지를 못해 가죽만 남은 상태였다.
그때의 얼굴과 지금은 당연히 다를 수밖에 없었고 목소리 또한 힘없는 그때와는 전혀 달랐다. 그러니 과거의 일에 대해선 걱정하지 않았다. 단지 노화와 안여정이 생각 이상으로 자신을 경계하고 있다는 점이 마음에 걸렸다.
'조심해야겠어…….'
운소명은 가만히 속으로 다짐하며 앞을 쳐다보았다.

스슥!
곧 발소리와 함께 사방을 둘러싼 무림맹의 무사들과 유신의 모습이 운소명의 눈에 들어왔다.

"묵풍단."

운소명은 안색을 찌푸리며 유신을 쳐다보았다. 왜 이곳을 포위하고 있는지 궁금하단 표정으로, 눈으로 그 이유를 묻고 있었다.

"또 보는구려. 유신이오."

유신의 포권에 운소명도 마주 포권으로 인사하며 말했다.

"운소명이오. 그런데 무림맹의 여러 선배님들이 왜 이곳에 있는지 물어봐도 되겠소?"

"물론 마불 때문이오. 그 집 안에 누가 있는지 좀 살펴볼 수 있겠소?"

유신의 물음에 운소명은 눈살을 찌푸리며 잠시 침묵했다. 그러자 묵풍단의 무사들이 일제히 살기를 드러내기 시작했다. 그 강력한 기도에 주눅이 들 만도 했으나 운소명은 별다른 변화 없는 표정으로 슬쩍 미소를 입가에 그렸다.

"잠시만 기다려 주겠소? 안에는 소저 분들이 계셔서……."

운소명의 말에 유신의 눈빛이 차갑게 번들거렸다. 여자가 한 명 있다는 것은 이미 보았다. 지붕 위에 앉아 있는 안여정을 발견했기 때문이다. 무엇보다 다른 사람도 아닌 운소명이 타인들과 함께 있다는 게 의심스러웠다.

"그 소저 분들을 볼 수 있겠소?"

"물론이오. 곧 나올 것이오."

운소명은 당연하다는 듯 고개를 끄덕였다. 그러자 안에서 문을 열고 곡비연을 비롯한 손수수와 노화, 안여정이 나타났다. 그녀들이 나타나자 묵풍단의 무사들이 일제히 눈을 크게 뜨며 쳐다보았다. 곡비연과 손수수의 미모가 뛰어나 새벽의 어두운 푸른 하늘인데도 절로 탄성을 일으키게 만들었다.

하지만 전혀 흔들림없는 눈빛으로 서 있는 인물도 있었다. 그는 유신이었고, 유신은 반짝이는 시선으로 곡비연과 손수수를 쳐다보더니 이내 시선을 운소명에게 던졌다. 그런 유신의 입가에는 가느다란 미소가 걸렸다.

"이렇게 외진 곳에서 네 분 소저와의 여행이라… 소소공자께선 풍류남아셨구려. 아니면 호색한 사람이거나……. 하나 상식적으로 생각할 때 이상하지 않소? 풍류를 즐기기엔 너무 외지고 볼 게 없는 동네인데다가, 술이 없는 곳이지 않소? 거기다 네 분 소저를 보아하니 보통 분들은 아닌 것 같은데……."

그렇게 말한 유신은 손수수의 살기에 반응하며 검의 손잡이를 잡은 후 차갑게 다시 말했다.

"정확히 신분을 밝혀야 할 것이오."

유신의 목소리에 정신을 차린 것일까? 묵풍단의 무사들도 표정을 바꾸며 강한 기도와 함께 언제라도 출수(出手)하겠다는 표정으로 운소명과 일행을 압박하기 시작했다.

운소명은 이맛살을 찌푸리며 난색을 표했다. 신분을 밝히는 것 자체가 문제였기 때문이다. 무림맹과 백화성의 관계를 잘 아는 그였기에 유신이 어떻게 나올지 예측하기 어려웠다. 잠시 망설이는 사이에 먼저 나온 것은 곡비연이었다.

그녀는 당당한 눈빛으로 묵풍단의 무사들과 유신을 쳐다보며 말했다.

"묻기 전에 먼저 자신의 신분을 밝히셔야 하는 게 아닌가요?"

곡비연이 나서자 운소명은 한 발 물러서며 인상을 찌푸렸다. 자신의 선에서 해결하려고 했기에 곡비연이 섣부르게 나서면 방해가 될 것 같았기 때문이다.

곡비연의 당당함에 유신은 고개를 끄덕이며 말했다.

"무림맹 묵풍단 부단주 유신이라 하오. 소저는 누구시오?"

유신의 정중한 대답에 곡비연은 눈을 반짝이며 말했다.

"저는 백화성 백문원주 곡비연이라 해요."

"……!"

유신의 표정이 굳어졌으며 묵풍단의 무사들도 눈을 크게 뜨고 곡비연을 쳐다보았다. 잠시의 침묵이 이어지자 단어리가 어이없다는 듯 유신의 옆에 서서 말했다.

"기가 차서 말도 안 나오는군. 머리에 피도 안 마르게 생긴 계집이 백화성의 백문원주라고? 이거 우리가 횡재한 건가?"

슥!

유신은 단어리의 말에 인상을 쓰며 손을 들어 그의 말을 막왔다. 단어리의 말처럼 이런 깊은 산중에 백화성의 백문원주가 있다는 게 말이 안 되는 일이었고, 있을 수 없는 일처럼 생각되었다. 백문원주라면 적어도 무림맹에서 볼 땐 군사 급의 인물이었다. 그런 인물이 이런 초라한 호위로 산중을 다닐까?

유신은 시선을 운소명에게 던지며 물었다.

"사실이오?"

"그렇소이다."

짧게 숨을 내쉰 운소명은 고개를 끄덕이며 대답했다. 그러자 유신의 입술에 미소가 걸렸다.

"백화성의 무사가 된 것이오? 그 의미가 무엇인지 잘 알 텐데… 우리와 척을 지게 되면 두 번 다시 중원에 올 수 없소이다. 운 형과 나는 원수가 되는 것이오."

"사해가 동도고, 강호의 사람들은 모두 형제라 어려움에 처한 소저들을 그냥 못 본 체 지나칠 수가 없었소. 그 사람이 백화성의 사람이든 무림맹의 사람이든 나는 도왔을 것이오. 그게 무인의 정도가 아니겠소?"

운소명의 말에 유신은 고개를 끄덕이며 인정했다.

"그럼 이분들이 어려움에 처해 도와주었는데 알고 보니 백화성이었더라, 이런 것이오?"

"그렇소."

운소명의 대답에 유신은 검을 뽑아 들며 말했다.

"마불을 잡기 위해 이런 외진 곳까지 왔는데 백화성의 백문원주라 우기는 소저 분들을 잡게 되었으니, 맹에서도 기뻐할 것이오. 크게 저항하지 않는다면 몸에 상처가 나는 일은 없을 것이오."

유신의 말에 운소명은 안색을 굳히며 도의 손잡이를 잡았다. 유신이 나선다면 자신이 막아야 했기 때문이다. 팽팽히 당겨진 활시위 같은 긴장감이 장내를 감돌기 시작했다.

그러한 긴장감이 이어지자 곡비연은 눈썹을 올리며 조금 화난 표정으로 유신에게 말했다.

"저는 무림맹과 사전 동의를 통해 이 땅을 밟고 있어요. 본 성의 백무원주가 무림맹을 방문하듯 저 역시 창천궁을 방문하고 돌아가는 길이에요. 그 와중에 불미스러운 일이 있어 이렇게 초라한 모습을 하곤 있지만 분명 백화성의 백문원주이며, 저희를 핍박하는 것은 본 성과 맹이 맺은 협약을 위반하는 일이에요."

곡비연의 말에 유신은 안색을 바꾸며 곡비연을 노려보았다. 그러자 곡비연 역시 표정을 바꾸며 다시 말했다.

"더욱이 소속을 떠나 어려움에 처한 사람을 돕는 것이 무인의 덕목인 것을 무림맹의 부단주께서 설마 배우지 못한 것은 아니겠지요? 여기 계신 운 공자는 저희가 어려움에 처하자 도와주신 분이세요. 그러니 무림맹에선 크게 문제삼지 않았으면 좋겠어요."

운소명은 그 말에 양손을 펼쳐 보이며 미소를 그렸다. 그 시선엔 유신이 닿고 있었고, 유신은 그저 굳은 표정으로 곡비연과 운소명을 쳐다볼 뿐이었다.

유신은 잠시 동안 그렇게 서 있다 이내 입가에 미소를 그리며 검을 뽑아 들었다. 그 모습에 운소명의 안색이 변했다. 유신은 좀처럼 미소를 보이는 인물이 아니었기 때문이다.

곧 눈을 반짝인 유신이 담담히 말했다.

"나는 어디에서도 백화성의 백문원주를 본 적이 없소이다. 내가 본 것은 백화성의 악덕한 무리일 뿐······."

유신의 말에 운소명은 굳은 표정으로 말했다.

"거기에 이 운 모도 포함되는 것이오?"

"그럼, 아니라고 말할 것이오?"

유신의 싸늘한 표정에 운소명은 짧게 숨을 내쉬며 고개를 저었다. 어떻게 해도 빠져나갈 수 있는 구멍이 없는 것처럼 보였다. 그러다 번뜩이는 빛이 운소명의 머리를 스쳤다.

그때 바람 소리와 함께 검을 허리에 찬 홍의여인이 허공중에서 내려와 유신의 앞에 섰다. 그녀의 등장에 모두의 표정이 굳어졌다.

"단주님을 뵙습니다."

묵풍단의 무사들이 일제히 허리를 숙이자 고개를 끄덕인 장림은 운소명과 곡비연을 번갈아 쳐다보았다. 그런 그녀의 눈동자는 반짝이고 있었다.

다시 만난 인연

"무슨 일이지?"

"저 여인이 백화성의 백문원주라고 합니다. 신분을 증명하는 패가 없어 사로잡을 생각이었습니다."

유신의 대답에 장림은 고개를 끄덕이며 곡비연을 쳐다보았다. 그러자 곡비연이 입을 열었다.

"당신은 누구신가요?"

"묵풍단의 단주인 장림이라 해요."

장림의 대답에 곡비연을 비롯한 손수수의 안색이 변했다. 무림에서도 유명한 여협이 그녀였기 때문이다. 또한 십대고수에 포함되는 인물이기도 했다.

"저는 백화성의 백문원주인 곡비연이에요. 이렇게 명성 높은 장 여협을 뵙게 되어 영광이군요."

"저도 백화성의 그 이름 높은 곡 원주를 뵙게 되어 영광이군요."

장림의 말에 곡비연은 눈을 크게 떴다. 자신의 신분을 인정하는 말이었기 때문이다. 그러자 장림은 입가에 미소를 그리며 시선을 돌려 운소명을 쳐다보았다.

"죽은 곡현을 닮았군요. 그것만으로도 충분해요."

장림의 말에 곡비연의 안색이 급변하였다. 자신의 아버지의 이름을 입에 담았기 때문이다. 기분이 나쁠 수밖에 없었지만 상대가 무림맹인 이상 화를 낼 수는 없었다. 그러자 운소명이 입을 열었다.

"후배 운소명이 인사드립니다."

"명성은 들었어요. 반갑군요. 부단주와는 손을 겨룬 사이라고 들었어요."

장림이 가볍게 고개를 끄덕이며 말하자 운소명은 곧 포권하며 말했다.

"선배님과 묵풍단은 분명 마불을 쫓고 있다 들었습니다."

"그래요."

장림이 고개를 끄덕이자 운소명은 다시 말했다.

"그 마불이 십여 년 동안 은거하다 갑자기 지금 나타났는지 궁금하지 않으십니까?"

운소명의 눈이 반짝이자 장림은 안색을 바꾸며 그를 노려보았다. 그러자 운소명은 능글스럽게 웃으며 다시 말했다.

"궁금하실 것 같은데……."

"말하세요."

장림의 조금 낮은 목소리에 운소명은 얼른 대답했다.

"마불은 여기 곡 소저의 목숨을 노리고 다시 나타났다 들었습니다."

그 말에 장림과 유신의 표정이 변하자 곡비연이 운소명의 시선을 받고 고개를 끄덕이며 얼른 말했다.

"맞아요. 그는 분명 저희를 공격했고, 제 목숨을 취하기 위해 나타났다고 했어요."

"허……."

유신은 믿지 못하겠다는 표정으로 고개를 저었고 장림은 차가운 눈빛으로 곡비연과 운소명을 쳐다보다 이내 고개를 끄덕이며 낮게 중얼거렸다.

"그가 백화성의 후계자 싸움에 끼어들었다라……."

장림은 아미를 찌푸리며 여러 가지 생각들을 하기 시작했다. 그런 그녀의 귓가로 운소명의 목소리가 들려왔다.

"이렇게 만난 것도 인연인데, 마불의 목적이 곡 소저인 이상 무림맹의 영웅님들께서 곡 소저를 호위하는 것은 어떻겠습니까? 그는 분명 다시 나타날 것이고, 무림맹은 그를 만나 목적을 이룰 것이고… 곡 소저도 마음 편히 천수까지 갈 게 아닙니까? 일석이조의 방법인 듯한데?"

운소명의 말에 장림은 고개를 들어 그를 쳐다보며 눈을 빛내기 시작했다. 그녀는 운소명에게서 사실을 다시 한 번 확인하려 하였다.

[사실이오. 마불이 곡 소저를 죽이려 하는 것을 내가 구한 것이오.]

운소명의 입술이 미미하게 움직였고 전음성이 장림의 귓가로 파고들었다. 장림은 곧 곡비연을 쳐다보며 말했다.

"마불이 진정 곡 원주를 노렸단 말인가요? 하나 아무리 마불이 대단한 무인이라 해도 곡 원주는 호위무사만 일백 명을 데려간 것으로 아는데… 달랑 호위가 세 명이라……. 이상하지 않나요?"

장림의 말에 곡비연의 눈이 슬프게 변하였다. 자신을 호위하던 무사들의 배신이 떠올랐기 때문이다. 아직도 믿기 힘든 현실이었다.

"그들은… 저를 배신했어요……. 그리고 그들의 손을 피해 도망치던 중 마불과 만났지요. 이들이 없었다면 아마 전… 오래전에 죽었을 거예요."

장림은 그녀가 예상외로 솔직하게 말하자 고개를 끄덕였다. 그녀를 믿는 게 아니라 옆에 있는 운소명을 믿고 있었다.

"앞으로 우리는 여기 곡 원주를 호위해서 천수까지 간다. 맹에는 마불의 목적이 곡 원주라는 사실과 함께 우리가 곡 원주를 호위한다고 보고해라."

"예."

유신이 대답하자 다른 묵풍단의 무사들이 일제히 허리를 숙였다. 그들의 머리 너머로 아침 해가 떠오르고 있었다.

*　　　*　　　*

허름한 객잔의 방 안에 앉아 있던 괴홍랑은 차를 마시다 문을 열고 들어오는 정철을 보곤 찻잔을 내렸다. 가까이 다가온 정철은 그리 밝은 표정이 아니었다.

'벌써 끝내고 복귀해야 했는데… 망할 이 인간하고 더 있어야 하다니…….'

정철은 오 일 전에 곡비연과 마주쳤을 당시 이제 일이 끝났다고 생각했다. 물론 그녀의 미모는 아깝지만 미래를 위해선 죽어야 했고, 그녀의 죽음을 확인한 상태에서 복귀를 해야 했다. 그런데 방해꾼이 나타나 자신의 복귀가 늦어지자 절로 짜증이 났고 기분이 나쁠 수밖에 없었다.
"어찌 되었어?"
"뭐가 말입니까?"
기분이 나쁘니 나오는 말도 그리 좋은 편이 아니었다.
"요즘 좀 네가 미친 모양이구나?"
"미치면 또 어떻습니까? 어차피 한 번 죽는 거."
차를 마시며 심드렁하게 대답한 정철은 고개를 저었다. 내심 눈치를 보긴 했지만 운소명과 마주쳐 임무를 완수하지 못한 후부턴 괴홍랑은 꼬리를 말고 물러선 개마냥 조용했다. 그렇기 때문에 이렇게 기세 좋게 말할 수도 있었다. 하지만 언제까지 이러한 기세가 이어질지 정철도 장담할 수 없었다. 두려움 속에서 정철은 괴홍랑의 주먹을 늘 의식하며 조금씩 기를 세우고 있었다.
차를 다 마신 정철은 그제야 입을 열었다.
"그년이 무림맹과 함께 있다고 합니다."
"……?"
괴홍랑의 아미가 찌푸려지자 정철은 다시 말했다.
"고년이 어떻게 했는지 모르지만 무림맹의 묵풍단과 함께 천수로 가고 있는 중입니다. 설마 무림맹이 고년을 보호할 줄은……."

매우 난감하다는 듯 정철은 고개를 저으며 인상을 구겼다. 슬쩍 괴홍랑을 보자 그는 별반 변화없는 표정으로 찻잔을 쳐다보고 있었다. 그러자 정철은 궁금한 듯 조심스럽게 물었다.

"저기 요즘 좀 이상한 것 같습니다."

"뭐가?"

"말씀이 없어서요."

괴홍랑은 답답한 것을 싫어하는 사람이었고 쓸데없이 생각하는 것도 좋아하는 사람이 아니었다. 하지만 지금은 고민을 할 수밖에 없었다.

"추파영은 맹주가 되었고… 나는 도망자라……."

가만히 중얼거린 괴홍랑은 곧 정철에게 물었다.

"곡 가의 위치는 잘 알고 있겠지?"

"지금 당장 출발해도 상관없습니다."

정철은 당연하다는 듯 고개를 끄덕이며 대답했다. 그러자 괴홍랑은 자리에서 일어섰다.

"출발하자고. 천수에 가기 전에 어떻게 해서든 결과를 내야지… 못 내면 어쩔 수 없고."

가볍게 웃은 괴홍랑은 곧 밖으로 나갔다. 그가 나가자 정철은 안색을 구기며 고개를 저었다.

"그렇다고 당장 출발하냐. 난 이제 막 쉬려고 들어왔는데."

정철은 한숨을 내쉬며 자리에서 일어섰다.

*　　*　　*

덜컹! 덜컹!

대로를 지나가는 마차 안엔 곡비연과 손수수가 앉아 있었다. 마부석엔 노화와 안여정이 있었고, 그 주변으로 묵풍단의 무사들이 천천히 이동하고 있었다. 운소명은 마차의 왼편에 가깝게 붙어서 이동하고 있었다.

마차 안에 앉아 있던 곡비연은 문득 휘장 너머로 보이는 굳은 표정의 무림맹 무사의 얼굴을 보곤 가만히 중얼거렸다.

"적은… 나를 보호하는데, 내 편은 나를 죽이려 하는구나……."

곡비연의 목소리는 가라앉아 있었으며 많은 슬픔과 고민이 담겨져 있는 것 같았다. 곡비연의 말을 들은 손수수는 그녀의 마음을 십분 이해한다는 표정으로 고개를 끄덕였다. 그런 그녀가 휘장 너머로 보이는 운소명과 눈이 마주치자 살짝 미소를 입가에 그렸다. 운소명이 한쪽 눈을 '찡긋!' 거렸기 때문이다.

"무림맹의 무사들과 함께 있는데, 본 성의 무사들과 함께 있을 때보다 마음이 더 안심되네요. 웃기게도……."

곡비연의 목소리가 다시 들리자 손수수는 씁쓸히 말했다.

"외부의 적보다 내부의 적이 더 무서운 법이에요."

"그래요. 내부의 적이 더 무서운 법이지요. 하지만 그렇다고 이렇게 무림맹과 함께하는 것은 옳은 선택이 아닌 듯해요. 이 일을 빌미로 어떤 공격을 해올지……."

근심스러운 표정으로 곡비연이 말하자 손수수는 문득 과거의 그녀와 너무 다른 모습에 짧게 숨을 내쉬었다. 짧은 시간 동안 많은 일을 겪으면서 마음이 많이 약해진 듯 보였다.

손수수는 힘을 내라는 표정으로 곡비연의 손을 잡으며 말했다.

"너무 걱정할 필요는 없어요. 모든 건 성주가 되면 사라질 테니까요."

"그래요. 걱정은 접어두기로 해요."

그 말에 기운을 차린 것일까? 힘차게 고개를 끄덕인 곡비연은 곧 눈을 반짝이며 말했다.

"그런데 운 공자완 정말 아무런 사이가 아닌 거지요?"

"예?"

그녀의 급작스러운 물음에 손수수는 안색을 바꾸며 고개를 저었다. 그리곤 낮은 목소리로 말했다.

"그의 무공이 높기 때문에 저와 인연이 닿았을 뿐이에요. 그렇지 않았다면 이런 일조차 없었겠지요."

손수수의 말에 곡비연은 가만히 고개를 끄덕이며 말했다.

"그렇게 말하는 것치곤 둘의 시선이 자주 마주치는 것 같은데요?"

곡비연의 미소 진 물음에 손수수는 손을 저었다.

"오해하지 마세요."

"오해를 안 하려 해도… 두 분은 생각보다 가까워 보여요."

곡비연의 말에 손수수는 다시 한 번 고개를 저으며 부정한 후 화제를 바꾸듯 말했다.

"그것보다 많이 피곤할 텐데 좀 주무세요. 마을까지 가려면 시간이 좀 걸릴 것 같은데."

그렇게 말한 손수수가 먼저 눈을 감자 곡비연은 손으로 입을 가리며 가볍게 웃다 이내 피곤한지 눈을 감고 졸기 시작했다.

마차의 옆에서 걷던 운소명은 걷는 게 지겨웠는지 마부석으로 뛰어올라 노화의 옆에 앉았다. 셋이 좁은 마부석에 앉으니 자연스럽게 노화의 엉덩이와 살이 붙은 운소명은 그녀의 따가운 시선에도 아랑곳없이 미소를 보이며 말했다.

"이거 다리가 너무 아파서 더 이상 못 걸을 것 같은데 조금만 같이 갑시다."

"옆에 앉기 전에 물어보는 게 보통 아닌가요?"

"벌써 앉았으니 허락한 것으로 알겠소."

운소명은 웃으며 마차에 등을 기대어 눈을 감았다. 그런 운소명에게 노화가 물었다.

"그런데 운 소협은 아무런 걱정이 없는 것 같아요."

"무슨 걱정 말이오?"

"이들이 언제 태도를 바꿀지 걱정되지 않나요?"

운소명은 노화의 물음에 가볍게 미소를 보이며 고개를 저었다.

"걱정은 안 해도 될 것 같소. 이들은 절대 자신이 한 말을 번복하지 않을 것이오. 무림맹을 어떻게 생각하는지 나는 잘 모르나 적어도 무림맹은 한 번 한 말은 지키는 곳이라오."

운소명의 말에 노화는 고개를 끄덕였다. 하지만 여전히 마음은 무거운 것처럼 보였다.

"현재 우리가 처한 상황을 고려해 볼 때 이것저것 따질 입장은 아니오."

운소명은 그렇게 말한 후 다시 말했다.

"어찌 보면 곡 원주님은 대단한 분이오. 나라면 아무리 위험해도 적과 이렇게 함께할 생각은 안 할 테니까 말이오."

"그건 그래요. 저라도 이들과 함께하지 않을 테니까요. 목에 칼이 들어와도 말이에요. 더욱이 원주님은 무림맹이 자신의 아버님을 살해했다고 생각하고 계세요. 아마 성주님이 되신다면 가장 먼저 그 부분을 깊게 파고들지 않을까요?"

"아마도……."

운소명은 말을 줄이며 고개를 끄덕였다. 자신의 이야기였기 때문에 더 이상 그 부분에 대해선 말할 게 없었다. 그렇다고 크게 걱정하지도 않았다. 아무리 조사를 해도 무림맹에선 아는 게 없기 때문이다.

저녁이 되자 강줄기를 사이에 두고 평평한 들판 위에 자리 잡은 무림맹의 무사들은 노숙할 준비를 했다. 무사들은 익숙한 손길로 천막을 치고 음식을 하기 시작했다.
 십여 개의 천막 중앙에 자리한 가장 큰 천막은 장림의 거처였고, 그 안으로 곡비연과 손수수가 들어갔다. 노화와 안여정은 마차에서 잠을 자기로 했기에 큰 문제가 안 되었지만 운소명은 자리가 없어 밤하늘을 이불 삼아 자야 했다. 운소명은 마차의 마부석에 누워 저녁이 되길 기다렸다.
 "마불이 정말 올 것 같소?"
 익숙한 목소리에 고개를 돌린 운소명은 두 개의 그릇을 들고 서 있는 유신을 쳐다보았다. 유신은 삶은 닭이 반 마리씩 들어 있는 그릇 두 개 중 하나를 운소명에게 건네며 마부석의 옆에 앉았다.
 "그의 목적이 곡 소저인 이상… 오겠지. 쩝! 쩝!"
 운소명이 닭고기를 씹으며 말하자 유신은 고개를 끄덕였다.
 "쩝! 그런데 정말 백화성에 갈 생각이오?"
 "지금까지 살면서 백화성의 내부까지 가본 적은 없었어. 이 기회에 한번 내부를 구경해 볼 생각이야. 기회도 좋아. 곡 원주는 성주가 될 가능성이 높은 인물이니까. 그 옆에 있다 보면 백화성에 대해서 더 잘 알 수 있지 않을까?'

낮은 목소리로 중얼거린 운소명은 국물까지 들이켜고 나서야 소매로 입술을 훔쳤다. 유신도 국물을 마신 후 고개를 끄덕였다.

"그렇게 정보를 얻어서 어디에 쓰려는 생각이오? 설마 본맹에 돌아올 생각이오?"

"너라면 똥개 죽이듯 죽이려 했던 무림맹에 돌아가고 싶으냐?"

"나는 맹에 있소이다."

유신의 대답에 운소명은 미소를 보이며 말했다.

"네가 맹에 있는 이유는 그저 살려고 있는 것이겠지……."

"나도 꿈이 있고 목적이 있소. 당신만 그런 게 아니라……."

유신의 대답에 운소명은 고개를 끄덕였다. 하지만 유신의 목적이 무엇인지 묻지는 않았다. 자신이 알아도 별 소용없을 것 같았기 때문이다. 어차피 가는 길이 다르다고 생각했다. 유신은 운소명의 손에 든 빈 그릇을 받아 쥐곤 자리에서 일어섰다.

"당신에겐 큰 약점이 있소."

"무슨 약점?"

"당신에 대해 아는 사람이 있다는 것이오. 과거를 청산하지 못한 게 약점이오."

 유신의 말에 운소명은 인정한다는 듯 고개를 끄덕이며 말했다.

 "네 말대로 그게 내 발목을 잡겠지… 하지만 과연 그 사람들이 입을 열까?"

 웃으며 쳐다보는 운소명의 얼굴을 잠시 본 유신은 아무 말없이 신형을 돌렸다. 그가 자리를 뜨자 운소명은 배를 두드리며 마부석에 다시 누웠다.

 '알 수 없는 놈이야……'

 식사를 마친 곡비연과 손수수는 장림과 마주 앉아 차를 마셨다. 노화와 안여정 역시 그녀들의 뒤에 긴장한 표정으로 서 있었다.

 "너무 긴장하는 것 같군요."

 장림은 그녀들의 모습에 부드러운 목소리로 말했다. 지금까지 함께 이동하면서 거의 대화가 없던 그녀들이었고, 식사 중에도 말은 없었다. 형식적인 이야기를 제외하곤 거의 대화를 나누지 않았던 것이다.

 "본 맹이 백화성과의 관계가 좋지 않다 하지만 공사도 구분 못할 정도는 아니에요. 사사로운 감정보다 대의를 위해서라면 함께하는 것도 나쁜 게 아니에요. 지금은 신분을 떠나 동료로서 행동해야 할 때예요."

장림의 말에 고개를 끄덕인 곡비연은 천천히 입을 열었다.
"알겠어요. 장 단주께서 그렇게 말씀하시니 저도 조금은 편하게 있겠어요."
"그래요."
장림은 다시 한 번 부드럽게 미소 지었다. 그러자 곡비연이 궁금한 듯 물었다.
"전부터 무림맹의 사람을 만나면 물어보고 싶은 게 있었어요."
"뭔가요?"
장림의 느긋한 시선에 곡비연은 고개를 끄덕이며 다시 물었다.
"제 아버지를 살해한 곳이 무림맹인가요?"
곡비연의 물음이 급작스러웠던 것일까? 장림은 눈을 살짝 반짝였고 주변에 앉은 손수수와 노화, 안여정의 안색이 바뀌었다. 짧은 순간 무거운 공기가 주변을 맴돌기 시작했다.
"그 일은 저희도 모르는 일이에요. 거기다 무살에 대한 일은 이미 끝난 것 아닌가요?"
장림의 말에 곡비연은 눈살을 찌푸렸다. 무살에 대해선 그녀도 알고 있었기 때문이다. 그리고 그자가 전 무림을 상대로 벌인 일에 대해서도 잘 알고 있었다. 그녀 역시 처음에는 무살을 범인으로 지목했고 그를 추적하였다. 하지만 시간이 흐르자 그것조차도 조작된 게 아닌가 하는 의심을 하기 시작했다. 의심은 의심을 낳고 모든 게 거짓처럼 보였다.

"끝난 일이라… 하지만 기억에서 없어지지는 않아요. 죽음은 그렇게 큰 상처를 남기지요."

"큰 상처는 본 맹 역시 마찬가지예요."

"무림맹과 연관이 없다고 확신하시나요?"

"물론이에요. 그리고 백화성과 큰 싸움이 일어날 일을 나도 모르게 맹이 할 거라 생각하시나요?"

장림의 말에 곡비연은 미미하게 고개를 끄덕였다. 그녀의 위치를 고려해 볼 때, 그녀 모르게 백화성과 전면전을 펼칠 일을 행할 거라 생각지는 않았다.

"수많은 목숨이 달려 있는 일을 맹은 쉽게 결정하지 않아요."

"본 성 역시… 마찬가지예요."

곡비연은 그 말을 인정한 듯 조금 물러선 목소리로 다시 말했다.

"저는 성주가 되면 무살의 뒤를 알아낼 생각이에요."

"뒤?"

"그래요. 무살 혼자서 감히… 무림삼대세력을 적으로 돌리지는 않았을 테니까요. 무살이 죽은 이상 그 배후에 검끝을 겨누어야겠지요. 제게 그 사건은 아직 끝나지 않았어요."

"참… 집요한 사람이군요."

장림의 말에 곡비연은 미미하게 고개를 끄덕였다. 장림은 다시 말했다.

"그 문제는 어차피 성주가 된 이후겠군요. 성주가 된다면 말이에요."

의미있는 말을 남기는 장림의 표정을 잠시 본 곡비연은 입을 열었다.

"물론이에요. 하나, 될 거예요. 그때가 되면 협력 부탁드려요. 무림맹이 협조해 준다면 앞으로 본 성과 무림맹과의 미래가 긍정적이지 않겠어요?"

"그 이야기는 제 선에서 할 이야기가 아닌 듯하군요. 또한 그 문제는 미래의 일이에요. 지금은 그냥 무사히 백화성에 가는 것만 생각하세요."

장림의 말에 곡비연은 알았다는 듯 고개를 끄덕였다. 그러자 장림은 밖의 어두워진 하늘을 쳐다본 후 말했다.

"일찍 쉬기로 하지요. 내일 새벽에 다시 출발해야 하니 말이에요. 잠은 이곳에서 저와 함께 자기로 해요."

"배려에 감사합니다."

곡비연의 대답에 장림은 미소를 보였다.

"으음……."

마부석에 누워 잠을 자던 운소명은 입맛을 다시며 눈을 떴다. 사방은 어두웠고, 몇 군데에 밝은 불과 함께 무사들이 세 명씩 모여 있는 게 보였다. 삼 인이 한 조가 되어 번을 서고 있었던 것이다. 그들의 모습을 확인한 운소명은 마부석에서 내려와 숲 속으로 향했다.
"어디를 그렇게 가시오?"
숲으로 들어가는 운소명을 발견한 무사가 물어오자 운소명은 웃으며 아랫배를 만졌다.
"볼일 좀 보려고 하오."
"조심히 다녀오시오."
무사의 말에 운소명은 주변을 살피며 어두운 숲 안으로 들어갔다.
스스슥!
바람에 허리까지 자란 풀들이 흔들리고 있었다. 그 사이로 걸어간 운소명은 주변에 아무도 없다는 것을 확인하자 안심한 표정으로 허리끈을 풀고 바지를 내린 후 쭈그리고 앉았다. 그때 기다렸다는 듯이 '파팟!' 거리는 바람 소리와 함께 두 개의 검은 그림자가 운소명의 좌우에서 튀어나왔다.
"헛!"
운소명은 생각지도 못한 듯 놀란 표정으로 앞에서 검으로 찔러오는 복면인을 쳐다보다 허공으로 뛰어올랐다.
휘릭!
운소명은 뛰어오름과 동시에 앞에서 나타난 복면인의 얼굴로 바지를 던졌다.
"……!"

복면인은 한순간 시야를 가리는 바지로 인해 주춤거렸다. 그 순간 금빛 실선이 지나치는 게 눈에 들어왔다.

퍽!

"컥!"

허리에서 밀려오는 고통에 눈을 부릅뜬 복면인은 어이없다는 듯 운소명을 찾기 위해 주변을 둘러보았다. 그 순간 그의 눈에 또 하나의 금색 선과 함께 자신의 동료를 지나쳐 가는 유령이 보였다. 그리고 그 유령의 아무것도 입지 않은 하체의 모습도 눈에 잡혔다. 그게 보기 싫었을까? 복면인은 흔들리듯 전신을 떨다 바닥에 쓰러졌다.

스슥!

바지를 올려 입은 운소명은 죽어 있는 복면인들을 잠시 쳐다보았다. 그런 그의 눈빛은 차갑게 번들거리고 있었다.

"으음……."

침음성을 토한 운소명은 안색을 찌푸리며 목을 만졌다. 왼쪽 목 언저리에서 느껴지는 따끔함에 손으로 만진 그는 혈흔이 손가락에 묻어 있자 이마에 주름을 그렸다.

'고수들이군…….'

죽어 있는 시신들을 쳐다보던 운소명의 표정이 차갑게 변하였다. 이들의 존재를 느낀 것은 그들이 삼십 장 정도 자신에게 접근했을 때였다.

바지를 내리는 때에야 그들의 접근을 알았고, 대처를 해야겠다는 생각을 하는 순간 그들은 삼십 장의 거리를 한순간에 좁혀 들어와 공격해 왔다. 눈 깜짝할 사이에 접근한 그들의 경공과 보법은 일류라 할 수 있었다.

검은 복면에 아무런 표식이 없는 검은 야행복을 입은 적들이었기에 소속을 알 수 없다는 게 아쉬웠다. 바지만 내리지 않았다면 어떻게 해서라도 제압해 심문할 수도 있었으나 바지가 내려간 상황이라 죽일 수밖에 없었다.

"크악!"

멀리서 들려오는 비명 소리에 운소명의 신형이 바람처럼 수풀 사이로 미끄러져 갔다.

타탁!

"……?"

미묘한 발걸음 소리 때문일까? 잠을 자던 유신은 눈을 떠 피풍의를 걸치곤 검을 손에 잡았다. 그 순간 천막 안으로 검은 인영 하나가 들어왔다. 그는 일어난 유신과 허공에서 눈이 마주치자 잠시 놀란 듯 보였다. 하나 그것도 잠시 유신의 심장으로 날카로운 검을 찔러갔다.

"……!"

유신은 일순 자신의 심장으로 향하는 검끝을 쳐다보며 공격받고 있다는 것을 알았고, 밖이 조용하다는 것도 깨달았다.

야간의 기습이 분명했고, 시간이 없었다.

"합!"

강력한 기합성과 함께 거대한 섬광이 복면인의 눈을 덮쳤다.

콰쾅!

"크아악!"

비명성과 함께 강력한 폭음이 허공으로 피어나자 산산이 흩어진 꽃잎처럼 천막의 조각들이 바람에 휘날렸다. 그 소리에 놀란 것일까? 일제히 일어선 무사들과 기습을 하기 위해 움직이던 검은 복면인들이 마주쳤다.

"적이다!"

삐이익!

허공으로 붉은 불꽃이 휘파람과 함께 솟구쳤으며 병장기 부딪치는 소리가 사방으로 메아리쳤다.

"흥!"

유신은 산산이 조각난 검자루를 든 채 죽어 있는 복면인을 쳐다보았다. 복면인의 전신엔 부러진 검 조각이 박혀 있었다.

휘리릭!

어둠을 뚫고 바람 소리와 함께 두 명의 검은 복면인이 일제히 달려들자 유신은 회색 빛이 감도는 검기를 담은 검을 들어 수십 개의 검기 조각을 만들었다.

쉬쉬쉭!

마치 허공에 수십 개의 선을 그려 넣은 것 같은 그의 행동에 달려들던 두 복면인의 신형이 놀란 듯 멈춰 섰다.

파팟!

순간 그들의 전신에서 피가 튀었으며 유신은 쓰러지는 그들을 지나 장림의 막사로 걸어갔다. 그때 '콰쾅!' 하는 폭음과 함께 장림의 막사가 터져 나가며 십여 명의 검은 복면인이 사방으로 튕겨 나갔다. 그 사이로 장림이 검을 늘어뜨린 채 서 있었다. 그녀의 표정은 굳어 있었으며 주변을 살피고 있었다. 그러다 유신과 눈이 마주치자 소리쳤다.

"방진을 쳐라!"

장림의 목소리에 살아 있는 무사들이 일제히 뒤로 물러서며 그녀의 주변으로 모여들었다. 그 사이로 급박한 병장기 소리와 함께 물러선 노화와 안여정이 있었다. 그녀들의 표정 역시 그리 밝지 않은 듯 보였다. 양팔에 검상이 있었고, 깊은 상처는 아닌 듯 보였으나 흘러내린 피로 인해 소매가 젖어 있었다.

그녀들이 방진의 안으로 들어오자 묵풍단의 무사들이 일제히 사방을 막으며 복면인들에게 검을 겨누었다.

"후욱! 후욱!"

거친 숨소리가 사방에서 흘러나오고 있었으며 침을 삼키는 소리까지 어둠 속에서 선명하게 울렸다. 그건 묵풍단의 무사들뿐 아니라 복면인들도 마찬가지였다.

"웬 놈들이냐?"

차가운 눈초리로 사방을 둘러싼 복면인들을 보던 장림이 날카롭게 물었다. 내공이 실린 그녀의 목소리는 사방을 둘러싼 무사들의 너머로까지 충분히 전달되었다. 하지만 복면인 그 어느 누구도 입을 여는 사람이 없었다. 그저 변한 게 있다면 거칠었던 호흡들이 안정을 찾았다는 점뿐이었다.

장림은 그런 복면인들을 쳐다보며 가볍게 미소를 그리고는 유신을 쳐다보았다. 유신은 미미하게 고개를 끄덕였고 장림은 곧 낮게 말했다.

"쳐라!"

"핫!"

순간 유신의 신형이 강력한 검강과 함께 복면인들을 덮쳐갔다.

쾅!

第三章
거짓된 얼굴

거짓된 얼굴

"검강!"
콰쾅!
 강력한 검강을 뿌리며 마치 성난 사자처럼 싸우는 유신의 뒤로 묵풍단의 무사들이 사방으로 빠져나가는 벌떼같이 복면인들을 공격하기 시작했다.
 그 모습을 멀리서 지켜보던 백월당의 당주 무도룡은 어이없다는 듯 눈을 부릅떴다. 보통 포위한 쪽이 공격하는 게 당연했고, 방진을 형성했다는 것은 수비를 하겠다는 뜻이었다. 그 누가 수적으로 이렇게 열세인데 먼저 선수를 칠 수 있을까?

분명 자신의 백월당은 묵풍단보다 세 배나 많은 수였고, 이들을 충분히 제압할 만했다. 하지만 포위를 당했으면서도 묵풍단이 먼저 치고 나오자 당황할 수밖에 없었다.

쾅! 쾅!

"크악!"

"검강이다!"

마치 성난 멧돼지처럼 난폭하게 복면인들 사이로 파고들어 오는 유신의 모습에 무도룡은 입술을 깨물었다.

"저런 무식한 새끼……!"

저 젊은 유신이 검강을 구사하고 있다는 사실에 충격을 받았으나 자신의 수하들이 피떡이 되어 죽어가는 것을 더 이상 볼 순 없었다.

쉬쉬쉭!

십여 명의 복면인이 일제히 비수를 던지자 유신의 검이 원을 그리며 한 바퀴 돌았다.

따다당!

검강의 영향권에 든 비수들이 힘없이 바닥에 떨어졌고, 그 틈에 복면인들이 뒤로 물러섰다. 유신이 그들을 압박하기 위해 바람처럼 삼 장을 날아 달려들자 뒤로 물러서던 무사들의 눈동자가 부릅떠졌다. 그의 행동이 그만큼 빨랐기 때문이다. 본능적으로 그들은 무기를 들어 올리며 검기를 발산했다.

쾅!

"크악!"

따다당!

여기저기 비명과 함께 부러진 검 조각들이 사방으로 튀어 나갔다. 그 사이에 서 있는 유신은 마치 무신처럼 복면인들을 노려보고 있었다. 하지만 그런 유신도 안색을 굳혀야 했다. 자신을 포위한 복면인들 때문이었다.

'이런… 너무 나왔군……'

유신은 자신이 묵풍단의 무사들에게서 십여 장이나 떨어진 사실을 그제야 감지하곤 포위한 복면인들을 쳐다보았다.

따다당!

"크악!"

귓가로 묵풍단과 복면인들이 싸우고 있는 소리가 들려왔다. 하지만 크게 걱정하지는 않았다. 장림이 있었기 때문이다.

"누구냐?"

유신은 검강을 거두고 복면인들을 노려보며 물었다. 하지만 대답은 돌아오지 않았다. 유신은 그럴 줄 알았다는 듯 고개를 끄덕이며 검을 길게 늘어뜨렸다. 유형의 검기가 길게 늘어나자 유신을 포위한 복면인들은 눈을 반짝이며 일제히 검을 늘어뜨렸다. 그들의 검에서도 유신만큼은 아니지만 유형의 검기가 피어나기 시작했다.

'흠……'

유신은 그 모습에 입술을 깨물었다.

주륵!

그의 이마에서 땀방울이 볼을 타고 흘러내렸다. 그 순간 다섯 명의 복면인이 마치 오랜 시간 동안 손발을 맞춘 것처럼 오방을 점하고 들어왔다. 유신의 채찍처럼 늘어난 검기가 수십 개의 회오리와 함께 원을 그리며 그들의 검을 쳐갔다.

따당!

금속음과 함께 유신의 검과 부딪친 복면인들이 강한 충격을 받은 듯 신음성을 내며 뒤로 물러서자 기다렸다는 듯 세 명의 무사가 일제히 달려나왔다.

"핫!"

유신의 입에서 기합성과 함께 기다렸다는 듯이 강력한 빛이 검에서 터져 나옴과 동시에 세 개의 별이 반짝였다.

콰쾅!

"크악!"

세 명의 무사가 피를 뿌리며 바닥으로 쓰러지자 그들의 시신을 밟고 다섯 명의 무사가 달려들었다.

쉬쉭!

손수수의 손에서 번갯불이 반짝인 후 검은 마치 그녀의 손을 떠난 것처럼 복면인의 이마를 뚫었다.

퍼퍽!

접근하던 두 명의 무사가 피를 뿌리며 쓰러지자 그 옆에 서 있던 장림은 눈을 반짝이며 말했다.

"예상외로 고수군요."

"별말씀을……."

"하긴, 그 정도는 돼야 백화성의 영비위라 할 수 있겠지요."

"……!"

손수수의 눈동자가 반짝였다. 영비위란 말 때문이다. 손수수는 어떻게 알았냐는 듯 장림에게 물었다.

"백화성에 대해서 많이 아는 모양이에요? 제가 영비위라는 것도 알다니 말이에요."

장림은 그 말에 미소를 보이고는 달려드는 두 명의 복면인의 검을 막으며 뒤로 밀었다. 그들이 강한 힘에 밀려 나가자 기다렸다는 듯 묵풍단의 무사들이 일제히 달려들었다.

"제가 아는 것은 한정되어 있어서… 하지만 곡 원주를 호위하기 위해 백화성의 영비위가 붙었다고 들었어요. 그게 손 소저였다는 것만 몰랐을 뿐. 하지만 이제 알겠네요, 백화성의 영비위가 어느 정도의 수준인지……."

손수수는 한 발 앞으로 나서며 다가오는 복면인의 가슴을 검으로 찔렀다. 그들의 움직임이 아무리 빠르고 경쾌하다 하지만 그녀의 눈에는 그저 느리게만 보일 뿐이었다. 하지만 손수수의 마음은 편하지 않았다. 이들의 무공이 어디의 것인지 너무 잘 알기 때문이다.

그 때문일까? 노화와 안여정은 곡비연의 앞뒤에 서서 움직이지 않고 있었다. 장림은 좌측에 있었고 손수수는 우측에 있었는데, 앞과 뒤는 묵풍단의 무사들이 있었기 때문에 큰 걱정이 없었다.

슈아아악!

"응?"

강한 바람과 함께 거대한 빛무리가 번뜩이자 장림과 손수수는 앞을 쳐다보았다. 그곳에 유신의 모습이 보였고, 그의 검에선 마치 뇌신이 강림한 듯 수십 개의 번갯불이 땅으로 떨어져 내렸다.

콰콰쾅!

"크아악!"

"크악!"

"설마… 비폭신뢰검(飛瀑神雷劍)……?"

멀리서 보던 곡비연이 매우 놀란 눈으로 유신을 쳐다보고 있었다. 그녀의 목소리에 장림은 안색을 굳혔다. 한눈에 중원 무림의 절전된 무공을 알아보는 곡비연의 안목 때문이었다.

"절대 물러서지 마라!"

순간 멀리서 들리는 커다란 목소리에 장림의 눈이 번뜩였다.

팟!

땅을 찬 장림은 마치 기다렸다는 듯이 십여 장의 거리를 한순간에 뛰어넘으며 좌우로 십여 개의 검기를 뿌렸다. 그런 그녀의 주변에 수십 개의 꽃잎이 휘날리기 시작했고, 환영이 아닌 실체 같은 십여 개의 검날이 나타났다. 낙영검법의 절초인 낙영만화(落英滿花)를 폭발시키듯 펼친 그녀였다.

퍼퍼퍽!

주륵!

입술을 타고 흘러내리는 핏방울을 소매로 훔친 무도룡은 전신을 떨기 시작했다. 배를 뚫고 나온 백색의 도가 그의 눈을 파고들어 왔으며 살이 찢어지는 고통에 금방이라도 비명이 터질 것만 같았다.

"비… 비겁한……."

무도룡은 고개를 돌리며 뒤에 서 있는 인물을 보려 했다. 하지만 눈에 상대가 들어오지 않았다.

"비겁한 건 복면을 쓴 당신이지."

낮은 목소리에 무도룡의 눈동자가 부릅떠졌다. 그런 그의 눈에 하늘에서 마치 선녀처럼 떨어져 내리는 장림의 모습이 잡혔다. 그리고 그녀의 주변에 일어난 십여 개의 검과 그 검이 땅으로 떨어지며 피어나는 수십 개의 꽃잎에 정신이 몽롱해지는 것을 느꼈다.

"훗……!"

퍼퍼퍼퍽!

십여 명의 복면인을 한순간에 베어버린 장림은 전신을 떨고 서 있는 복면인을 쳐다보고 있었다. 복면인의 눈은 이미 생기를 찾기 어려웠고 복부를 뚫고 나온 백색의 유엽도는 피를 머금은 채 반짝이고 있었다.

털썩!

복면인이 바닥에 쓰러지자 장림은 그 앞에 서 있는 운소명을 쳐다보았다. 짙은 혈향이 주변을 맴돌았고, 소모전이 이어지는 듯한 병장기 소리가 일어나고 있었다. 하지만 대세는 이미 묵풍단으로 기울어진 상태였다.

"어디를 그렇게 다녀오신 건가?"

장림이 미묘한 시선으로 운소명을 쳐다보며 물었다. 마치 운소명이 이들을 끌고 온 것처럼 보이게 하는 눈빛이었다.

"꼭 말해야 하는 겁니까?"

운소명이 안색을 찌푸리며 묻자 장림은 고개를 끄덕였다.

"당연하지요. 이렇게 시기 적절하게 자리를 피한 게 너무 신기하다고 생각지 않나요?"

장림의 말에 운소명은 더욱 안색을 찌푸렸다. 그녀의 말처럼 딱 이들이 공격해 올 때 자신이 자리를 비운 건 사실이었기 때문이다. 그래도 다시 한 번 물어야 했다.

"정말… 말해야 합니까?"

"물론."

장림이 고개를 끄덕이자 운소명은 할 수 없다는 듯 길게 한숨을 내쉬며 말했다.

"똥 싸고 왔습니다."

순간 장림의 이마에 주름이 깊게 파였고 어이없다는 듯 어깨를 떨었다. 그 모습에 운소명은 진실 어린 눈빛으로 그녀를 쳐다보다 곧 도에 묻은 피를 죽은 복면인의 옷에 닦았다. 그러자 장림이 신형을 돌리며 낮게 말했다.

"드러운 놈."

새벽이 되자 주변 상황이 어느 정도 눈에 들어왔다. 묵풍단의 무사들은 날이 밝아지자 더욱 빠르게 주변을 정리하기 시작했다.

"사망자는 총 스물두 명이고 중상자가 네 명에 경상자가 일곱 명입니다."

썩 기분 좋은 보고는 아닌 듯 유신의 표정은 밝지 않았다. 그 옆에 서 있던 장림은 고개를 저으며 짧게 숨을 내쉬었다.

"예상보다 많아, 예상보다……."

"야간에 급습을 당한 게 예상보다 사상자가 많이 나온 이유입니다. 싸우다 죽은 수하는 일곱 명에 지나지 않으나 나머지는 자다가 당했습니다."

"고수들이야. 우리가 방심했다 하지만 자는 도중에 알아차리지 못할 정도로 그들의 접근은 은밀했고 빨랐어. 그만큼 훈

련을 받았다는 뜻이지. 어디인 것 같나?"

장림의 시선을 받은 유신은 생각도 없이 대답했다.

"백화성이 확실합니다."

"그렇지……."

장림은 고개를 끄덕였다. 현 강호에서 이백 명의 인원을 이렇게 조직적으로 움직이면서 모두 일류의 고수로 키울 수 있는 조직은 전무하다시피 했다. 있다면 무림맹과 백화성이었고, 창천궁이라 해도 쉽게 키울 수 있는 인원이 아니었다.

무림맹이 아니라면 결론은 백화성 하나였다. 장림은 십여 장 정도의 거리에 떨어져 있는 곡비연과 그녀의 일행을 쳐다보았다.

"뭐라고 하지?"

장림이 묻자 유신은 고개를 저으며 낮게 말했다.

"자신들도 모른다고 했습니다. 이들의 정체에 대해서 잘 모른다고만 하니… 더더욱 의심스러울 뿐입니다. 그렇다고 신분을 나타내는 물건이라도 있는 게 아니니……."

"도망친 놈들은?"

"대다수가 죽었고 단 두 명만이 도망쳤습니다."

"추적은 했고?"

"안 했습니다."

유신의 대답에 장림은 잘했다는 듯 고개를 끄덕였다.

"그래. 어차피 추적은 무리지. 소수의 인원에서 사람을 더

뺄 수도 없고… 어제의 공격이 마지막이라고 장담할 수도 없으니 말이야…….."

가만히 중얼거린 장림은 곧 안색을 굳히며 말했다.

"특무단과 합류하기로 한다."

"예."

"합류 지점은 중경 한신루다."

"알겠습니다."

유신은 짧게 대답하며 신형을 돌렸다. 그리곤 발이 빠른 수하 두 명을 소집해 특무단과의 합류를 알렸다.

얼마 지나지 않아 두 명의 묵풍단원이 재빠르게 숲 속으로 사라져 갔다.

묵풍단 두 명이 유신을 통해 무언가 명령을 전달받고 나가는 모습을 한쪽에서 보던 곡비연과 일행의 안색은 어두웠다. 특히 곡비연의 표정은 눈에 띄게 굳어 있었다.

"확실한 것이지요?"

곡비연은 손수수를 쳐다보며 물었다. 그러자 손수수는 미미하게 고개를 끄덕이며 낮은 목소리로 말했다.

"칠성당 중 백월당이 분명해요. 운 소협이 죽인 인물의 얼굴을 보는 순간 알았어요."

손수수는 운소명이 죽인 적의 우두머리를 떠올리며 말했다. 손수수는 그를 언젠가 본 적이 있었다.

무도롱의 외침 소리에 그가 우두머리라는 것을 일행은 알 수 있었다. 그리고 장림이 노린 인물이었으나 운소명이 먼저 움직였다. 그 이후 적의 머리를 잡았기 때문에 좀 더 수월하게 복면인들을 처리할 수가 있었다.

죽은 우두머리의 얼굴을 보는 순간 손수수는 그가 백월당의 당주라는 것을 확신했다.

"백월당이라……."

"절반이 온 것 같아요. 아무리 종무옥의 힘이 강하다 해도 모두를 빼낼 수는 없겠지요."

"이렇게 대놓고 공격할 줄은 몰랐네요."

안여정이 조용히 중얼거리며 말하자 곡비연은 고개를 끄덕였다.

"백월당의 절반이나 보낼 줄이야… 그 정도의 인원이 죽으면 책임도 클 터인데……."

"그만큼 확실한 결과를 원했을 거예요."

손수수가 낮게 말하자 곡비연은 눈을 반짝이며 말했다.

"그만큼 값어치가 있다는 뜻이군요. 제 목숨이 말이에요. 그런데……."

곡비연은 가만히 말끝을 흐리며 움직이는 묵풍단의 무사들을 둘러보았다. 그리곤 낮게 중얼거렸다.

"백월당의 절반을 상대한 이들은 무림맹의 묵풍단, 야간에 기습을 당하고서도 사 할 정도의 인적 피해만 입었어요. 백월당의 이백 무사를 상대로… 대단해요."

의미심장한 표정으로 그들을 둘러보던 곡비연은 슬쩍 손수수를 쳐다보았다. 손수수는 미미하게 고개를 끄덕였다. 백화성에 대해서 잘 아는 손수수는 백월당의 절반인 이백 인원이 가지고 있는 힘을 잘 알고 있었다. 중소방파 하나쯤은 금세 깨끗하게 씻어버릴 정도의 힘을 지닌 인원이었다. 그런데 묵풍단 하나 괴멸시키지 못하고 전멸당했다. 그만큼 묵풍단이 대단하다는 증거였다.

"이들은 맹주 직속이에요. 그만큼 정예라는 뜻이지요."

손수수의 말에 곡비연은 고개를 끄덕였다. 그러자 손수수가 다시 말했다.

"아무래도… 백화성에 도착할 때까진 마음을 놓지 못할 것 같네요."

"훗!"

곡비연은 고개를 끄덕이며 미소 지었다. 자신의 생각도 손수수와 같았기 때문이다. 옆에서 그녀들의 대화를 모두 듣고 있던 운소명은 묵풍단의 무사들이 빠르게 짐을 정리하고 마무리 작업을 하고 있자 입을 열었다.

"출발 준비를 하는 것 같은데 마차로 가지요."

운소명의 말에 모두들 고개를 끄덕이며 마차로 향했다.

* * *

꽤 먼 거리에서 움직이고 있는 묵풍단의 무사들과 그 중앙에 자리한 마차를 쳐다보던 마불 괴홍랑은 안색을 찌푸리며 그들의 이동을 지켜보았다. 그 옆에는 정철이 나뭇가지에 올라 상황을 살피고 있었다.

"부상자들이 따로 복귀하는 것 같아 인원이 좀 줄었다고 여겼는데… 그래도 서른 명은 되어 보입니다."

정철의 말에 괴홍랑이 고개를 끄덕였다.

"여전히 많아……."

"중경에 가면 특무단과 합류할 텐데… 그리되면 더 귀찮지 않을까요?"

"아무래도 그렇겠지. 중경에 들어가기 전이나 저 계집이 일행에게서 떨어질 때를 기다려야지."

"기회가 올 것 같지는 않은데……."

정철은 괴홍랑의 말에 고개를 저으며 짧게 숨을 내쉬었다. 괴홍랑의 말처럼 그런 기회가 온다면 단 한 순간에 목을 부러뜨릴 수 있을 것이다. 그만큼 괴홍랑의 무공은 출중했고 믿을 만했다. 하지만 과연 곡비연이 일행에게서 떨어져 혼자 있는 시간이 있을까?

"기다리다 보면 기회는 오게 되어 있어."

괴홍랑은 차갑게 웃으며 이동하기 시작했고 그 뒤를 정철이 따랐다.

* * *

 어두운 방 안에 호롱불 하나만이 밝게 빛나고 있었다. 모두가 잠든 시간에 홀로 앉아 책을 읽고 있던 중년인은 다가오는 발소리도 듣지 못한 듯 서책에서 시선을 떼지 못하고 있었다.
 "곽사록입니다."
 낮은 목소리에 추파영은 책을 덮으며 고개를 돌렸다. 이 늦은 시간에 풍운각주인 곽사록이 찾아온 게 조금은 놀라운 일이었으나 추파영의 표정은 별다른 변화가 없었다.
 "들어오게."
 그 말에 곽사록이 문을 열고 안으로 들어와 추파영의 맞은편에 앉았다.
 "밤늦은 시간에 불쑥 찾아와 죄송합니다."
 곽사록의 말에 추파영은 고개를 저었다.
 "무슨, 곽 각주야 밤낮이 따로 없지 않소이까? 급한 일이라도 있는 모양입니다."
 천하를 바라보는 무림맹에서 풍운각은 그 눈과도 같은 곳이었다. 사람은 잠을 자기 때문에 눈을 감지만 풍운각은 그렇게 할 수가 없었다. 그곳의 각주인 곽사록 역시 잠을 많이 안 자는 인물로 유명했다.
 "급하게 보고해야 할 것 같아 휴식 중인 것을 알면서도 찾아왔습니다. 다름이 아니라 마불 괴홍랑의 목적이 백화성의 성주 후보인 곡 원주라는 사실이 알려졌습니다."

"흐음……."

추파영의 표정이 조금 굳어졌다. 곡비연이 마불에게 죽기라도 한다면 큰 문제로 발전하기 때문이다. 마불은 소림의 제자였고, 소림은 무림의 거대한 기둥이다. 소림과 백화성이 싸우게 된다면 당연히 거대한 무림대전(武林大戰)이 되고 말 것이다.

"의외로군. 마불이 곡 원주를 죽이기 위해 강호에 다시 나왔다라……. 그는 자유분방한 자라 무언가 목적을 위해 움직이는 사람이 아닌 것으로 아는데……."

"그의 성격상 누군가의 명령을 받을 만한 위인은 아니라고 생각합니다. 하나 우연히 귀주에서 곡 원주를 만난 묵풍단은 그녀가 마불의 공격을 받아 큰 위기에 처했다는 사실을 알아내었습니다."

"곡 원주와 만났다라……. 하나 곡 원주는 따로 호위하는 무사들이 있지 않습니까?"

"현재 백화성은 후계자 싸움으로 인해 내부적으로 복잡한 모양입니다. 곡 원주의 호위들조차 그녀를 배신하고 죽이려 한 모양입니다."

"대단하군. 백화성은 역시 무림맹과는 다르다고 할까? 마치 황궁에서 일어나는 싸움을 보는 것 같구려."

추파영의 말에 곽사록은 고개를 끄덕였다.

"그러한 사실을 성주도 알고 있소이까?"

"물론입니다. 하나 자 성주는 방관하고 있는 모양입니다. 자 성주 역시 과거 성주가 되기 전에 이러한 일을 겪었기 때문에 더욱 그러한지도 모릅니다."

곽사록의 말에 추파영은 백화성의 후계자 싸움이 예상 이상으로 피 튀기는 전쟁 같다고 생각되었다.

"그래서 곡 원주는 어떻게 되었소?"

"현재 묵풍단이 곡 원주를 천수까지 호위하고 있습니다. 장 단주의 독단적인 행동으로 보입니다."

곽사록의 말에 추파영은 가볍게 미소를 입가에 그렸다. 표정의 변화가 거의 없는 그였기에 그러한 모습은 많은 말을 하는 것처럼 보였다.

"어떻게 하시겠습니까?"

곽사록의 물음에 추파영은 고개를 끄덕였다.

"장 단주가 원하는 대로 하게 하시오. 그녀의 성격상 맹에 절대 손해 보는 짓을 할 여자가 아니오."

"저도 맹주님과 같은 생각입니다. 더욱이 곡 원주와 인연을 맺어둔다고 해서 손해 볼 것은 없습니다. 그녀가 성주가 되는 경우도 생각해야 합니다. 곡 원주는 유일하게 백화성의 성주 후보 중 본 맹에 반감이 큰 인물입니다. 그런 인물이기 때문에 본 맹에 신세를 지는 것도 나쁘지 않다고 생각합니다."

추파영은 그 말에 담담한 표정으로 다시 말했다.

"그렇지. 더욱이 곡 원주는 성격이 곧고 정의감이 강하다고 들었소. 빚을 지고는 절대 못사는 성격 같소이다. 좋은 일이라 생각하오. 그런데 마불의 추적은 누가 하고 있소이까?"

"현재 밀영대와 특무단이 함께하고 있습니다. 하지만 마불의 종적을 찾기가 여간 어려운 게 아닙니다. 더욱이 여러 군웅도 섞여 있어 난감한 모양입니다. 다행히 몇몇 문파는 본맹의 부탁을 듣고 철수한 상태입니다."

"남은 문파는?"

"큰 곳으로 해남파입니다."

"다시 한 번 철수하라 하시오."

"예."

곽사록은 고개를 숙이며 읍했다. 추파영의 목소리가 조금 차가웠기 때문이다. 만약 이번에도 무림맹의 협조를 거부한다면 해남파의 입지가 줄어들 게 분명해 보였다.

"그리고 마지막으로, 곡 원주를 보호하던 중 일단의 무리에게 묵풍단이 습격당했다 합니다."

"음……"

추파영은 그 말에 아미를 찌푸렸다. 무림맹의 묵풍단을 알면서도 습격할 정도로 간이 큰 곳은 몇 없었기 때문이다.

"곡 원주는 함구하고 있으나 백화성이 확실한 모양입니다."

"백화성의 어느 조직인지 알겠소?"

"아직 거기까지는 파악 못한 모양입니다. 백화성 역시 많은 단체들이 있으니… 그중 어디라고 집어내기는 힘듭니다. 더욱이 백화성 내의 무사들뿐만 아니라 백화성을 조직하고 있는 여러 가문들도 있기 때문에 더욱 어렵습니다. 그래도 그들의 신분을 정확하게 파악하기 위해 현재 밀영대 중 일부를 보낸 상태입니다. 가능성이 있다면 백화성에 들어간 밀영대의 보고가 중요할 듯합니다. 백화성 내의 무력 단체라면 갑작스럽게 사라지거나 성내를 빠져나간 무리가 확실할 테니 말입니다."

그 말에 추파영의 안색이 조금 변했다.

"잘 알겠소. 우리 측 피해는 어떻소이까?"

"다행히 큰 피해는 없는 모양입니다. 사상자가 몇 있으나 그리 크게 걱정할 정도는 아닙니다. 오히려 급습한 그 무리가 전멸하다시피 했으니 손해를 본 것은 그쪽입니다."

"다행이오."

추파영은 고개를 끄덕이며 조금 표정을 풀었다.

"모두 장 단주와 유 부단주의 무공 덕분입니다."

"그들이라면 확실히 믿을 만하지요."

추파영은 기분 좋게 미소를 보였다. 그러자 곽사록은 다시 말했다.

"이 일로 죽은 묵풍단의 유족들에겐 제가 인사 각주와 함께 만나보겠습니다."

"유족들에게 확실한 보상을 해주시오. 또한 그들의 자식들에게 무림맹의 무사가 될 수 있는 길을 열어주시오. 본 맹의 묵풍단은 그래도 제 얼굴과도 같은 곳이니 말이오."

"알겠습니다."

곽사록이 대답하며 자리에서 일어서자 추파영도 일어났다.

"이만 가보겠습니다. 늦은 시간에 찾아와 다시 한 번 사과드립니다."

"아니오. 언제라도 오시오. 곽 각주가 오면 나로선 대환영이오."

"감사합니다. 그럼."

곽사록이 나가자 추파영은 잠시 의자에 앉아 생각에 잠겼다.

'괴홍랑……'

추파영은 괴홍랑에 대한 생각을 하며 그가 자신에 대해 잘 알고 있다는 점을 다시 한 번 상기했다. 괴홍랑의 무공은 사실 자신과 비교하면 큰 문제가 될 정도는 아니었다. 하지만 괴홍랑의 머리에 든 과거의 일들이 문제였다.

'잘하겠지. 어차피 같은 입장이니.'

추파영은 곧 자리에서 일어서며 장림을 떠올렸다. 장림과 자신은 같은 배를 탄 입장이란 사실을 상기하며 방으로 향했다.

＊　　　＊　　　＊

　백화성으로 돌아온 종무옥은 자신의 방에서 휴식을 취하다 들려온 보고에 상당히 화난 표정을 보였다.
　"그게 무슨 소리지?"
　종무옥은 맞은편에 앉아 있는 사십대 중반의 잘생긴 중년인, 석본생을 쳐다보며 살기를 띠었다. 석본생은 종무옥의 오른팔로, 칠성당의 총당주인 종무옥의 보좌이자 칠성당 최고의 당인 일명당(日明堂)의 당주였다.
　"백월당이 실패했습니다."
　석본생은 다시 한 번 뚜렷한 목소리로 종무옥에게 보고했다. 그 말을 들은 종무옥은 이마에 주름을 그리며 어깨를 미미하게 떨기 시작했다.
　"그래? 그렇게 쉽게 그런 말이 나오는 모양이야?"
　종무옥의 목소리는 낮았으나 그 속에 담긴 분노와 살기는 더없이 차갑고 매서웠다. 하나 석본생의 표정은 크게 변함이 없었다. 종무옥의 성격을 잘 아는 그였고, 그녀의 감정적인 행동을 여러 번 보았기에 당황하지 않았다. 무엇보다 이 일은 비밀리에 이루어진 일이었고 그 책임은 어디까지나 종무옥에게 있었던 것이다.
　"지금은 백월당의 오 할 전력이 죽었다는 것보다 이 일을 어떻게 보고하느냐가 문제라 여겨집니다."

"그 문제는 내가 알아서 처리하겠다. 어차피 백월당은 본가의 무사들로 이루어지지 않았더냐? 그러니 크게 걱정하지 말아라."

의외로 종무옥이 차갑게 말하자 석본생은 살짝 눈을 반짝였다. 그녀가 이미 실패까지도 염두에 두었다는 것을 알았기 때문이다. 또한 종가의 무사들이 대다수인 백월당이었기에 종가에서 어떻게든 할 게 분명했다.

"준비를 하셨다면 다행입니다."

"그것보다 백월당의 오 할이 당할 정도로 곡비연의 호위들이 강했다는 뜻이냐?"

"그럴 리가 있겠습니까? 아무리 손 위사의 무공이 대단하다 하나 백월당의 오 할을 상대할 정도는 아닙니다."

"그럼 오 할이 사라진 이유가 무엇이란 말이냐?"

"묵풍단입니다."

"묵풍단? 호오… 무림맹?"

종무옥은 인상을 쓰다 눈을 반짝이며 물었다. 무림맹이란 말에 석본생은 고개를 천천히 끄덕였다. 그 반응에 종무옥의 안색이 조금은 바뀌었다.

"무림맹의 묵풍단은 최정예입니다. 소문으로 듣자 하니 무림맹에서도 잔뼈가 굵은 자들로만 구성되었다 합니다. 수많은 격전을 치른 인물들로 이루어진 곳이니, 그만큼 훈련도 잘

된 일류 급의 무사들이겠지요. 거기다 후기지수 중 제일이라 불리는 유신이 부단주이고 중원에선 천하제일의 여고수라 불리는 장림이 단주인 곳입니다. 백월당의 전체가 간다면 모를까 오 할로는 무리였습니다. 또한 손 위사가 있지 않습니까?"

석본생의 말에 종무옥은 고개를 끄덕였다.

"장림이 단주라… 그렇다면 장림과 곡비연은 함께 있는 것이냐?"

"그렇습니다."

"추궁할 수는 있겠군."

종무옥의 말에 석본생이 고개를 저었다.

"그렇게 되면 백월당에 대해서도 말해야 하니 묻어두는 게 현명할 듯합니다. 하지만 무림맹의 호위를 받은 것 또한 사실이니 그 일에 대해선 차후에 논하는 것으로 하는 게 어떻겠습니까?"

석본생의 말에 종무옥은 어느새 본래의 모습으로 돌아와 이성적인 표정으로 고개를 끄덕였다.

"그러지. 그런데 묵풍단이라니… 그들이 본 성의 백월당을 그렇게 괴멸시킬 정도로 힘이 있었다는 뜻인데… 일명당과 비교하면 어떤가?"

"저희와 비슷할 듯합니다. 적어도 칠성당에선 저희 일성당과 화룡당 정도가 그들과 대적할 수 있을 것입니다."

종무옥은 고개를 끄덕이며 차갑게 미소 지었.

거짓된 얼굴 119

"과연 명불허전이군. 하지만 그냥 두고 보는 것도 마음에 안 드는데? 천수까지 곡비연을 호위한다면 그 이후엔 맹으로 돌아가는 것이겠네?"

"예. 그렇습니다."

그 말에 종무옥은 석본생을 쳐다보며 미소를 보였다. 그러자 석본생은 마주 웃으며 고개를 끄덕였다.

"처리할까요?"

"그래 주면 좋지. 하지만 명분없는 싸움을 성주님이 허락하실 리 없으니… 그게 고민이야."

"명분이야 만들면 되지요. 무림맹과의 싸움에 특별한 명분을 원하지는 않을 것입니다."

석본생의 말에 종무옥은 잠시 고민하는 표정을 보였다. 명분에 대한 고민이 분명했고, 그것을 본 석본생이 입을 열었다.

"이렇게 하는 게 어떻겠습니까? 곡비연을 마중하러 나간 백월당이 무림맹의 묵풍단에게 괴멸되었는데 이대로 두고 볼 수가 없어 화룡당과 수영당이 나간다고 말입니다."

"그것도 좋은 방법이지만 허락하지 않으실 거야. 거기다 백월당이 왜 허락도 없이 중원에 나갔는지에 대해서 문책하실 테고… 일단 좀 더 생각을 해야겠어. 어차피 천수까지 오려면 시간이 걸리니까."

종무옥은 말을 끝낸 후 차를 마셨다. 그러자 밖에서 발소리와 함께 시비가 들어왔다.

"백무원주님께서 성에 도착하셨다고 합니다."

시비의 말에 종무옥은 반가운 표정으로 자리에서 일어섰다. 하지만 옆에 앉아 있던 석본생의 눈빛은 차갑게 반짝일 뿐이었다.

"알았다. 저녁에 찾아뵙는다고 전해라."

종무옥의 말에 시비가 급한 발걸음으로 나가자 고요한 침묵이 방 안을 맴돌았다. 석본생은 그러한 침묵이 싫은 듯 안색을 바꾸며 입을 열었다.

"어떻게 하시겠습니까? 일을 추진해야 할 것으로 보입니다만……?"

"그래, 그래야지."

찻잔을 입가에 댄 종무옥은 차가운 눈으로 빈 공간을 응시하며 천천히 다시 말했다.

"하지만 절대 실수가 있어서는 안 돼. 한 번의 실수로 모든 게 물거품이 될 수도 있으니까."

"알겠습니다."

종무옥은 곧 석본생이 일어나 밖으로 나가자 입가에 미소를 걸었다.

'모두 죽어야지… 모두…….'

종무옥은 나가는 석본생의 뒷모습조차 자신의 기억에서 지워야 한다고 생각했다. 그런 생각에 달콤한 미소를 그리던

거짓된 얼굴

종무옥은 시비가 급박한 걸음으로 다시 들어오자 안색을 바꾸었다.

"무슨 일이냐?"

"묵 소저께서 복귀하셨다고 합니다."

"그래? 잘되었구나."

종무옥은 크게 관심이 없는 표정으로 말했다. 그러자 시비가 다시 말했다.

"저기… 그런데 그 모습이 너무 심상치가 않습니다."

"……?"

종무옥이 시선을 던지자 시비가 빠르게 다시 말했다.

"묵 소저께선 혼자서 오셨다고 합니다."

"혼자? 호위들은 어찌하고… 혼자라니……?"

"그것도 온몸에 피 칠을 한 채 검 한 자루를 손에 쥐고 성에 입궁했다 합니다."

"……!"

종무옥은 그 말에 안색을 바꾸며 조금 놀란 표정으로 눈을 떴다.

백화성의 중심이자 백화성주의 거처인 백화궁은 화려한 백색 빛을 발산하고 있었다. 그 안으로 한 명의 여자가 들어가고 있었다. 손에는 피에 젖은 검을 쥐고 있었으며 눈빛은 차가웠고, 긴 머리카락은 피에 젖어 어지럽게 엉켜 있었다.

옷은 여기저기 베이거나 잘린 흔적이 역력했으며 옷 역시도 피에 젖어 번들거리고 있었다.

저벅! 저벅!

그녀가 백화궁의 중심으로 걸음을 옮길 때마다 좌우에 늘어선 사람들이 안색을 바꾸며 그녀를 쳐다보고 있었다.

그런 그녀의 눈은 가장 상단에 앉아 있는 백화성주 자심연을 향하고 있었다. 곧 그녀는 백화성주인 자심연의 삼 장 앞에 서게 되자 부복했다. 옆에 서 있던 아림은 그 모습에 안색을 바꾸며 눈을 반짝이다 한 발 옆으로 물러섰다.

"묵선혜가 지금 돌아왔습니다."

"어서 오너라."

자심연은 묵선혜가 궁에 발을 들이는 순간부터 그녀를 쳐다보고 있었다. 그런 자심연의 표정은 담담했으며 자애로운 눈빛이었다. 묵선혜가 고개를 들어 자심연을 쳐다보자 자심연은 그녀의 눈빛이 전과는 다르게 독하게 변한 것을 알았고 그게 마음에 들었다. 그것은 강호를 경험한 눈이었다.

"일어나거라."

자심연의 말에 묵선혜는 자리에서 일어나 섰다. 그녀의 옆에는 아림이 서 있었고 아림은 소매로 코를 막으며 눈살을 찌푸리고 있었다. 며칠을 씻지 않은 듯 그녀의 몸에선 역한 냄새가 흘러나오고 있었다. 하지만 정작 묵선혜는 그러한 사실을 모르는 사람처럼 보였다.

묵선혜를 처다보던 자심연이 반짝이는 시선으로 물었다.
"꽤 재미있었던 모양이구나?"
"그렇습니다."
묵선혜는 고개를 숙이며 대답했다. 그런 그녀의 눈빛은 불꽃처럼 타오르고 있었다. 곧 그녀는 시선을 아림에게 던지며 말했다.
"아주 재미있었습니다. 비록 많은 죽음을 보았지만 그것 역시 좋은 경험이라 생각합니다."
"네게서 이제는 무인의 냄새가 흐르는 것 같구나. 좋다, 좋아."
자심연은 의자의 손잡이를 한 번 두드리며 연신 고개를 끄덕였다. 그런 그녀의 표정은 상당히 흐뭇해하는 것 같았다.
"지금의 네 모습이 진정한 네 모습처럼 보이는구나. 지친 듯하니 좀 쉬어야겠다. 목욕도 좀 하고. 옷도 갈아입고… 훗!"
곧 자심연은 자리에서 일어나 아림과 묵선혜를 번갈아 처다보며 말했다.
"오늘 저녁은 함께하자."
"예."
"알겠습니다."
아림과 묵선혜가 함께 대답했다. 그런 둘의 시선이 허공에서 슬쩍 마주쳤다. 아림은 반짝이는 눈빛으로 미소를 보이고 있었으며, 묵선혜의 표정은 상당히 굳어 있었다.

곧 자심연이 나가자 신형을 돌린 묵선혜와 아림은 문을 쳐다보며 보폭까지 맞추면서 걸었다.

"운이 좋군. 죽을 줄 알았더니……."

아림의 낮은 목소리에 묵선혜가 차갑게 미소를 입가에 그리며 대답했다.

"살아서 돌아온 게 신기한 모양이야. 성안에 들어온 이상 어찌할 수 없으니 많이 아쉬운 것 같은데?"

묵선혜의 물음에 아림은 슬쩍 미소를 보이며 낮게 말했다.

"안심하지 마… 이제 시작이니까."

아림이 그렇게 말하고 먼저 앞으로 걸어나가자 묵선혜는 그런 아림의 뒷모습을 잠시 쳐다보다 곧 걸음을 옮겼다.

*   *   *

무림맹의 묵풍단과 함께 천수까지 이동하는 동안 큰 문제는 일어나지는 않았다. 거기다 마불을 쫓던 특무단의 절반이 합류하자 그 위세는 대단했다. 곡비연에게 있어 무림맹의 이름이 그만큼 중원 전역에 퍼져 있다는 것을 실감할 수 있는 여행이었고, 좋은 경험이었다.

천수에 도착하자 천수 분타의 문소월과 한수는 걱정이 되었는지 곡비연을 직접 마중 나왔다.

천수에서 무림맹과 헤어진 곡비연과 일행은 고단한 여행으로 인해 쌓인 피로를 풀기 위해서 천수 분타의 별채에 머물게 되었다. 귀빈들만 머물게 한다는 화향원은 꽃향기가 가득한 곳으로 백화성의 원주 급 이상이 오면 머무는 곳이었다.

그곳의 관리는 천수 분타가 했으며 평소에는 사람이 머물지 않았다.

화향원의 객청에는 몇몇 사람들이 모여 앉아 있었는데, 그 중에는 운소명도 섞여 있었다. 운소명은 많은 질문들을 받으며 난감한 표정으로 사람들 사이에 앉아 있었다.

"그러니까… 그게… 원주님이 영입하셨단 말이오?"

"물론입니다."

"거기다 손 위사하고 아는 사이고?"

"예."

"허어!"

"호오!"

운소명의 대답에 한수와 문소월은 눈을 동그랗게 뜨며 크게 놀란 모습을 보였다.

"그러니까 원주님이 영입하고?"

"손 위사와 아는 사이고?"

"그렇습니다. 도대체 몇 번이나 같은 물음을 하십니까?"

운소명이 조금 아미를 찌푸리며 투덜거리듯 말하자 문소월과 한수가 헛기침을 하며 표정을 바꾸었다.

"대단한 사건 같아서 그러네."

"남자라면 거들떠도 안 보는 분들이… 그것도 젊은 청년을… 흐음……."

문소월과 한수가 수염을 쓰다듬으며 고민스러운 표정을 보였다. 그러자 보다 못한 노화가 말했다.

"운 공자는 무공이 고강한 분이세요. 그러니 원주님께서 영입하신 것이구요. 원주님은 믿음이 가는 분들을 원하고 계세요. 잘 아시잖아요. 성에서 원주님이 가장 기반이 약하단 사실을 말이에요."

"음……."

"아무래도……."

문소월과 한수가 동조한다는 듯 고개를 끄덕였다. 그러자 조용히 앉아 있던 천수 분타주인 윤재근이 어렵게 말했다.

"험! 험! 원주님의 기반이 약한 것은 사실이나 원주님만큼 인기있는 분도 없으십니다. 다른 후보 분들과 비교하면 원주님의 인기는 하늘과도 같습니다. 그러니 기반이 약하다고도 볼 수가 없습니다. 일반 무사들 중에 꼭 원주님을 좋아하는 무사가 어디 한둘입니까?"

"윤 타주는 좀 조용히 하게. 그걸 몰라서 그러나?"

"인기만 많다고 다 되는 게 어디 성주인가? 본 성의 성주는 하늘이 내리네."

문소월과 한수가 따끔하게 말하자 윤재근은 얼른 입을 닫았다. 그러자 문소월이 궁금한 듯 물었다.

"그런데 안 소저는 어디 가고 노 소저만 있는 것이오?"

"잠시 볼일이 있어 나갔어요. 금방 돌아올 거예요."

언제나 붙어 있던 둘 중에 한 명이 없으니 궁금할 수밖에 없었던지 문소월은 고개를 끄덕이며 다시 물었다.

"그런데 노 소저는 손 위사처럼 이렇게 운 소협 같은 분을 만들지 못한 것이오? 이왕이면 한 명 만들어서 데리고 오지 그랬소. 혼기도 꽉 찼는데……."

문소월의 물음에 노화가 얼굴을 붉히며 자리에서 일어섰다.

"죄… 죄송합니다. 저도 가봐야겠네요."

그녀가 그렇게 말하며 급하게 나가자 한수와 문소월은 그 모습이 귀여운지 웃으며 수염을 쓰다듬었다. 곧 그녀가 완전히 사라지자 언제 그랬냐는 듯이 무거운 얼굴로 운소명을 쳐다보았다. 문소월이 먼저 입을 열었다.

"나는 자네를 믿지 않네. 본 성은 태생을 중시 여기는 곳으로, 아무리 원주님이 데려왔다 하나 그건 어디까지나 어쩔 수 없는 일. 원주님이 성에 들어가면 떠나주게. 자네를 위해서도 그게 나을 것이네."

문소월의 말에 운소명은 알았다는 듯 고개를 끄덕였다.

"물론 그럴 생각이었습니다."

운소명의 경쾌한 대답에 한수가 조금 미안한 표정으로 말했다.

"서운하게 생각할지도 모르나 어쩔 수가 없네. 이해해 주게. 그리고 자네에겐 섭섭지 않게 사례함세."

"그래 주면 저야 더욱 좋지요."

운소명이 가볍게 미소까지 보이자 한수와 문소월은 고개를 끄덕이며 자리에서 일어섰다. 문소월이 다시 말했다.

"자네의 방으로 가면 우리의 성의가 있을 것이네."

운소명은 가만히 고개를 끄덕였다. 그러자 한수가 윤재근에게 말했다.

"자네가 안내를 해주게, 원주님의 귀중한 손님이니."

"알겠습니다."

윤재근이 자리에서 일어서자 운소명도 일어났다. 곧 문소월과 한수가 나가자 윤재근은 운소명을 방으로 안내했다.

잘 꾸며진 넓은 방에 들어가자 시비 네 명이 서 있었는데, 속이 다 보이는 옷을 입고 있는 게 보통 시비들로는 안 보였다. 그리고 침상 옆에는 큰 함이 하나 있었는데, 함을 열자 황금빛이 그의 눈을 가득 채웠다. 못해도 오백 냥은 되어 보이는 거금이었다.

시선을 돌린 운소명은 늘어선 시비들을 쳐다보며 물었다.

"너희들도 내게 주는 보상이냐?"

"저희들은 이곳에 머무는 동안 상공의 피로를 풀어드리라는 명을 받았습니다."

운소명은 그 말에 가볍게 미소를 그렸다.

"나중에 만족스러웠다고 전하게."

"예. 지금은 목욕물을 받아놨으니 그리 가시지요."

운소명은 그 말에 선선히 고개를 끄덕이며 시비들과 함께 욕탕으로 향했다.

"아… 좋다. 그래, 거기. 거기 좀 더 세게 눌러봐."

대 자로 누운 운소명은 팔다리에 한 명씩 붙어 주무르는 시비들의 가느다란 손길에 연신 탄성을 자아내며 기분 좋은 표정을 보였다.

"상공께서 기분이 좋으시다니 저희도 조금은 마음이 놓이네요. 실습은 처음이라 저희도 내심 걱정했습니다."

"호오? 그래? 백화성에선 이런 것도 가르치는가 보구나?"

"물론이에요."

"호기심이 생기는 분야인데……."

운소명은 낮게 중얼거리며 정말로 호기심 가득한 표정을 보였다. 그러자 네 명의 시비가 서로의 얼굴을 바라보며 가볍게 웃음을 보였다. 운소명의 말이 꽤나 재미있었던 모양이다. 하지만 그녀들은 갑작스럽게 문을 열고 들어온 한 명의 여성으로 인해 표정을 굳혀야 했다.

"허."

그녀의 입에서 가벼운 헛웃음이 나오자 네 명의 시비가 일제히 자리에서 일어섰다. 운소명 역시 눈을 크게 뜨고 손수수의 싸늘한 얼굴을 쳐다보았다. 그녀는 마치 깊은 원한이라도 있는 듯 시비들을 쳐다보고 있었다.

"나가봐."

"예."

운소명의 말에 시비들이 밖으로 나가자 손수수는 누워 있는 운소명을 쳐다보며 차갑게 눈을 빛내기 시작했다. 그 살기가 피부를 따갑게 만들었지만 운소명은 아무렇지도 않다는 표정으로 일어나 옷을 걸쳤다.

"외간 남자의 방에 이렇게 갑자기 찾아오다니 의외인데?"

농담처럼 웃으며 운소명이 말하자 손수수는 팔짱을 끼며 가늘게 뜬 눈으로 운소명의 전신을 훑었다.

"외간 남자?"

"흠! 흠! 농담이야. 앉자."

운소명이 먼저 다탁 앞에 앉았으나 손수수는 여전히 서서 방 안을 살폈다. 그리고 여자들의 체향이 가득 차 있다는 사실에 더더욱 살기를 보이기 시작했다.

"했어? 안 했어?"

낮은 목소리에 운소명은 조금 어이없다는 표정으로 손수

수를 쳐다보았다.

"뭘?"

짐짓 모르는 척 묻자 손수수는 얼굴을 붉히며 다시 물었다.

"품에 안았냐고."

"그럴 리가 있나. 바로 옆에 네가 있는데. 호랑이를 옆에 두고 눈을 돌렸다가 어떤 봉변을 당하라고… 하하. 그냥 안마 좀 받았을 뿐이야."

"남자들을 믿을 수가 있어야지."

"진짜라니까."

운소명이 다시 다짐하듯 말하자 손수수는 그제야 고개를 끄덕이며 의자에 앉았다. 하지만 여전히 표정은 굳어 있었다. 그런 손수수를 위해 운소명이 다시 말했다.

"반라의 여자를 보고 마음이 동할 정도로 내 수양은 낮지 않아. 그리고 만약 저들을 안았다면 이렇게 방 안의 온도가 낮을까? 아마 몸을 섞을 때 일어나는 열기 때문에 공기가 뜨거워야 정상일 텐데?"

그 말에 더욱 얼굴을 붉힌 손수수가 말없이 고개를 끄덕였다. 조금은 그녀의 표정이 풀리자 운소명은 미소를 보이며 말했다.

"조금은 믿어주는 것 같아 다행이야."

"믿어야지. 그럼 믿지 않을까? 하지만 죽이고 싶은 게 솔직한 마음이야."

손수수의 말에 운소명은 안색을 바꿨다. 손수수가 정말 시비들을 죽일 것처럼 보였기 때문이다. 손수수가 말했다.

"각주들이 네 방에 여자를 넣었다고 해서 급히 온 것뿐이야. 만약 그 짓 하고 있는 게 들켰다면 다 죽일 생각으로 왔지."

"무서워서 이거 어디 살겠나. 하하!"

운소명은 가볍게 웃음을 흘리며 무섭다는 표정을 보였다. 그러자 손수수가 화가 좀 풀리는지 천천히 물었다.

"그 일은 됐고… 궁금한 건 다른 거야. 아까 각주들이 뭐라 한 것 같은데?"

"뭘 뭐라 그래. 그냥 떠나라고 그러지."

"음……."

운소명은 아무렇지도 않게 말했으나 손수수의 표정은 굳어졌다. 어느 정도 예상했으나 각주들이 이렇게 직접적으로 먼저 나올 줄은 몰랐다. 나중에 조용히 자신이나 곡비연에게 말할 거라 여겼기 때문이다.

"그래서? 어떻게 할 생각인데?"

"그렇게 해야지, 어쩌긴 뭘 어쩌겠어."

운소명은 마치 체념이라도 한 듯 담담한 표정으로 대답했다. 그러자 손수수가 조금은 화난 표정으로 운소명을 쳐다보았다.

"어렵게 만났는데 너무 쉽게 헤어지는 것 같다는 생각은

거짓된 얼굴

안 들어? 이대로 그냥 가겠다고?"

손수수의 말에 운소명은 조금은 미안한 마음이 들었는지 조용히 말했다.

"솔직히 지금은 그냥 마음이 편해. 보고 싶었던 너도 보았으니까, 내 목적은 이루어진 게 아닐까? 하지만 함께 있을 수는 없잖아. 네가 영비위란 직위를 가지고 곡 소저를 지키는 이상… 솔직히 강호에 다시 나올 땐 뭔가 하려고 했어. 그런데 너를 다시 보게 되니까 그러한 마음도 조금은 사라지는 것 같아. 그냥 아무도 없는 곳에 다시 함께 가고 싶다 할까?"

씁쓸히 웃으며 운소명이 말하자 손수수는 표정을 풀며 조금은 감상적인 표정이 되었다. 하지만 그것도 잠시뿐 그녀는 안색을 바꾸며 말했다.

"이미 늦었어. 그때 그곳에서 나오지 않았다면 모를까, 지금은 그때와 달라. 가겠다면 가도 좋아. 막지는 않을 테니까."

"가면 이후엔 영원히 볼 수 없는 건가?"

"적이 아니라면……."

낮게 손수수가 말하자 운소명은 조금 심각한 기색으로 표정을 굳혔다. 손수수는 곧 자리에서 일어나며 다시 말했다.

"고마워, 내가 여자라는 사실을 알게 해줘서."

손수수는 잠시 운소명을 쳐다보다 곧 밖으로 나갔다. 그녀가 나간 뒤에도 그녀의 마지막 목소리가 여운이 되어 운소명의 귓가를 맴돌았다. 운소명은 안색을 바꾸며 씁쓸히 고개를 저었다.

'힘들군……'

운소명은 문득 모든 게 어렵게 느껴졌다.

부스럭!

안여정이 내민 문서들을 받아 쥔 곡비연은 의자에 앉으며 바라보았다. 한참 동안 살핀 그녀는 고개를 들어 안여정을 쳐다보았다.

"이게 다인 모양이에요?"

"지금까지 조사한 바로는 그게 전부이지만 성에 들어가 더 조사를 할 생각입니다. 아무래도 이곳 천수에서는 한계가 있습니다."

안여정의 말에 곡비연은 고개를 끄덕였다.

"완벽하게 조사할 필요가 있어요. 적어도 곁에 두고 볼 사람인 이상 완벽해야지요."

곡비연의 말에 안여정의 표정이 굳어졌다. 곁에 두고 볼 사람이란 말이 신경에 거슬렸다. 하지만 윗사람에게 불만을 표현할 만큼 대담한 성격 또한 아니었기에 고개만 숙였다.

"예."

곧 보고서를 다 읽은 곡비연은 안여정에게 물었다.

"안 위사가 보기에는 어때요? 지난 며칠 동안 함께 생활했으니 어느 정도는 알 것 같은데?"

"저도 뚜렷하게 어떻다고 말씀드리기가… 그냥 조금 가벼운 사람? 하지만 무공이 높은 것은 확실합니다. 무인에게 가장 중요한 요소를 갖춘 인물인 이상 이 사람에 대해서 가볍다고만 판단을 내릴 수는 없습니다. 무공이 고강하다는 것은 그만큼 많은 어려움을 이기고 올라섰다는 뜻이기 때문입니다."

곡비연은 안여정의 말을 이해한다는 듯 진중한 표정으로 눈을 반짝였다. 그녀의 말처럼 무공을 수련하는 게 얼마나 어려운 일인지 잘 알고 있었다. 그만큼 많은 고통을 이겨내야 했다는 것이고, 그 정도로 수련을 쌓은 인물이라면 절대 가벼운 사람이 아니었다.

"함부로 판단하기가 어려운 사람인 건 확실해요."

곡비연은 가볍게 미소를 그리며 말했다. 그러자 안여정이 다시 말했다.

"그의 과거에 특별한 문제는 없어 보입니다. 출생도 확실하구요. 개인적으로는 썩 마음에 들지는 않지만 그의 무공이 확실한 이상 곁에 둔다 해서 손해 볼 것은 없다고 생각합니다. 지금 당장 필요한 것은 확실하니까요."

"그래서 확인하는 거예요. 출생도 확실하고 특별한 문제도 없는 사람이… 어떻게 그런 대단한 무공을 익혔는지 궁금해서요."

귀엽게 눈웃음을 보이는 곡비연의 말에 안여정은 문득 등골이 서늘해지는 것을 알았다. 자신은 단 한 번도 생각지 못한 점을 집어냈기 때문이다.

"안 위사는 노 위사와 함께 성에 먼저 들어가 운 공자에 대해서 더 조사하세요. 필요하다면 중원에 나가는 것도 허락할게요."

"알겠습니다. 하지만 성에서 조사를 했는데 아무것도 없다면 나갈 필요가 없지 않을까요? 저는 함부로 원주님의 곁을 떠날 수가 없습니다. 거기다 본 성의 정보력은 타의 추종을 불허합니다. 그러니 믿음을 가지셔도 좋습니다. 그건 제가 소속되어 보았기 때문에 자신할 수 있습니다. 성에서도 조사를 했는데 그가 본 성과 확실한 인연을 가지 자라 나온다면 더 이상의 조사는 무의미합니다."

"안 위사의 말처럼 제가 너무 조심스러워하는 것인지도 모르겠네요. 하지만 제 사람이 저를 배신했기에 좀처럼 사람을 쉽게 믿지 못하겠어요."

곡비연의 말에 안여정은 이해한다는 표정으로 말했다.

"충분히 그 마음 이해합니다. 하지만 저희들은 원주님이나 성주님의 믿음을 힘으로 살아가고 있다는 점도 생각해 주셨으면 합니다."

안여정의 말에 곡비연은 그녀가 직접 조사해 온 정보를 확신하지 못한다고 여긴 듯 보였다. 곡비연은 미소를 보이며 안여정에게 말했다.

"알겠어요. 손 위사를 비롯해 안 위사와 노 위사가 저를 위해 얼마나 큰 노력을 해왔는지 누구보다 잘 알아요. 그런데 고맙다는 말 한마디 제대로 못했네요. 정말 고마워요."

"별말씀을 다하십니다. 저는 단지 의무를 다할 뿐입니다."

안여정의 말에 곡비연은 미소를 보이며 다시 말했다.

"운 공자의 일은 안 위사와 노 위사가 알아서 해주세요. 제가 성에 도착하면 바로 보고를 받을 수 있게 해주시면 더 좋구요."

곡비연의 말에 안여정은 고개를 숙였다.

"알겠습니다."

"그리고 손 위사에게 보고하고 출발하도록 하세요."

"물론입니다. 그럼."

안여정이 대답과 함께 밖으로 나가자 곡비연은 짧게 숨을 내쉬며 보고서들을 내려놓았다.

"내가 너무 신경 쓰는 것일까? 하지만……."

곡비연은 문득 운소명을 떠올렸다. 지금까지 살아오면서 아무런 색이 없는 사람은 처음 만났기에 그에 대한 인상이 각별했고, 또한 위험을 구해주었기에 더욱 강한 인상으로 다가왔다. 이처럼 짧은 시간에 마음속으로 파고들어 온 인물은 지금까지 없었다. 그리고 그게 걸렸다.

곡비연을 만나고 나온 안여정은 노화와 함께 손수수를 찾아갔다. 손수수는 조금 경직된 표정으로 방 안에 홀로 앉아 창밖만 쳐다보고 있었는데, 무슨 큰 고민을 하는 듯한 얼굴이었다.

"무슨 걱정이라도 있으세요?"

안여정의 물음에 손수수는 고개를 저었다.

"아무 일도… 그런데 무슨 일이지?"

손수수가 쳐다보며 묻자 안여정이 대답했다.

"곡 원주님께서 성에 먼저 가라고 해서요. 운 소협에 대해 조사를 했는데 조금 부족한 모양이에요. 지금까지 조사한 정보보다 더 정확한 보고를 원하시는 것 같아요."

"그래? 흐음……."

손수수는 그 말에 아미를 찌푸리다 고개를 저으며 말했다.

"그럴 필요는 없을 것 같구나."

"예?"

안여정과 노화가 무슨 말이냐는 듯 쳐다보자 손수수가 다시 말했다.

"문 각주와 한 각주가 운 소협에게 떠나라고 한 모양이야. 그래서 운 소협도 떠날 생각이고."

"아……."

"어머!"

안여정과 노화가 상당히 놀란 듯 눈을 크게 떴다.

"제 손님이고 저를 구해준 사람이에요. 그런데 두 분께서는 제게 단 한 마디 의논도 없이 그리 결정하셨단 말인가요? 이는 저를 무시하는 처사예요."

화난 표정으로 서 있는 곡비연의 앞에는 문소월과 한수가 서 있었다. 둘은 그녀가 조금 격앙된 표정으로 쳐다보자 죄송한 듯 고개를 숙였다. 곡비연이 다시 한 번 말했다.

"제가 두 분께 어떻게 보였는지는 모르나 이 일은 제가 처리할 문제예요. 또한 그는 확실히 인재예요. 그건 두 분도 아시잖아요? 그런 인재를 제 곁에 둔다면 넓게는 본 성에도 이득이에요. 그렇기 때문에 더욱더 철저하게 그의 신분을 조사 중이였구요."

"하지만 그는 남자입니다. 여자였다면 큰 문제는 없으나 남자이기 때문에 떠나라 한 것입니다. 아직 성주가 되지 않은 상황에서 중원에 나가 남자를 데려왔다고 주변에서 떠들면 원주님께 악영향이 될 수 있습니다. 거기다 지금은 내부적으로 혼란할 때입니다. 어떤 일이 일어날지도 모르는 상황에서 외부의 사람을 끌어들여 그에게 피해가 간다면 원주님의 입장도 난처할 게 아닙니까? 원주님을 걱정하는 마음으로 한 것이니 너그럽게 용서해 주십시오."

문소월의 말에 곡비연은 짧게 숨을 내쉬며 고개를 저었다.

그의 말도 일리 있었고 그가 자신을 걱정해서 한 처사라는 것도 알았다. 하지만 마음에 들지 않았다.

"휴… 알겠어요. 하지만 두 번 다시 이런 일이 없었으면 좋겠어요."

"예. 알겠습니다."

"알겠습니다."

한수도 문소월과 함께 대답하며 조심스럽게 고개를 들었다. 그들의 미안한 표정에 마음이 약해진 곡비연은 곧 미소를 보이며 다시 말했다.

"저를 생각하는 마음은 정말 고마워요. 이제 이 일에 대해선 더 이상 말 안 하기로 해요. 아셨죠? 저도 안 할 테니까요."

"여부가 있겠습니까?"

"알겠습니다."

그녀의 말에 문소월과 한수가 표정을 풀며 한결 가벼운 얼굴로 대답했다. 그러자 곡비연이 다시 말했다.

"그럼 이제 운 소협에게 가볼게요. 두 분도 함께 가요."

"예."

곡비연이 신형을 돌리자 동시에 대답한 문소월과 한수가 그녀의 뒤를 따랐다.

얼마 지나지 않아 운소명의 방에 도착한 그들은 방을 청소하는 시비들을 볼 수 있었다. 그리고 그녀들을 통해 운소명이 떠났다는 사실을 알았다.

운소명이 떠났다는 소식을 들은 손수수는 어처구니가 없다는 듯 자리에서 일어나 창밖을 쳐다보았다. 그런 그녀의 표정은 상당히 차가웠으며 이내 짙은 살기를 전신으로 뿌리기 시작했다.
"정말 떠나다니……."
손수수는 믿을 수가 없다는 듯 어둠이 깔리기 시작하는 하늘을 쳐다보았다. 그녀는 한동안 그렇게 멍하니 서서 하늘만 바라봐야 했다. 말은 매정하게 했지만 마음으로는 안 떠날 거라 확신했기에 그렇게 대할 수 있었다. 그런데 그가 떠났다는 소식을 듣게 되자 왜 이렇게 가슴이 뚫린 것처럼 느껴질까? 손수수는 입술을 깨물며 또 한 번 중얼거렸다.
"그때… 죽였어야 했어……."

* * *

백화성의 천수 분타를 나온 운소명은 길을 걷다 벽에 붙은 종이를 하나 발견하곤 걸음을 멈추었다. 그 주변엔 젊은 청년들이 몇몇 서 있었는데, 모두 눈을 반짝이며 벽에 붙은 공고문을 읽고 있었다.
운소명도 그 청년들 사이로 들어가 공고문을 읽으며 눈을 반짝였다.

무사 모집

백화성은 사시사철 문을 개방하여 능력있는 무사들을 모집하니 자신의 무공에 자신이 있는 자는 출신에 관계없이 언제라도 백화성의 무사가 될 수 있다.

단, 백화성의 무사가 되기 위해서는 시험에 통과해야 한다.

"오호!"

운소명은 번뜩이는 시선으로 벽보를 보았다. 밑에는 백화성의 무사가 되면 얻게 되는 여러 가지 특혜에 대해서 적혀있었으며, 많은 돈을 벌게 된다는 것도 함께 있었다. 무공을 익힌 자라면 구미가 당기는 일이었다.

"백화성에 들어가고 싶은데 우리 같은 사람들이 되겠나? 말이 쉽지… 열이면 열 다 떨어진다고 하던데."

"말도 하지 말게. 낭인들 중에서도 이름있는 놈들이나 들어간다고 하지 않던가? 일 년 중에 열 명 뽑히면 많이 뽑힌다고 하네."

청년들이 말하며 고개를 젖고 있었다. 그 말을 들은 운소명은 미소를 보이며 벽보를 뜯었다.

"어!"

"헉!"

급작스러운 운소명의 행동에 청년들이 놀라 눈을 크게 떴다. 그사이 운소명은 바람처럼 빠르게 청년들을 뚫고 길을 걸어갔다.

'취직이나 해볼까?'

운소명은 가볍게 미소를 그리며 목적지를 백화성으로 돌렸다.

第四章

재회

재회

 천수에서 조금 올라가면 북위산이 있는데 산이 높고 험한 지역으로, 수십 개의 봉우리가 어우러진 깊은 산이었다.
 그곳의 향도곡 주변엔 많은 천막들이 쳐져 있었는데 마치 전쟁에 나가는 사람들처럼 보이는 인물들이었다. 그 천막들이 있는 곳으로 익숙한 걸음을 옮기는 평상복의 청년이 있었다. 그는 이곳의 무사들과 안면이 있는지 인사를 하며 가장 중앙에 있는 천막으로 걸어갔다.
 "정찰조 조장 구통이 대주님을 뵙습니다."
 "들어와라."
 구통이라 말한 청년은 곧 천막 안으로 들어갔다.

천막 안에는 젊은 청년 한 명이 탁자 위에 검을 올려놓은 채 앉아 있었는데 상당히 날카로운 인상이었다. 구통은 그 앞에 부복하며 말했다.
"제비가 오늘 아침에 천수에서 출발했다고 합니다."
"그래? 그럼 내일 아침이면 이곳을 지나겠구나."
"그렇습니다."
"그럼 철수해야지. 조장들을 집합시키게."
"복명."
구통이 대답하고 일어나 밖으로 나가자 청년은 자리에서 일어나 검을 허리에 찼다.
"후후······."
청년의 입가에 가벼운 미소가 걸렸다.
"제비가 떠났다라······."

아홍추는 며칠 전 천수에 머물면서 아림이 성으로 돌아갈 때 당부했던 이야기가 떠올랐다.

"곡비연이 오는 모양이야. 운이 좋아서 그런지 잘 살아 있다고 하더군."
"의외인데요."
"그래서 하는 말인데, 네가 좀 일을 해주었으면 하는데?"

아홍추는 그때 자신을 쳐다보던 아림의 차가운 눈빛을 기억하고 있었다. 그리고 아림이 원하는 것이 곡비연의 목이란 사실을 잘 알고 있었다. 그는 아림을 따를 수밖에 없었고 그녀의 명령을 수행해야 했다. 아림은 자신과 사촌이었고 그녀가 성주가 되어야 묵가에 늘 밀려 있던 아가가 백화성의 실권을 쥘 수 있었다.

뚜벅! 뚜벅!

발소리와 함께 다섯 명의 단주가 천막 안으로 들어오자 아홍추는 생각을 접으며 자리에서 일어났다.

"대주님을 뵙습니다."

단주들의 인사에 고개를 끄덕인 아홍추는 탁자 위에 검을 올려놓으며 낮게 말했다.

"제비가 천수를 떠났다고 한다."

그의 목소리에 단주들의 눈빛이 차갑게 반짝이기 시작했다. 마치 먹이를 노리는 늑대 무리처럼 사나운 기운들이 흘러넘쳤다.

"우리가 앞으로 하는 일은 어찌 보면 본 성에 대한 배신과도 같은 것이다. 그 무거운 짐을 가슴에 지고 가게 해서 미안하게 생각한다. 지금이라도 그만두고 싶은 자는 복귀를 허락한다."

아홍추의 말에 아무도 움직이는 자가 없었다. 그 모습에 아홍추는 그들의 각오를 피부로 느끼곤 고개를 끄덕이며 굳은 표정으로 다시 말했다.

"고맙다. 너희들에게 해줄 말이 이 말밖에는 없구나."

"아닙니다."

단주들이 일제히 대답하자 아홍추는 몇 번 고개를 끄덕이며 만족한 표정으로 다시 말했다.

"이 임무의 성공 여부가 향후 오십 년간 이어질 본 성의 미래를 결정한다. 그 미래를 우리의 손으로 결정짓자."

슥!

말을 끝낸 아홍추가 품에서 복면을 꺼내 얼굴에 썼다. 그러자 단주들도 복면을 꺼내 얼굴을 감추었다.

"실패란 없다."

"복명!"

단주들의 우렁찬 목소리에 아홍추는 고개를 끄덕이며 검을 손에 쥐었다. 곧 향도곡에 있던 삼백의 좌천대의 모든 무사가 복면을 쓰고 어디론가 이동하기 시작했다.

* * *

천수를 나와 북쪽으로 방향을 잡고 길을 걷던 운소명은 차츰 사람들의 인적이 뜸해지고 넓은 대로가 눈앞에 펼쳐지자 다리에 힘을 주었다.

파팟!

그의 신형이 마치 성난 황소처럼 바람과 먼지를 동반한 채 대로를 질주했다. 사람의 그림자라곤 찾아볼 수 없는 곳이었기에 그의 경공을 보는 사람은 없었으나 옆에서 본 사람이 있다면 마치 커다란 마차 한 대가 미친 듯이 달려가는 것처럼 느꼈을 것이다.

 그렇게 일다경 정도 달리던 운소명은 눈앞에 커다란 청록빛 산들이 보이자 걸음을 멈추었다. 낯이 익은 주변 풍경에 잠시 호흡을 고른 그는 고개를 돌려 좌측을 쳐다보았다. 맑은 물빛의 강물이 그의 눈에 들어왔다.

 강물은 자갈들 위를 유유히 흘러가고 있었고 깊이는 겨우 발목에 올라올 정도였다. 그러한 강물 너머로 몇 채의 집이 보였다. 운소명은 천천히 걸음을 옮겨 강물이 내려다보이는 낮은 구릉 위의 풀밭에 앉았다.

 잠시 주변 풍경을 보던 운소명은 과거 이곳에 왔던 기억을 떠올리며 고개를 저었다. 백화성에서의 임무를 마치고 무림맹으로 복귀하던 중 지나갔던 곳이었다.

 "그때는 그저 앞만 보고 있었거늘……."

 운소명은 가만히 중얼거리며 그저 걸어만 갔던 자신의 시간을 떠올렸다. 하지만 어느 순간부터 옆에도 길이 있다는 것을 알았고, 뒤에도 길이 있다는 것을 알아버렸다. 그로 인해 수많은 감정들이 생겨났고 수많은 길들이 그의 앞에 나타나게 되었다.

그게 어쩌면 더 사람답게 사는 것이란 생각이 들었다. 그런 생각이 들자 곡비연이 떠올랐다. 사실 그녀와 함께 있는 시간은 괴로움의 연속이었다.

그녀의 부친은 분명 자신의 손에 죽음을 맞이했고 그로 인해 곡비연의 인생도 바뀌게 되었다. 그런 일이 없었다면 과연 곡비연이 원주가 되어 지금 성주 후보가 되었을까? 그런데 그런 그녀와 얼굴을 마주해야 했다. 괴롭지 않은 사람은 없을 것이다.

단지 과거에는 자신에겐 그런 감정이 없을 거라 여겼다는 점이었고, 지금은 확실히 괴롭다는 것을 알게 되었다. 말은 안 했지만 손수수도 같은 기분이었을 것이다. 그렇기 때문에 쉽게 떠나주었다. 하지만 완전히 떠난다고 약속한 적은 없다.

쉬이익!

소슬바람이 불어와 머리를 스칠 때 운소명은 인기척을 들을 수 있었다. 이렇게 사람이 드문 곳에서 듣기 힘든 안정되고 가벼운 발걸음 소리였다. 무공을 익힌 자들만이 낼 수 있는 육중한 느낌에 자리에서 일어섰다.

고개를 돌린 운소명은 삼 장여 옆에 서 있는 허름한 옷차림의 청년을 볼 수 있었다. 청년은 헝클어진 머리카락을 뒤로 넘기며 가볍게 미소 지었다.

"오랜만이군."

"반갑습니다."

운소명은 포권하며 괴홍랑을 쳐다보았다. 강한 기도를 괴홍랑도 느낀 것일까? 괴홍랑의 입가에 미소가 사라졌다. 운소명은 그의 등장에 내심 놀라고 있었으나 언젠가는 만날 거란 예감은 하고 있었기에 표정 관리를 할 수 있었다.

"오랜만에 뵙는 선배께선 후배에게 무슨 가르침이라도 있으신지요?"

운소명의 물음에 괴홍랑은 비웃듯이 '피식!' 거리며 혀를 찼다.

"내가 아무리 생각을 해봐도 기분이 나빠서 말이야."

"뭘 말씀하십니까?"

"그런 게 있어. 자네는 어떨지 모르나 나 같은 사람은 이런 기분을 가지고 오래 살지는 못해. 뭔가를 부숴야 풀리는데… 자네를 눕히면 풀리지 않겠나?"

"아… 어떤 기분인지 알 것도 같습니다. 저도 가끔 그럴 때가 있으니까요."

운소명은 가볍게 웃으며 대답했다. 하지만 눈빛은 날카롭게 빛나기 시작했다. 괴홍랑이 명확하게 자신의 뜻을 밝혔기 때문이다.

뚜둑!

괴홍랑이 목을 움직이며 살기를 뿌리기 시작했다.

"주변 경치도 좋겠다, 놀기에는 안성맞춤인 장소로군. 자네도 그렇게 생각하지 않나?"

"좋은 곳이지요. 그렇기 때문에 이곳에서 쉬고 있었습니다."

스릉!

운소명은 도를 꺼내 들곤 괴홍랑의 빈틈을 찾기 시작했다. 그의 행동 하나하나에 집중하자 괴홍랑의 기도가 점점 거세게 몰아치기 시작했다.

"쓸데없는 말은 그만두고 시작하지."

팡!

말이 끝남과 동시에 땅을 박찬 괴홍랑의 신형이 번개처럼 운소명의 코앞으로 날아들었다. 삼 장을 단숨에 넘어 순식간에 이동했기에 운소명은 그가 순간 이동한 게 아닌가 하는 착각이 들 정도였다.

쉬악!

양손을 허리춤에 얹고는 언제라도 출수할 수 있는 모습으로 다가오는 괴홍랑의 모습은 성난 호랑이와 같았다. 그의 전신을 타고 회오리처럼 강력한 회색 기류가 돌고 있었다. 그것이 발경이란 것을 운소명은 잘 알고 있었다.

앞으로 쭉 뻗어온 괴홍랑은 운소명의 몸에 주먹이 닿을 듯 말 듯한 거리에 서자 재빠르게 오른 권을 내밀었다.

팡!

공기를 치자 공기가 응축되어 강력한 바람과 함께 운소명의 가슴을 쳤다. 하지만 운소명은 이미 대비하고 있었기에 도면을 비스듬히 들어 올렸다.

팟!

도면을 타고 흐른 권영이 어깨 위로 지나치자 괴홍랑은 그가 자신의 발경을 흘렸다는 것에 눈을 반짝이며 왼 권을 날렸다.

팍!

왼 권 역시 운소명은 도면을 비스듬히 하여 뒤로 흘려보냈다. 막는 것보다 뒤로 흘려버리는 게 더 어려웠고, 고수들만이 펼치는 무공술이었다.

파파팟!

삽시간에 반 장의 거리로 좁힌 괴홍랑은 운소명의 전신요혈로 막무가내 식의 주먹을 내질렀으나 운소명은 반보 물러서며 도면으로 권의 힘을 흘려버렸다. 공기와 공기의 마찰로 인해 일어난 파공성이 주변에 울려 퍼졌다.

팟!

한 호흡 정도 그렇게 둘은 숨조차 쉬지 않은 채 양손을 교환했다. 그때 괴홍랑의 엄지손가락이 강하게 운소명의 도면을 눌렀다. '빡!' 하는 소리와 함께 가슴을 맞은 운소명의 안색이 굳어졌으며 뒤로 다섯 걸음이나 물러섰다.

웅! 웅!

유령도가 상당한 충격을 먹은 듯 강하게 울고 있었다. 괴홍랑은 입가에 미소를 그리다 '핏!' 거리는 소리와 함께 왼 볼에

얇은 혈선이 하나 나타난 느낌에 안색을 굳혔다.

"대불장?"

운소명은 도면을 들어 유령도의 백색 도신에 검은 점 하나가 찍혀 있는 것을 발견하곤 굳은 표정으로 물었다. 괴홍랑은 미미하게 고개를 끄덕이며 양손을 늘어뜨렸다.

"잘 아는군?"

"가슴이 다 처리는 것 같소."

운소명의 목소리가 전보다 낮게 가라앉았다. 괴홍랑은 그 말에 손을 품에 넣으며 검은 장갑을 꺼내 꼈다.

뚜둑!

장갑을 끼면서 손에 힘을 주자 그의 전신에서 뼈마디가 어긋나는 소리가 강렬하게 울렸다. 거기다 괴홍랑의 전신에서는 더욱 강력한 기도가 흘러나오기 시작했다. 운소명은 인상을 찌푸렸다. 장갑을 꼈다는 것 하나만으로 저렇게 기도가 달라졌기 때문이다. 운소명의 눈이 저절로 괴홍랑의 장갑으로 향했다.

그 시선을 느낀 괴홍랑은 입가에 미소를 그리며 운소명이 잘 볼 수 있도록 장갑 낀 손을 눈앞으로 들었다.

"뭘 그렇게 쳐다보나, 부끄럽게."

"그게 무엇이오?"

"이거? 조갑권(爪甲拳)이란 건데 크게 신경 쓰지 않아도 되는 물건이야."

"선배가 쓰는 건데 신경이 안 쓰일 것 같소?"

"그냥 무쇠도 베지 못할 정도로 단단한 물건이라고만 생각하면 되네."

괴홍랑의 말에 운소명이 안색을 굳혔다.

"선배가 끼고 있으니 더 두려운 것 같소."

운소명은 정말 두렵다는 듯 고개를 저으며 도를 옆으로 들었다. 그러자 가느다란 바람 소리와 함께 금빛이 흘러나오기 시작하더니, 얇고 예리한 기운을 뿌리는 유형의 금빛 도기가 유령도를 덮기 시작했다.

운소명 역시 진중한 표정으로 돌아왔으며 무거운 그의 기도가 주변으로 흘러나오기 시작했다. 그것을 느낀 괴홍랑도 자세를 낮게 잡으며 날카로운 기도를 뿌리기 시작했다.

'시간을 오래 끌면 끌수록 귀찮아지겠지……'

운소명은 눈을 반짝였다. 그 순간 땅을 찬 운소명의 신형이 가느다란 금색의 실선만을 남기며 괴홍랑을 베어갔다. 소명삼식의 일초인 금사영(金絲影)을 십성의 내공으로 펼친 운소명이었다. 평소에는 칠성의 내공으로 펼쳤지만 지금은 십성을 다한 내공을 바탕으로 출수한 것이기에 그 속도와 힘은 전혀 달랐다.

팟!

마치 번개가 지나간 것처럼 운소명의 모습이 급작스럽게 괴홍랑의 눈앞에 나타났다. 보통의 무인이라면 분명 놀라고 당황했을 것이다. 하지만 괴홍랑은 이미 예상하고 있었다는 듯 운소명의 얼굴로 오른손을 빠르게 움직였다.

쩡!

"큭!"

"음!"

금속음과 신음성이 동시에 일어났다. 운소명은 놀란 표정으로 자신의 금빛 유령도를 손에 쥐고 있는 괴홍랑을 쳐다보았다. 아무리 장갑이 단단하다 해도 설마 도기조차 벨 수 없다고는 생각지 못하였다.

괴홍랑은 장갑에 이상이 없지만 손이 찢어지는 고통을 느껴야 했다. 장갑을 타고 흘러들어 온 운소명의 내력이 강했기 때문이다. 하지만 그것도 잠시, 괴홍랑의 왼손이 재빠르게 운소명의 빈 허리를 향해 쳐갔다.

운소명은 입술을 깨물며 땅을 차 살짝 공중에 뛰어오르며 우측으로 빠르게 회전해 이동했다.

파파팟!

괴홍랑의 손안에서 강력한 힘이 실린 유령도가 회전하자 그 힘을 이기지 못하고 손을 편 그는 우측으로 물러선 운소명을 향해 신형을 틀며 선풍각을 날렸다.

슈아악!

자세를 바로 한 운소명은 순간 눈앞으로 거대한 경기와 함께 날아든 선풍각에 재빠르게 앉았다. 그러자 몸을 다시 한 번 회전한 괴홍랑의 반대 발이 운소명의 얼굴로 날아들었다.

팍!

땅을 찬 운소명은 날아드는 발을 피해 뒤로 날아가 번개처럼 바닥에 내려섰다. 자리에서 일어서는 순간 세 개의 권영이 운소명의 눈앞에 나타났다. 실로 쾌속하면서도 정확한 괴홍랑의 공격이었고, 그 기세는 맹수처럼 사나웠다. 괴홍랑의 무영권이었다.

눈으로 보는 순간 운소명은 재빠르게 금빛 삼도를 펼쳤다. 소명삼식의 일식인 금사영(金絲影)의 쾌도를 연속으로 펼치자 권영이 반으로 잘리며 주변으로 강한 바람이 불어갔다. 경기와 경기의 부딪침에 일어난 바람이었다. 하지만 안심하기에는 일렀다. 괴홍랑의 모습이 눈에 잡혔기 때문이다.

쉬악!

바람처럼 다가온 괴홍랑은 눈앞으로 자신을 쪼개듯 내려치는 금빛 선에 발에 힘을 주었다. 그러자 '팟!' 거리는 바람 소리와 함께 그의 신형이 좌우로 갈라지며 운소명의 허리를 노리고 들어왔다. 순식간에 이형환위의 보법을 펼치며 무영권을 담은 괴홍랑이었다. 동시에 운소명의 신형 역시 두 개로 갈리며 괴홍랑의 그림자와 교차되었다. 그 역시도 이형환위의 보법으로 금사영을 펼쳐 맞섰다.

파팟!

금빛이 찬란한 두 개의 선과 괴홍랑의 신형이 빠르게 교차되어 삼 장의 거리를 두고 떨어졌다. 신형을 돌린 괴홍랑은 안색을 찌푸리며 운소명을 쳐다보았다. 운소명 역시 굳은 표정으로 괴홍랑을 바라보며 입가에 미소를 그렸다.
　퍽!
　운소명의 오른 어깨가 터져 나가며 핏방울이 사방에 튀었다. 분명 아픔이 느껴질 만했으나 그의 표정은 아픔이 없는 것처럼 보였다.
　"흠… 대단하군."
　가만히 중얼거린 괴홍랑은 어느새 사라진 오른팔의 옷자락을 쳐다보다 곧 길게 일어난 붉은 선에 안색을 굳혔다.
　주륵!
　핏방울이 그의 피부를 타고 흘러내리기 시작했다. 오른 어깨에 마치 굵은 선 하나가 그려진 것처럼 보였다.
　괴홍랑은 오른 어깨를 이리저리 움직이며 팔의 이상을 확인했고 운소명도 오른팔에 들린 유령도를 아래위로 움직이며 어깨의 이상을 살폈다.
　"무리하는 것 아니오?"
　"무리는 네가 하는 것 같은데?"
　운소명의 물음에 괴홍랑은 비릿한 미소를 입가에 걸며 되물었다. 운소명은 고개를 저으며 말했다.
　"설마하니 선배와 이렇게 진심으로 싸우게 될 줄은 몰랐소."

"나도 그래. 이렇게 싸울 거라 생각지 못했지. 거기다……."

괴홍랑은 목소리를 줄이다 반짝이는 시선으로 운소명을 쳐다보았다.

"너 같은 후배가 초출이라는 게 믿어지지 않아. 마치 강호에 십 년 이상은 굴러다닌 능구렁이 같은 놈처럼 보이는데… 내 착각인가?"

"당연히 착각이지요."

운소명은 말도 안 된다는 표정으로 대답했다.

"흥!"

괴홍랑은 코웃음을 치며 그 대답을 부정하듯 검지 손가락으로 운소명을 가리키며 고개를 저었다.

"분명 네놈에겐 뭔가 있어, 뭔가. 강호초출은 자네처럼 그렇게 공수 전환을 잘하지 못해. 자네에겐 오랜 싸움에서만 얻을 수 있는 노련함이 보이네."

"도대체 무슨 근거로 그런 말씀을 하는지 모르겠군요."

운소명은 도를 한 바퀴 돌리며 아무렇지도 않은 듯 말했다. 그러자 괴홍랑은 미소를 보였다.

"자네의 지금 모습이… 노련한 강호의 노고수로 보이네. 거기다… 나의 이영권(二影拳)을 그렇게 받아친 사람은 노련한 노고수들을 제외하곤 없었지."

괴홍랑의 말에 운소명은 좀 전에 그가 펼친 이형환위(以形換位)를 떠올렸다. 본능적으로 늦었다는 것을 알았기에 신검

합일의 금사영을 펼쳤다.

 평소와 다른 것이 있다면 동귀어진(同歸於塵)의 수법이었다는 점이었다. 그 수법을 감지한 괴홍랑은 자연스럽게 방어도 겸해야 했다. 운소명 역시 그럴 것을 예상하고 방비하였기에 둘 다 오른 어깨와 팔의 부상만을 당했다. 서로의 몸이 교차하는 순간 막고 때리고 자른 그들이었다.

 "고로 자네는 노고수네. 보기에는 젊은 청년 같지만 실제 내면은 늙은 능구렁이가 들어 있는 놈이란 뜻이지."

 괴홍랑의 말에 운소명은 조금 어이없다는 듯 그를 쳐다보았다. 하지만 금세 입가에 미소를 그린 그는 고개를 저으며 말했다.

 "마음대로 생각하십시오."

 슥!

 도를 늘어뜨린 운소명은 괴홍랑을 쳐다보며 살기를 뿌리기 시작했다.

 '반혼도법은 봉하는 게 낫겠어.'

 문득 든 생각이었다. 강호에는 삼 푼의 힘을 감추어야 한다는 속설이 있었다. 물론 괴홍랑을 상대로 펼칠 순 있었으나 반혼도법은 최후로 남겨야 했다. 최후까지 남겨두었다가 펼칠 도법이었다. 그래야 괴홍랑 같은 고수에게 큰 타격을 줄 수 있었고, 운이 좋다면 목숨까지 취할 수도 있었다.

 파팡!

순간 괴홍랑의 주먹이 허공을 치자 강력한 경기가 날아들었다. 급작스러운 그의 공격에 운소명은 재빠르게 도기를 펼치며 경기를 베었다. 그 직후 금사영을 펼치며 괴홍랑에게 날아들었다.

쉬이익!

바람처럼 다가오는 운소명의 모습에 괴홍랑은 자세를 낮게 잡으며 주먹을 눈앞으로 들어 올렸다.

파파파팟!

순간 운소명은 눈앞에 수십 개의 주먹 그림자가 보이자 놀랍다는 듯 눈을 크게 뜨며 가볍게 반 장 가까이 뛰어올라 삽시간에 수십 개의 검기를 사방에 뿌렸다. 소명삼식의 삼식인 풍사륜(風絲輪)을 펼친 것이다. 그 직후 그의 신형이 허공중에 멈춘 것 같더니 마치 금빛 번개처럼 괴홍랑의 머리를 찍어 갔다.

번쩍!

"헛!"

괴홍랑의 눈이 커졌다. 너무도 급작스러운 그의 변화였고 도저히 인간의 몸으로 이해하기 어려운 기습이었다. 누구도 허공중에서 몸을 회전하다 급작스럽게 멈출 수는 없는 것이다. 그런데 운소명은 멈춤과 동시에 번개로 변하였다.

쾅!

괴홍랑의 신형을 반으로 쪼개며 금빛 번개가 땅으로 떨어졌다. 강력한 폭음과 함께 흙먼지가 허공중에 날았으며 먼지 사이로 운소명이 천천히 걸어나왔다. 그는 굳은 표정으로 도를 늘어뜨리고 있었는데 여전히 시선은 앞을 보고 있었다. 그의 눈앞엔 여전히 삼 장의 거리를 둔 괴홍랑이 주먹을 내민 채 서 있었다. 믿어지지 않았다. 자신의 십성 내공을 담은 뇌섬살(雷閃殺)을 피했기 때문이다. 뇌섬살은 소명삼식의 이식이자 일격필살(一擊必殺)의 절초였다.

"무슨 보법이오?"

"무영보(無影步)."

운소명은 얼굴을 찌푸리다 손으로 입을 막았다.

"콜록!"

저절로 일어난 기침에 피를 한 움큼 토한 운소명의 이마에 주름이 깊게 파였다. 차갑게 뜨여진 눈은 사나운 맹수처럼 번들거리기 시작했으며 그의 살기는 더더욱 날카롭게 변하였다.

"보기 좋은 모습이야……."

괴홍랑은 그 표정을 마치 감상이라도 하듯 고개를 끄덕였다. 하지만 간담이 서늘한 것은 사실이었다. 운소명이 풍사륜을 펼칠 때 무영보를 이용해 뒤로 이동했기에 당하지 않았다.

"상당한 내력 소모를 한 모양이군. 하긴 그 상태에서 그렇게 몸을 움직였으니 근육이 견뎌내겠나?"

괴홍랑은 자신도 하기 어려운 초식을 구사한 운소명의 움직임에 놀라고 있었다. 그리고 상대를 죽이지 못하면 자신의 몸도 어느 정도 망가진다는 것을 보았다.

"무슨 초식인가?"

"뇌섬살."

운소명의 대답에 괴홍랑은 미미하게 고개를 끄덕였다.

스륵!

괴홍랑은 상의가 반쯤 잘려 밑으로 내려가자 안색을 바꾸었다. 다 피했다고 생각했는데 옷자락이 잘렸기 때문이다.

"이런 젠장할 놈을 봤나. 내 한 벌밖에 없는 옷을……."

괴홍랑은 진정 화난 표정으로 운소명을 쳐다보았다. 운소명은 그 모습에 기분이 좋은지 입가에 미소를 그리다 한 발 나섰다.

팟!

순간 운소명의 신형이 금빛 실선 하나를 그리며 일직선으로 괴홍랑을 향해 다가갔다.

"봤던 초식에 다시 당할 거라 생각했나?"

괴홍랑은 우습다는 듯 한 발 나서며 양손을 뻗었다. 그 순간 십여 개의 손 그림자가 운소명의 눈에 가득 들어왔다. 운소명의 신형이 좌우로 크게 흔들리는 것 같더니 무영권의 권영을 스치듯 지나쳤다.

"헛!"

괴홍랑의 안색이 굳어졌다.

"나도 한 번 봤소."

슈아악!

무영권의 권영을 모두 피한 운소명이 밑에서 위로 괴홍랑의 전신을 베어갔다. 그 순간 괴홍랑의 입가에 미소가 걸리더니 몸을 옆으로 돌렸다.

슈악!

"……!"

운소명은 갑자기 뒤통수에서 날아드는 강력한 기운에 놀라 눈을 크게 떴다. 눈앞에서 주먹을 내미는 괴홍랑의 모습이 보였다. 그 순간 좌측에서 날아드는 강력한 기운을 다시 느꼈다.

'어떻게 사람이 움직이지 않고……!'

운소명은 최대한 빠르게 땅을 차며 반 장 가까이 뛰어올라 몸을 앞으로 돌리며 괴홍랑의 머리를 찍어갔다. 공격이 최선이었기 때문이다. 그러자 뒤와 좌측에서 날아들던 경기가 사라지는 것을 알았으며 괴홍랑의 신형이 반쯤 뒤로 눕는 게 보였다.

쾅!

"큭!"

운소명은 허공중에 반쯤 떠서 자신의 도를 막고 있는 괴홍랑의 발을 보았다. 위로 차올린 발바닥으로 도기를 막은 괴홍랑이었다. 그 순간 발이 사라짐과 동시에 좌우로 두 개의 강력한 경기가 날아들었다. 운소명의 신형이 바닥에 앉아 마치 땅을 쓸듯 원을 그리며 괴홍랑의 하체를 잘라갔다.

땅!

금속음과 함께 가볍게 발을 든 괴홍랑의 발바닥에 도날이 막혔다. 그 순간 위에서 밑으로 주먹을 찍어 내리는 괴홍랑이 보였다. 운소명의 신형이 뒤로 날았다.

쾅!

땅을 찍은 괴홍랑은 신형을 세우며 마치 기다렸다는 듯 앞으로 날아들어 칼날처럼 손을 펴 손끝으로 찔러왔다.

"철강수(鐵鋼手)."

바위조차 쉽게 자른다는 소림의 절예 중 하나였고 손끝이 검다는 게 특징이었다. 운소명은 그의 손끝이 검다는 것에 눈을 빛내며 도를 들어 막았다.

따다당!

전신을 찔러오는 괴홍랑의 철강수를 도로 막으며 한 발 물러선 운소명은 손 그림자의 빈틈으로 금빛 실선을 던졌다. 쾌도술은 운소명이 한 수 위였다. 그것을 괴홍랑이 모를 리 없었다. 그리고 도기가 접근하자 괴홍랑이 손바닥을 앞으로 뻗었다.

쾅!

폭음과 함께 강력한 경기가 사방으로 퍼지자 괴홍랑의 주먹이 연달아 운소명의 도기를 튕기며 날아들었다. 운소명은 날아드는 괴홍랑의 주먹을 도끝으로 찔렀다. 그 모습에 괴홍랑의 신형이 갑작스럽게 땅으로 꺼지며 운소명의 복부를 가격해 왔다. 그 빠름에 운소명은 무영보를 떠올렸다.

쾅!

강력한 폭음과 함께 운소명의 신형이 마치 활처럼 구부러진 채 뒤로 날아갔다. 그러다 땅에 닿으려는 순간 재빠르게 몸을 회전하며 자리에 내려선 운소명은 눈앞에 사나운 표정으로 주먹을 뻗고 있는 괴홍랑을 보았다. 순간 주저앉으며 앞으로 튕겨 나가듯 나가며 괴홍랑의 하체를 베어갔다.

"궁신탄영!"

괴홍랑은 설마하니 운소명이 그 순간에 반동을 이용해 저공의 궁신탄영을 펼칠 거라 생각하지 못했다. 아니, 자신의 일권을 맞고도 저렇게 팔팔하게 움직이는 사람 자체를 본 적이 없었다. 내상을 입은 상태에서 말도 안 되는 상승의 무공을 보이는 운소명이었다.

괴홍랑은 입술을 깨물며 땅을 찼다. 받아치기엔 궁신탄영의 힘을 더한 운소명의 도기가 강력했다.

탕!

땅을 때린 괴홍랑의 신형이 운소명의 머리를 넘었다. 운소명의 시선이 그런 괴홍랑을 좇았다.

탁!

바닥에 내려선 괴홍랑은 재빠르게 신형을 돌리며 쌍장을

앞으로 뻗었다. 다른 이유가 있어서가 아니라 운소명이 어느새 높이 뛰어올라 날아들었기 때문이다.

'훗!'

괴홍랑의 눈빛이 사납게 번뜩였다.

궁신탄영으로 빠르게 괴홍랑의 밑을 지나친 운소명이 신형을 세우며 몸을 틀었다. 힘을 죽이지 않은 채 높게 뛰어올라 괴홍랑을 노렸다.

슈아악!

바람처럼 허공을 가르며 괴홍랑에게 다가가는 순간 운소명은 강력한 기운이 느껴지는 것을 알았다. 지금까지와는 다른 뜨거운 기운이었다.

쿵!

그 순간 괴홍랑의 오른발이 앞으로 뻗어 나와 땅을 강하게 밟았다.

쩌저적!

발이 닿은 곳이 갈라지며 강력한 열기가 사방으로 퍼져 나가기 시작했으며 앞으로 뻗은 쌍장이 운소명을 향해 빛을 발하기 시작했다. 운소명의 안색이 바뀌며 도를 뻗은 그의 신형이 금빛에 감싸였다.

번뜩!

뇌섬살이 순간적으로 펼쳐졌다. 그리고 괴홍랑의 양손에서 거대한 빛이 운소명을 향했다. 번개와 쌍장의 빛이 부딪치자 강력한 폭음이 사방으로 퍼져 나갔다.

콰쾅!

폭음과 함께 땅으로 내려선 운소명은 비틀거리며 뒤로 물러섰다.

"금강대수인!"

운소명은 놀란 듯 중얼거리며 괴홍랑을 쳐다보았다.

"……!"

순간 괴홍랑이 사라졌다는 것을 안 운소명이 눈을 크게 떴다. 그때 두 개로 변한 괴홍랑의 신형이 운소명의 좌우 옆구리를 스치며 지나쳤다.

퍼퍽!

"컥!"

운소명의 입에서 신음과 함께 침이 흘렀고 전신이 자신의 의지와는 상관없이 비틀거렸다. 신형을 돌린 괴홍랑은 운소명의 등을 향해 쌍장을 뻗었다.

콰쾅!

"컥!"

운소명이 강력한 충격을 이기지 못한 채 중심을 잃고 앞으로 비틀거리며 쓰러지려 하자 어느새 앞으로 간 괴홍랑의 주먹이 운소명의 복부를 쳐올렸다.

쾅!

"헉!"

운소명의 신형이 허공중에 힘없이 떠오르자 괴홍랑은 양손을 말아 쥐며 위로 뻗었다.

퍼퍼퍼퍽!

십여 번의 주먹 그림자가 운소명의 전신을 강타했다. 이내 그의 신형이 땅에 내려오자 괴홍랑의 주먹이 명치로 깊게 파고들었다.

쾅!

"……!"

운소명은 눈을 부릅뜨며 뒤로 날아가 바닥을 굴렀다. 먼지와 함께 쓰러진 운소명을 눈으로 확인한 괴홍랑은 이내 비틀거리며 허리를 숙였다.

"쿨럭! 쿨럭!"

괴홍랑은 피를 몇 번 토하더니 이내 소매로 입술을 훔치곤 몸을 바로 세웠다.

"휴우……."

길게 숨을 내쉰 괴홍랑은 여전히 쓰러져 있는 운소명을 쳐다보았다.

"내상을 입어보긴 근 십 년 만이군……."

심장 부위를 슬쩍 만지며 고개를 저은 괴홍랑은 천천히 운소명에게 다가가다 이내 걸음을 멈추었다. 운소명이 자리에서 일어서려 했기 때문이다.

"이럴 수가……."

괴홍랑은 믿어지지 않는다는 표정으로 비틀거리며 일어선 운소명을 쳐다보았다. 운소명의 전신은 먼지투성이였고 머리도 헝클어진 상태였으며, 입술 사이로 흘러내린 피는 지금도 여전히 멈추지 않고 있었다.

"우에엑! 쿨럭! 헉! 헉!"

운소명의 입술을 뚫고 피가 뿜어져 나왔다. 숨을 거칠게 몰아쉬며 어깨를 들썩이는 모습이 심각한 부상을 당한 듯했다. 그런데 왜 눈빛은 여전히 밝게 빛나고 있는 것일까?

"네놈… 누구냐?"

괴홍랑의 얼굴은 사납게 일그러져 있었으며 그의 기운은 분노를 담고 있었다. 그의 필살기인 대수인과 무영권을 모두 맞고도 일어섰기 때문이다. 아무리 고수라도 뼈가 부러지고 내장이 터져야 정상이었다. 하지만 운소명은 비틀거리며 서 있었다. 자존심이 상할 수밖에 없었다.

"역시… 선배는 강한 사람이오. 나를 이렇게까지 몰아붙이다니 말이오."

운소명은 입술을 깨물며 도를 늘어뜨렸다. 그 모습에 괴홍랑은 사나운 감정을 억누르며 땅을 찼다.

슈아악!

그의 전신이 마치 하나의 바위가 된 것처럼 운소명을 향해 날아갔다. 운소명은 조금이라도 부딪치면 자신이 성할 리 없다는 것을 잘 아는 듯 보였다. 그 순간 운소명은 재빠르게 도를 땅에 박았다.

쾅!

순간 푸른빛이 허공으로 솟구치며 강력한 경기가 사방으로 뻗어나갔다.

"헉!"

놀란 괴홍랑의 신형이 중간에서 멈춰졌으며 어느새 금빛 선 하나가 날아드는 것이 보였다. 괴홍랑의 신형이 빠르게 흔들렸다.

팟!

괴홍랑을 지나친 운소명은 비틀거리며 신형을 돌렸다. 괴홍랑은 어이없다는 듯 신형을 돌리며 옆구리를 손으로 잡았다. 손 사이로 핏물이 흘러내리고 있었으며 안색도 급격히 변하였다.

"네놈……."

괴홍랑은 굳은 표정으로 운소명을 쳐다보다 이내 비틀거리며 자리에 주저앉았다. 옆구리의 상처가 깊은 듯 그의 숨도 거칠게 변하였다. 운소명도 이내 비틀거리며 자리에 앉았다.

"쿨럭! 쿨럭!"

운소명은 연신 기침을 하며 피를 토하기 시작했다.

"죽여 버린다."

괴홍랑의 입에서 살기가 가득 찬 목소리가 흘러나왔다. 운소명은 그 말에 싸늘한 표정으로 말했다.

"좀 전의 한 방이 내 마지막이었지. 방심했으니까. 죽일 수 있다고 여겼는데… 명줄이 길군."

운소명은 어느새 말투마저 바꾸며 차갑게 말했다. 그 말에 괴홍랑은 살기를 사납게 뿌리며 일어서려 했다. 운소명도 도를 지팡이처럼 이용해 일어나려 했다.

그 순간 강한 바람과 함께 한 사람의 그림자가 그들 사이에 나타났다. 젊은 청년이었고 검은 피풍의를 두른 인물이었으며 둘 다 아는 얼굴이었다.

第五章
먹다 뱉은 음식

먹다 뱉은 음식

"양패구상하는 게 솔직히 내가 생각하는 가장 이상적인 결말이오."
"유신."
"하필이면……."
 운소명은 유신의 등장에 안색을 굳혔고 괴홍랑은 눈살을 찌푸렸다. 설마하니 무림맹이 백화성의 영역권 안까지 올 줄은 몰랐기 때문이다. 그리고 유신이 있다는 말은 장림도 이 근처에 있다는 뜻이었다.
"내 마음은 양패구상인데… 단주님은 아닌 것 같소."
 유신은 그렇게 말하며 운소명과 괴홍랑을 한 번씩 쳐다보다 곧 괴홍랑을 향해 신형을 돌렸다. 괴홍랑의 안색이 바뀌었다.
"무림맹으로 가겠소? 아니면 이 자리에서 죽겠소?"
"죽는 게 낫지 않겠나?"
"훗!"
쉭!
순간 유신의 검끝이 괴홍랑의 목젖에 닿았다. 괴홍랑의 강렬한 살기가 유신을 향했다. 그리고 괴홍랑은 바람이 조금 사납게 몰아친다는 것을 알았다.
스슥!
발걸음 소리와 함께 사방을 에워싼 묵풍단의 무사들이 그의 눈에 들어왔다. 그러자 괴홍랑은 입가에 미소를 걸었다.
"설마하니 대무림맹이 이렇게 심각한 부상을 입은 사람을 비겁하게 찌르지는 않겠지?"
괴홍랑의 말에 유신은 고개를 끄덕이며 검을 거두었다.
슥!
가벼운 발소리와 함께 장림이 나타나자 괴홍랑은 이마에 주름을 깊게 그렸다. 장림은 껄끄러운 상대였기 때문이다.
"드디어 잡혔네요."
"잡힌 건가?"
"잡힌 거예요."
"잡혔군……."
괴홍랑은 미미하게 고개를 끄덕였다. 그러자 장림은 괴홍랑의 앞으로 다가가 소매에서 내상약을 꺼내 들었다.

"일단 드세요."

괴홍랑은 손을 내미는 장림을 잠시 쳐다보다 만감이 교차되는 표정으로 짧게 숨을 내쉬었다. 수많은 기억들이 그 순간 머리를 스치고 지나갔다. 곧 내상약을 받아 쥔 괴홍랑은 빠르게 먹었다. 그러자 장림은 괴홍랑의 전신요혈을 점하곤 눕힌 후 상처를 살펴주었다.

"저기… 나 지금 아무것도 못하는 건가?"

괴홍랑이 묻자 장림은 고개를 끄덕이며 옆구리를 지혈하곤 금창약을 바르기 시작했다. 그러자 괴홍랑이 다시 물었다.

"저기… 뒷간에도 혼자 못 가나?"

"수하들이 알아서 해줄 거예요. 훗!"

장림이 미묘하게 웃음을 보이자 괴홍랑은 더더욱 눈살을 찌푸렸다. 시중은 장림이 아니라 남자들이 들어준다는 뜻이었기 때문이다. 실망감이 밀려왔다.

"좀 자요, 피곤할 테니."

장림은 곧 수혈을 짚으며 괴홍랑의 눈을 감겨주었다.

"내상이 심한 것 같소."

가까이 다가온 유신이 옆에 앉으며 운소명에게 내상약을 내밀었다. 운소명은 눈살을 찌푸리며 유신이 내민 내상약을 입에 넣은 후 어렵게 삼켰다. 입 안도 다 헐었기 때문에 피와 함께 삼켜야 했다.
 "정말 대단한 것 같소. 마불과 동수를 이루다니… 강호에 이 소문이 난다면 크게 뒤흔들릴 게 분명하오."
 유신의 말에 운소명은 고개를 끄덕였다.
 "그렇겠지… 자네가 소문 좀 내주게."
 운소명의 말에 유신은 미소를 입가에 걸며 자리에서 일어섰다.
 "굳이 내가 아니더라도 소문은 날 것이오."
 "그런데 어떻게 이곳에 왔지?"
 운소명은 궁금한 표정으로 갑작스럽게 나타난 이유를 물었다. 그러자 유신이 대답했다.
 "뒤를 밟았소."
 "내 뒤를 밟았다고?"
 운소명이 믿어지지 않는다는 표정으로 다시 물었다. 뒤를 밟았다면 자신이 모를 리가 없었기 때문이다. 그런데 자신도 모르게 꼬리를 잡힌 것이다.
 "대단하군……."
 "과찬이오."
 유신이 대답하자 운소명은 그제야 그가 자신을 밟았다는 사실을 알았다.
 "자네 혼자 밟은 모양이야?"
 "물론이오."

유신은 솔직히 대답했다. 수하들을 이끌고 뒤를 밟을 수가 없었다. 운소명의 능력을 잘 아는 유신이었기 때문이다. 그렇기 때문에 시간이 걸렸다. 마불과 싸우는 틈에 수하들을 모았고 수하들이 다 모이자 유신은 둘 앞에 나타났다.

"단주님께서 그랬소. 마불의 성격상 절대 쉽게 물러갈 인물이 아니라고 말이오. 거기다 당신과 만났다면 분명 무공을 겨루고 싶어 할 거라 했소. 그래서 뒤를 밟은 것이오."

"호오……."

운소명은 그 말에 장림과 마불이 어느 정도 안면이 있다는 것을 알았다. 그렇지 않고서야 성격을 파악하는 것은 불가능했다.

운소명은 장림이 다가오자 시선을 그녀에게 던졌다. 유신은 곧 뒤로 물러섰다. 장림은 운소명을 내려다보며 말했다.

"꼴이 말이 아니야."

"훗."

운소명은 그저 가볍게 미소만 보였다. 특별히 장림과는 할 말이 없었다. 하지만 장림은 할 말이 많은지 운소명에게 다시 말했다.

"정말 백화성에 갈 생각이냐?"

운소명은 그 물음에 속뜻을 물어보는 듯 장림을 쳐다보았다. 그러자 장림이 다시 말했다.

"백화성에 간다는 건 무림맹… 아니, 중원과의 모든 인연을 끊겠다는 뜻으로 보이니 하는 말이다."
 "백화성에 간다면 아마도 그렇겠지요."
 "정말 인연을 끊을 모양이구나?"
 장림의 말에 운소명은 어이없다는 듯 가벼운 미소를 입가에 그리며 대답했다.
 "중원에 인연이란 게 있었습니까?"
 운소명의 물음에 장림은 잠시 할 말이 없다는 듯 침묵했다. 운소명의 말처럼 인연이라 할 만한 게 거의 없었기 때문이다. 오히려 힘든 일만 가득 있었을 것이다.
 "설마하니 당신 입에서 인연이란 말이 나올 줄은 몰랐습니다."
 운소명은 웃음을 흘리며 낮게 말했다. 장림은 그 말이 자신을 놀리고 있다는 것을 알았다. 하지만 기분이 나쁘지는 않았다. 기분이 나쁠 만도 했으나 자신 역시도 운소명과 비슷했기 때문이다. 장림은 살짝 아미를 찌푸리다 이내 눈을 반짝이며 말했다.
 "전에 내가 한 말이 있었을 거야."
 "……?"
 "네 과거를 알려준다고… 네 가족이 누구인지, 네 출생에 대해서……."
 장림의 말이 끝나자 운소명의 안색이 삽시간에 변하였다. 자신의 출생에 대해서 궁금한 것은 당연한 일이었고 알고 싶었다. 하지만 마음 한구석에 알고 싶지 않다는 생각도 했었다. 결국 자신은 혼자였기 때문이다. 그래도 장림의 말은 그에겐 큰 유혹이었다. 탐스럽게 잘 익은 과일과도 같은, 보기만 해도 침을 삼킬 것만 같은 음식이 눈앞에 차려진 기분이었다.

"백화성에 간다면 중원과의 인연도 끝일 테고… 새로운 삶을 살겠지. 나와의 인연도… 네 과거도 말이야. 하지만 과연 백화성이 네 과거를 영원히 모를까? 결국 너는 네 출생에 대해 알지 못한 채 죽겠지. 늙어 죽든… 누군가에게 살해가 되든……."

장림의 말에 운소명은 눈살을 찌푸리며 그녀를 쳐다보았다.

"하지만 돌아온다면 네 출생에 대해 말해줄 용의가 있어."

운소명은 잠시 장림을 쳐다보다 곧 고개를 저었다.

"매력적인 제안이나 지금은 거절하고 싶은데요."

운소명의 말이 의외였을까? 장림은 조금 놀랍다는 듯 눈을 크게 떴다. 그러자 운소명이 다시 말했다.

"예전부터 궁금했었지요. 왜 내게 이렇게 친절한지……. 내 출생에 대해 잘 알기 때문에 그런 게 아닐까? 나와 관계가 있기 때문에 이런 게 아닐까? 문득문득 이런 생각을 했으니까요."

운소명의 말에 장림은 안색을 바꾸었다. 그 모습을 본 운소명은 옅은 미소를 보였다.

"그래서 든 생각인데 어차피 말할 생각이 아니었습니까? 때가 되면 굳이 내가 원하지 않아도 말해줄 거라 생각하는데요?"

운소명의 말에 장림은 짧게 숨을 내쉬더니 이내 조용히 말했다.

"내가 관계가 있다는 것에 대해 부정할 생각은 없어. 어차피 너도 짐작하고 있을 테니까… 하지만 거기까지야. 더 이상은 나중에 말해주지."

그렇게 말한 장림은 고개를 돌려 유신에게 말했다.

"모두에게 출발하라고 일러."

"예."

유신은 대답과 동시에 수하들에게 철수를 명령했다. 그러자 일사불란하게 묵풍단의 무사들이 마불을 데리고 자리를 떠나기 시작했다.

그 모습을 본 장림은 가장 마지막에 떠나는 유신의 뒷모습을 보다 곧 고개를 돌려 운소명을 쳐다보며 말했다.

"백화성에 이름을 남기면 중원과는 영원히 만날 수 없게 돼. 무슨 뜻인지 알지?"

운소명은 대답하는 것도 귀찮다는 듯 고개를 끄덕였다. 운소명이라고 해서 모를 리 없었다.

"그런데도 백화성에 가려는 진정한 네 의도가 궁금해. 무슨 특별한 이유라도 있나?"

"특별한 이유라기보다 그냥… 뭔가 짐을 남겨놓은 것 같아서……."

"재미있군."

운소명의 말에 장림은 미소를 그렸다. 그러다 신형을 돌리며 말했다.

"백화성에도 네 집은 없어. 아마 이 천하에 네가 살 곳은 어디에도 없겠지. 그래도 나는 네가 돌아오길 기다리마."

장림은 곧 경공을 펼치며 빠르게 운소명의 눈에서 사라져 갔다. 그녀가 완전히 사라지자 운소명은 숨을 길게 내쉬며 주변을 둘러보다 그늘진 나무 밑으로 힘겹게 걸음을 옮겨 앉았다.

"쿨럭! 쿨럭!"

몇 번의 기침을 다시 한 운소명은 피를 한 움큼 토한 후 조금은 시원해진 표정으로 숨을 골랐다.

'기다린다……'

장림의 마지막 말이 머릿속을 맴돌았고 이상하게 뭔가 가슴이 따뜻해지는 기분이 들었다. 살아오면서 처음으로 느껴보는 감정이었고, 이런 감정이 자신에게 있었는지 의심조차 들었다. 하지만 분명 가슴이 따뜻하게 달구어진 기분이었다. 손수수를 보았을 때 느꼈던 기분과는 조금 다른 미묘한 감정이었다.

사박! 사박!

운소명은 풀밭을 밟고 오는 발걸음 소리가 들려 또 다른 손님이 온다는 생각에 고개를 돌렸다. 멀리 떨어지지 않은 곳에서 청년 한 명이 느릿한 걸음으로 다가오고 있었다. 운소명은 처음 보는 청년의 얼굴에 약간 의아한 표정을 지었다. 그러다 일 장 가까이 다가오자 인상을 찌푸리며 청년을 쳐다보았다. 차가우면서도 날카로운 살기 때문이다. 그 의도는 명확했고 기세는 진실했다. 살인.
"몸은 좀 어떻소?"
청년의 물음에 운소명은 미소를 보이며 되물었다.
"보기에 어떤 것 같소?"
청년은 그 말에 인상을 찌푸리며 운소명의 전신을 훑어보았다. 여기저기 살이 터진 자국에선 피가 흘렀고 옷은 넝마 조각처럼 너덜거렸다. 만신창이가 따로 없었다.
"흠……"
턱을 쓰다듬으며 짐짓 고민스러운 표정을 그리던 청년은 이내 흰 이를 드러내며 웃음 섞인 목소리로 말했다.
"곧 죽을 것처럼 보이오."
"그렇소. 굳이 당신이 손을 안 써도 죽을 몸이니 걱정하지 말고 그냥 가시구려. 물론 상부에는 죽었다고 보고하고."
"쯧! 쯧!"
청년은 운소명의 능글스러운 말에 고개를 저으며 혀를 찼다. 그리곤 소매에서 비도 하나를 꺼내 손에 쥐며 운소명의 앞에 앉았다.
"솔직히 나도 이런 일은 익숙지 않아 싫소이다. 그런데 어쩌겠소? 목을 따오라는데… 목 따는 것처럼 귀찮고 싫은 일도 없을 것이오. 거기다 징그럽고……"
정말 귀찮고 싫다는 듯 표정을 구기며 단도를 이리저리 돌려보던 청년은 곧 시선을 들어 운소명을 바라보았다.

"너무 원망 마시오. 이것도 다 명령이라 하는 것이니."

슥!

청년은 아무렇지도 않게 운소명의 목에 비도의 날을 드리웠다. 운소명은 그 모습에 여전히 변화없는 표정으로 청년을 쳐다보았다.

"이름이 무엇이오?"

"내 이름 말이오? 정철이라 하오. 죽기 전에 유언이라도 있소?"

정철은 말하며 운소명의 머리를 힘있게 잡았다. 움직이지도 못하게 고정하기 위해서다.

"있소. 들어줄 것이오?"

"뭐 죽을 사람 유언이야 이루어주지는 못하지만 들어줄 수는 있소이다."

정철이 선심을 쓰듯 고개를 끄덕이자 운소명이 미소를 보이며 말했다.

"아프지 않게 한 번에 잘라줄 수 있소?"

"물론이오."

정철은 대답과 동시에 고개를 끄덕이며 오른팔에 힘을 주었다. 순간 전신이 마비라도 된 듯 움직이지 못하였고 형용할 수 없는 고통이 위로 솟구치는 기분이 들었다.

"커어억!"

정철은 입을 벌리며 피를 쏟아내기 시작했다. 복부를 뚫고 나온 유령도의 도신이 그의 눈에 들어왔다. 등에서 유령도가 파고들었기 때문이다. 분명 운소명의 움직임은 없었으며 지금의 상태론 도저히 옆에 떨어진 유령도로 자신을 찌를 수가 없었다.

정철은 어이없다는 표정으로 운소명을 쳐다보았다.

"분명… 넝마 조각 같았는데… 어떻게……?"

"누가?"

운소명은 미소를 보이며 마치 좀 전의 모습이 모두 거짓이란 것처럼 자리에서 일어났다. 그리곤 쓰러진 정철의 등에서 도를 뽑았다.

"컥!"

정철은 힘없이 바닥에 얼굴을 박았다. 그 모습을 본 운소명은 옷에 묻은 흙먼지를 털듯 온몸을 털더니 쓰러진 정철을 쳐다보았다.

"허억! 허억!"

정철은 여전히 숨을 거칠게 몰아쉬며 운소명을 쳐다보고 있었다. 운소명은 그 앞에 앉으며 정철을 쳐다보았다.

"어… 어떻게……. 분명… 네놈은……."

"마불이 혼자서 찾아왔을까? 분명 길 안내가 있었겠지. 아니면 옆에서 정보를 전달하는 사람이 있었겠지? 그렇게 생각하는 게 당연한 게 아닐까? 하지만 살수라니……."

운소명은 말을 한 후 도를 도집에 넣으며 다시 말했다.

"솔직히 말하면 마불은 운이 좋은 거야. 맹에서 조금이라도 늦게 왔다면 마불은 죽었을 테니까. 아! 이건 너만 알아둬."

툭! 툭!

정철의 머리를 두 번 두드린 운소명은 정철을 처다본 후 천천히 걸음을 옮기기 시작했다. 정철은 어이없다는 듯 운소명의 뒷모습을 바라보다 천천히 눈을 감았다.

* * *

운소명과 헤어진 이후 마불과 함께 밤낮으로 십 일 동안 무림맹으로 향한 묵풍단은 섬서를 지나 호북성 서부의 노군산(老君山)에 닿았다.

노군산에서 노숙을 준비한 묵풍단은 바쁘게 움직였고 그 모습을 보던 장림이 유신을 불렀다.

"괴홍랑은?"

"관 안에서 편히 자고 있습니다."

유신의 말에 장림은 미소를 보이며 고개를 끄덕였다. 괴홍랑을 생포해 관에 넣어 이동 중이었다. 다 안전을 생각한 최선의 선택이었고, 관을 이용했기에 이동에도 불편함이 없었다.

"다행이군. 그건 그렇고 문홍에게 연락해서 홍천 오조를 백화성의 근방에 머물게 해야겠어."

"오조를 말입니까?"

장림의 말에 유신은 눈을 빛냈다. 이렇게 직접적으로 장림이 명령을 내리는 경우가 드물었기 때문이다. 장림이 유신의 궁금증을 풀어주려는 듯 다시 말했다.

"운소명을 감시해야지."

장림의 말에 유신은 안색을 바꾸며 말했다.

"음. 그가 분명 감시를 당할 인물이긴 하나… 홍천을 움직인다면 맹주님도 이유를 들으려 하실 것입니다. 거기다 문흥은 절대적으로 맹주님께 충성하는 자로 분명 보고를 할 것입니다."

"알아."

장림은 당연히 알고 있다는 표정으로 대답했다. 그러자 유신은 다시 물었다.

"하오면……? 운소명을 감시한다 하면 분명 그에 대해서 맹주님은 물을 것입니다. 홍천을 움직일 정도의 가치가 있는 자인지 확인하기 위해서라도 말입니다."

"설마…… 유 분단주는 맹주가 운소명에 대해서 아무것도 모를 거라 생각한 것은 아니겠지?"

"……!"

유신의 눈이 순간적으로 커졌다. 그 모습에 장림은 고개를 저으며 다시 말했다.

"알고 있어. 분명……."

장림의 말에 유신의 표정이 조금 어둡게 변하였다. 그렇다는 것은 자신에 대해서도 잘 알고 있다는 뜻이었기 때문이다.

"지금 당장 연락해서 실행에 옮기라고 전해."

장림의 말에 유신은 허리를 숙였다.

"예, 그렇게 하겠습니다."

유신이 대답한 후 빠르게 사라지자 장림은 눈을 반짝이며 운소명의 얼굴을 떠올렸다.

"바보 같은 놈……."

*　　　*　　　*

습격은 밤에 이루어졌다. 급작스럽게 나타난 검은 복면의 무리들은 삽시간에 수많은 수하들의 목숨을 빼앗아가며 다가왔다.

"원주님을 지켜라!"

"으아악!"

병장기 소리와 사람들의 비명 소리 너머로 곡비연은 오연히 서 있었다. 자신을 지키기 위해 죽어가는 수하들을 볼 때마다 어깨가 흔들렸으나 애써 태연히 있었다. 그래야 했기 때문이다. 자신이 흔들리면 수하들도 흔들린다.

"일단 피하십시오."

문소월과 한수가 옆에 서서 곡비연에게 말했다. 그들도 싸움의 중심에서 벗어나지 못한 듯 곡비연에게 오는 동안 몇 번의 교전을 가져 옷에는 피가 묻어 있었다.

"아니에요."

곡비연이 일언지하 문소월과 한수의 말을 거절했다. 문소월과 한수는 당황할 수밖에 없었다. 생각 이상으로 적들의 기세가 사나웠으며, 갑작스러운 기습에 수하들도 반수 이상이나 잃은 상태였다.

"이렇게 가만히 계시다간 놈들에게 죽을 수도 있습니다."

"그렇게 되진 않을 거예요."

곡비연은 날카로운 눈빛으로 말하며 싸우고 있는 수하들과 검은 복면인들을 눈에 담았다. 그리곤 다시 말했다.

"지금 이 순간을 저는 영원히 기억할 생각이에요. 이 두 눈에 담아 얼마나 이 세상이 험악하고 피가 튀는 곳인지 각인할 생각이에요. 그렇기 때문에 움직일 수 없어요. 적어도… 이들이 내 형제가 분명하다면……."

곡비연의 확고부동한 말에 문소월과 한수는 설득을 포기하며 고개를 저었다. 그들은 반보 뒤에 서 있는 손수수를 쳐다보았다. 손수수도 고개를 저으며 검을 늘어뜨렸다. 그러자 문소월과 한수는 미소를 보이며 날카로운 기도를 뿌리기 시작했다.

"아무래도 이들이 저희를 너무 우습게본 모양입니다. 한때는 날아가는 새도 떨어뜨린다고 알려진 비신수(飛神手)라 불리던 저였습니다."

말을 하며 한수가 어느새 다가오는 검은 복면인을 향해 손을 뻗었다. 그러자 무언가 번뜩이는 것이 검은 복면인의 이마에 박혔다.

퍽!

달려오던 복면인이 피를 뿜으며 허공에서 한 바퀴 돈 후 바닥에 쓰러졌다. 강력한 일격을 맞았기 때문에 가능한 일이었다. 한수가 차가운 살기를 뿌렸다. 그러자 문소월이 허리춤에서 연검을 풀었다.

스릉!

"저도 한때는 백화성 제일의 쾌검자(快劍子)라 불렸지요."

그렇게 말한 문소월은 곡비연의 두 보 앞으로 이동해 섰다. 그런 그의 강한 기도가 사방으로 퍼지기 시작했다. 그 모습에 곡비연은 의외라는 듯 문소월의 등을 쳐다보았다.

"걱정하지 마십시오. 비록 십 년 동안 제대로 싸운 적은 없으나 검을 품에서 버린 적은 단 하루도 없었습니다."

문소월은 말을 하며 한 걸음씩 앞으로 나가기 시작했다. 그러자 그의 주변으로 은빛의 강렬한 섬광이 피어나기 시작했으며, 다가오던 검은 복면인의 몸에서 피가 뿜어졌다. 그 모습에 질 수 없다는 듯 한수가 뒤를 따르며 좌우로 암기를 뿌리기 시작했다.

"너희들은 원주님을 지켜라!"

"예!"

"목숨과 바꿔서라도 지킬게요."

노화와 안여정의 대답에 손수수는 고개를 끄덕이며 땅을

찼다. 그녀의 신형이 마치 새처럼 허공을 날았으며 강렬한 빛 무리에 휩싸이기 시작했다. 그리곤 마치 떨어지는 유성처럼 수십 개의 별이 복면인들을 향해 쏟아져 내리기 시작했다.

콰콰쾅!

강력한 폭음 속엔 사람들의 비명이 섞여 있었다. 삽시간에 수십 개의 땅 구덩이를 만든 손수수는 검은 복면인의 무리들 앞에 표표히 내려섰다. 그 모습이 마치 떨어지는 모란 꽃잎처럼 살랑거렸으며 주변으로 강한 기도와 함께 정신이 맑아지는 듯한 맑은 향기를 발산하였다.

"유성검법!"

누군가의 외침이 터졌으며 수많은 사람들의 눈이 손수수를 향했다.

검은 복면인들은 주춤거릴 수밖에 없었다. 그들도 귀는 있었기에 유성검법이 과거 전설과도 같은 무인의 검법이었다는 것을 잘 알고 있었다. 그때를 놓치지 않고 손수수의 검이 맹렬한 빛과 함께 검은 복면인들을 쓸어가기 시작했다.

피의 향기가 익숙하지 않았다. 쓰러져 있는 시신들의 모습 또한 역하게 다가왔다. 자신이 이런 세상에 정말 살고 있는 것인지 의심스러웠다. 언제나 성에선 깨끗한 방과 깔끔하게 차려입은 사람들이 예의와 법도를 지키는 모습만 보아왔었다.

하지만 창천궁을 다녀오는 길에 너무 다른 세상을 보게 되자 그 괴리감은 클 수밖에 없었다. 익숙지 않은 환경을 경험했기에 마음도 많이 약해져 있었다. 하지만 무너질 수는 없었다. 자신이 무너지면 지금 자신을 따르는 수많은 사람들 또한 무너질 것이 분명했다. 그럴 수는 없었다.

곡비연은 전과는 다르게 무심한 표정으로 주변을 둘러보고 있었다. 동이 터오는 하늘 아래에 펼쳐진 시산혈해의 모습은 그녀에게 상당히 충격적이었으나 냉정함을 잃지는 않았다. 그녀의 옆에는 손수수가 검을 늘어뜨린 채 서 있었고 주변을 정리하던 문소월과 한수도 옆으로 다가와 섰다.

한수에게 피에 젖은 수하가 다가와 무언가 말하자 한수는 곧 곡비연에게 말했다.

"대장을 사로잡았다고 합니다."

"끌고 오세요."

곡비연은 평소보다 더욱 냉정한 목소리로 말했다. 곧 한수가 고개를 끄덕이자 복면을 벗은 검은 무복의 청년 한 명이 포박당한 채 곡비연의 앞으로 끌려왔다. 청년의 얼굴을 본 곡비연은 잠시 눈을 크게 뜨며 매우 놀란 표정을 보였다. 하지만 그것도 잠시뿐 청년과 눈이 마주치자 곡비연은 차가운 눈동자로 쳐다보았다.

"아홍추."

곡비연이 가만히 중얼거리자 아홍추가 살기를 뿌리며 곡비연을 노려보았다.

"이렇게 뵙게 되어 영광이오."

마치 비웃는 듯한 그의 목소리에 곡비연은 표정 하나 바꾸지 않은 채 물었다.

"제게 무슨 원한이 있기에 이리도 비겁하게 찾아왔나요?"

"정말 모른단 말이오?"

아홍추가 되묻자 곡비연은 아무것도 모른다는 표정으로 고개를 저었다. 그러자 아홍추가 크게 웃었다.

"하하하하! 천하에서 가장 똑똑하다고 알려진 여자가 내가 왜 찾아왔는지도 모른다니 참으로 우습구나!"

큰 소리로 떠들던 아홍추는 이내 숨을 들이쉬곤 날카로운 눈빛으로 비웃듯 다시 말했다.

"당연히 죽이려고 온 것이 아니겠소? 설마 알몸으로 한 몸이 되려고 왔겠소?"

"제가 성주가 되는 게 그렇게 싫은가요?"

"싫다? 싫다는 게 아니라 너처럼 어린년의 똥구녕을 핥아야 한다는 게 더러울 뿐이지. 본 성에 나와 같은 생각을 가진 젊은이들이 어디 한둘일까?"

아홍추의 말투는 바뀌었고 그 말에 곡비연의 표정은 변화가 없었으나 옆에 있던 사람들의 안색이 바뀌었다. 그러자 아홍추가 웃기다는 표정으로 문소월과 한수를 쳐다보았다.

"음? 둘은 벌써 개가 된 모양이오?"

"입이라고 달려서… 쯧!"

화를 낼 만도 했으나 문소월은 혀를 한 번 찼다. 아홍추를 모르는 게 아니기 때문이다.

"아림이 시켰나요?"

냉정한 표정으로 곡비연이 다시 묻자 아홍추는 웃으며 말했다.

"원주님이 시켰을 것 같나? 이는 아가를 위해 스스로 한 일이다."

여전히 냉정한 표정으로 고개를 끄덕인 곡비연은 천천히 다시 말했다.

"그랬군요, 그랬어요. 스스로 했군요……. 알겠어요. 그럼 유언은 있나요?"

"유언?"

아홍추는 비릿한 조소를 입가에 그리며 곡비연을 쳐다보았다. 유언이란 말이 너무 우습게 들렸기 때문이다. 자신을 죽이면 곡비연은 백화성의 거대한 한 축인 아씨세가와 완전히 적이 된다.

"나를 죽인다? 우리 아가와 전쟁이라도 할 생각인 모양이군."

아홍추의 말에 곡비연은 무심하게 고개를 끄덕였다.

"그럴 생각이에요. 그게 유언인가요? 유언치곤 특별한 게 없군요."

곡비연의 말에 아홍추의 표정이 굳어졌다. 그 모습에 곡비연은 다시 말했다.

"아가와 원수가 된다 해도 피할 생각은 없어요. 그리고 아 대주 한 명 죽는다고 해서 아림이 눈 하나 깜짝할 것 같지는 않군요."

곡비연은 무심하게 중얼거리며 문소월을 쳐다보았다.

"목을 치세요, 아림에게 선물할 테니."

그렇게 말한 곡비연은 싸늘한 표정으로 신형을 돌리며 마차로 향했다. 곧 문소월이 검을 높게 들며 아홍추를 쳐다보았다. 아홍추는 걸어가는 곡비연의 뒷모습을 눈으로 좇았다.

"네년이 성주가 된다면 저승에서 천년 만년 백화성을 저주할 것이다!"

퍽!

육중한 소리에 곡비연은 잠시 걸음을 멈추곤 눈을 감았다. 귓가에 아홍추의 마지막 외침이 메아리처럼 들려왔다. 곡비연은 입술을 깨물며 다리에 힘을 주었다.

* * *

백무원의 집무실 안에 앉아 밀린 일을 보던 아림은 바쁘게 시간을 보내고 있었다.

"종 당주께서 오셨습니다."

밖에서 들리는 목소리에 아림은 시선을 들었다.

"들어와."

아림의 말에 문을 열고 종무옥이 들어왔다. 그녀가 들어오자 자리에서 일어난 아림은 종무옥과 함께 다탁에 앉았다.

"무슨 일로 왔지?"

"특별한 일은 없어요. 단지 백화관이 열릴 걸 생각하니 진정이 안 되는 것 같아서요."

종무옥의 말에 아림은 이해한다는 표정으로 미소를 그렸다. 백화관은 성주가 되기 위한 시험이었고, 그 안에서 모든 시험은 이루어졌으며 가장 먼저 나온 한 명이 다음 대의 성주였다.

"곧 원주가 도착한다고 하니 보름 정도 후면 백화관이 열리겠구나."

곡 원주가 온다는 말에 종무옥은 조금 놀란 표정으로 눈을 크게 떴다. 죽을 거라 생각했던 곡비연이었기 때문이다.

"무사히 돌아오긴 한 모양이군요?"

"그렇지."

아림은 씁쓸히 미소를 그리며 차를 마셨다. 그러자 종무옥이 아미를 찌푸리며 고개를 저었다.

"아직 보름의 시간이 있으니 충분히 요리할 수 있을 거예요. 성안이 안전하다고 생각할 테니 오히려 더 기회일지도 모르지요."

"아마도… 하지만 그 손 위사의 무공이 예사롭지 않아. 성주님이 옆에 붙여준 것도 기분 나쁘고."

아림은 담담한 표정으로 중얼거리다 살짝 살기를 보였다.

먹다 뱉은 음식 199

그러자 종무옥이 그 기분을 안다는 듯 말했다.

"애초에 곡가보다 그 손 위사를 먼저 처리했어야 했어요. 곡가가 아니라 손가를 목표로 해서 진행했다면 수월했을 텐데… 이제부터라도 손 위사를 먼저 처리하는 방향으로 가야겠어요."

"그래야지."

아림은 당연하다는 듯 고개를 끄덕였다. 손수수의 무공이 너무 뛰어나 곡비연을 죽이지 못했다는 보고를 받았기에 손수수를 죽여야겠다는 생각을 가지게 되었다. 그녀가 비록 성주가 직접 임명한 영비위라 해도 상관없었다. 어차피 성주가 되면 모든 게 바뀌기 때문이다.

"천천히 생각하기로 하지. 어차피 보름 정도의 시간이 있으니까. 백화관에 들어가기 전까지는 말이야."

아림의 미소 진 말에 종무옥은 고개를 끄덕였다. 그러자 아림은 생각난 듯 물었다.

"묵가는 어때? 묵선혜가 단단히 화난 모양이던데… 훗."

아림은 묵선혜의 피에 젖은 모습을 떠올리며 미소를 그렸다. 그 꼴이 물에 빠진 쥐처럼 보였기 때문이다.

"묵선혜의 성격으로 볼 땐 가만히 있지는 않을 거예요. 거기다 묵가 역시 이 기회를 놓치려 하지 않을 테니 무슨 짓이라도 하겠지요. 하지만 섣부르게 움직이지도 못하지 않을까요? 상대가 상대인만큼……."

종무옥의 눈빛이 차갑게 번들거리기 시작했다. 묵가에서

어떤 수작을 부려도 두렵지 않다는 표정이었다. 아림은 그렇게 받아들였다.

"성에 있는 이상 섣부르게 행동하지는 못할 거야. 그렇다고 행동을 안 하면 안 되지. 훗!"

아림의 말에 종무옥은 순간 등골이 서늘해지는 기분이 들었다. 아림이 분명 수단과 방법을 가리지 않을 것처럼 말했기 때문이다. 그리고 이미 손을 써둔 것처럼 보였다.

"곡가 먼저 처리해야 할 텐데… 사저께선 손을 써둔 모양이에요?"

"모르지. 손을 썼다고 봐야 할지, 아닐지……."

애매한 말을 하며 아림은 다시 한 번 차를 마셨다. 그러자 종무옥이 다시 말했다.

"확실히 말해주세요. 손을 안 썼다면 저라도 쓸 테니까요."

"네가?"

"물론이에요."

아림은 슬쩍 종무옥을 쳐다보며 미소를 보였다. 그녀의 대답이 마음에 든 아림은 기분 좋은 표정으로 말했다.

"네가 걱정하는 것도 잘 알지만 곡가보단 묵선혜를 신경 쓰는 게 나을 거야. 요즘 중립적인 인사들을 만나고 다니는 모양이던데… 혹여 중립을 지키던 인사들이 그녀에게 편입되기라도 한다면 향후 본 성은 세력 다툼의 장소로 변할지도 몰라. 그건 막아야지."

아림의 말에 종무옥은 고개를 끄덕였다. 그녀의 말처럼 성주가 된다 해도 백화성의 여러 세가들을 규합해야 했다. 그렇지 않을 경우 세력 다툼으로 인해 백화성의 성세가 나락으로 떨어질지도 모른다.

잠시 입을 닫은 아림은 생각난 표정으로 종무옥에게 물었다.

"어제 오라버니 두 분께서 만난 모양이던데 특별한 말은 없었어?"

오라버니 두 분은 종가의 가주와 아가의 가주를 말하는 것이었다. 종무옥의 오라버니가 종씨세가의 가주였고, 아림의 오라버니가 아씨세가의 가주로 앉아 있었다. 그 둘의 만남은 곧 종가와 아가의 연합이라고 볼 수 있었다.

"특별한 이야기는 듣지 못했어요. 서로 협력하여 백화성을 이끌자는 이야기만 오간 것으로 알아요."

"잘되었지. 후후."

아림은 미소를 보이며 차를 마셨고 종무옥도 웃음을 보였다. 그때 밖에서 큰 목소리가 들려왔다.

"곡 원주께서 성에 돌아왔다 합니다."

"……!"

아림과 종무옥은 그 목소리에 표정을 바꾸었다.

"곡 원주가 원주님께 선물을 보내왔습니다."

다시 한 번 밖에서 큰 목소리가 들리자 아림은 자리에서 일어났다.

"가지고 오너라."

아림의 말에 문을 열고 시비 한 명이 금빛 보자기에 싼 함 하나를 들고 들어와 공손히 탁자 위에 올려놓고 물러갔다.

"무슨 바람이 불어서 이런 선물을 보냈을까요? 혹시 우리에게 손을 벌리려는 것은 아니겠지요?"

종무옥이 탁자 위에 올려진 함을 쳐다보며 의심스럽게 물었다. 그러자 아림은 가만히 미소를 그리며 중얼거렸다.

"혹시 모르지. 우리에게 양보하겠다고 할지도… 아니면 성주를 포기하겠다고 할지도 모르고……. 살아오면서 한 번도 경험하지 못한 험한 일을 겪다 보면 사람은 나약해지게 마련이거든."

아림의 말에 종무옥은 가볍게 웃었다.

"그럴지도 모르겠네요. 곡가에겐 가혹한 시련일 테니 그 어린것이 얼마나 울었을까요. 거기다 이런 선물을 다 보내다니… 조만간 우리에게 목숨만은 살려달라고 할지도 모르겠네요."

종무옥의 말에 아림은 기분 좋은 표정으로 보자기를 풀곤 함을 열었다. 순간 낯익은 얼굴 하나가 떡하니 자리 잡고 있자 둘의 표정이 삽시간에 바뀌었다.

"헉!"

"……!"

종무옥은 저도 모르게 놀라 한 발 물러서며 눈을 부릅떴고, 아림은 잠시 놀란 듯 눈을 크게 뜨다 이내 담담한 표정으로 함 속에서 눈을 감고 있는 아홍추의 얼굴을 쳐다보았다. 종무옥은 곧 어깨를 떨며 주먹을 쥐었다.

"이런 빌어먹을 년을 봤나. 감히······."

종무옥의 말소리에 살기가 담겨졌으며 주변 공기가 차갑게 식어가기 시작했다. 아림은 가만히 아홍추의 얼굴을 쳐다보다 이내 함을 닫았다.

탁!

함이 닫히는 소리가 강하게 사방으로 퍼져 나가며 육중한 공기를 씻어버렸다.

"도전이군."

낮게 중얼거린 아림의 눈동자엔 작은 파도가 일어나고 있었다. 그것은 분노였다.

백화성으로 돌아온 곡비연은 곧장 성주인 자심연을 만나기 위해 백화궁으로 갔다. 손수수는 백문원으로 복귀해 홀로 방 안에 앉아 있었다. 운소명이 떠난 뒤론 가슴에 멍이라도 생긴 듯 아파왔다.

"휴우······."

창밖을 바라보다 자신도 모르게 길게 한숨을 내쉰 손수수는 고개를 저었다. 문득 정신적으로 나약해진 것 같다는 생각에 입술을 깨물었다. 거기다 자신과는 다르게 곡비연의 모습이 전과 판이하게 달라진 것을 느꼈다.

곡비연의 외모는 변한 게 없지만 기도는 분명 백화성을 나갈 때와는 달랐다. 그건 그녀의 각오였고 같은 식구라 해도 피를 보는 게 강호라는 것을 알아버린 모습이었다.

"하아……."

이런저런 생각으로 절로 숨이 크게 흘러나왔다.

"근심이 많은 모양이야?"

부드럽고 낮은 목소리가 들린 것은 막 고개를 돌리던 때였다. 손수수는 방 안 한쪽 구석에 서 있는 청년을 쳐다보며 매우 놀란 표정으로 눈을 크게 떴다.

"어떻게……?"

"뭐가?"

운소명은 아무렇지도 않은 표정으로 손수수에게 다가가 화장대 옆에 놓인 작은 의자에 앉았다. 옆으로 큰 거울이 보이자 운소명은 그 거울을 쳐다보며 자신의 얼굴을 살폈다.

"중원에 안 간 게 그리 놀랄 일인가?"

운소명이 가볍게 미소를 보이자 손수수의 표정이 여러 번 바뀌더니 이내 굳은 얼굴로 말했다.

"도대체 어떻게 이곳에 올 수 있었지?"

손수수의 질문에 조금은 실망한 것일까? 운소명은 씁쓸히 고개를 저으며 말했다.

"반갑게 맞아줄 거라 생각했는데 어떻게 왔는지를 먼저 묻다니 조금은 실망인데……."

운소명의 말에 손수수는 안색을 바꾸며 빠르게 말했다.

"물론 반갑고 좋아. 그런데 어떻게 내 방에 들어올 수 있었느냐가 문제야. 아니, 어떻게 백화성에 들어올 수가 있었지? 그것도 성에서도 가장 경비가 삼엄한 곳 중에 하나인 백문원에."

"그게 궁금했던 모양이군?"

운소명의 물음에 손수수는 고개를 끄덕였다. 운소명이 들어왔다면 다른 사람들도 들어올지 모른다고 생각한 것이다. 경비에 틈이 있다고 판단했다. 무엇보다 지금은 곡비연의 안전에 만전을 기할 때이다. 어느 때보다도 더 신경 쓰일 수밖에 없었다. 만약 암살자가 침입해 곡비연을 해치기라도 한다면 큰일이기 때문이다.

"개구멍으로 온 건 아니니까 걱정하지 않아도 돼."

"농담하지 말고. 어서 말해, 어떻게 올 수 있었지?"

손수수의 진지한 표정에 운소명은 고개를 끄덕이며 대답했다.

"일단 잠입한 시기가… 천수를 나와 검은 복면의 무리들과 싸울 때였지. 백문원의 무사로 위장해 쉽게 백화성에 들어올 수 있었어."

"음……."

손수수는 그 말에 눈을 반짝였다. 그 당시의 상황을 떠올린 그녀는 그 시기가 상당히 혼란스러웠다는 것을 기억했다. 급작스러운 공격이었고, 꽤 많은 백문원의 무사들이 죽임을 당했다.

"그렇게 성에 들어오면서 네 뒤를 밟았을 뿐이야."

"훗!"

손수수는 그 말에 미소를 그리며 눈을 빛냈다.

"내 뒤를 밟았는데 내가 모르다니… 대단해."

"내가 대단한 게 아니라 네가 깊은 생각에 빠져 주변을 둘러보지 못한 게 문제겠지. 일부러 몇 번 기척을 내었는데도 모르더군."

운소명의 말에 손수수는 침음을 삼키며 다탁 옆에 앉았다. 운소명이 자신의 존재를 알렸다는 말 때문이다. 그만큼 손수수는 깊은 생각에 빠져 있던 상태였다. 성에 들어왔다고 해서 안심할 수는 없었다. 흉수는 내부의 적일 것이고, 내부의 적이 가장 두려운 법이었다.

"그런데 왜 돌아왔지? 분명히 간다고 하더니……."

"그렇게 떠나야 나란 사람이 중원에 나간 게 되니까. 그대로 백화성에 들어왔다면 나란 존재는 중원에서 영원히 지워질 것이고, 무림맹의 척살 명부에 올라가겠지. 백화성의 인물로 말이야."

운소명의 말에 손수수는 미미하게 고개를 끄덕였다. 일리 있는 말이었기 때문이다.

"앞으로 어떻게 하려고? 원주님은 네가 떠난 걸로 알고 있는데 다시 나타났다고 하면 오히려 이상하게 생각할 텐데……? 거기다 백문원의 무사로 잠입했다면 금세 들통날 텐데. 그렇게 되면 어떻게 하려고? 네가 무슨 목적으로 다시 온 건지 모르겠군."

"그냥, 그냥 네 옆에 있고 싶을 뿐이야. 그게 잠시일지라도 말이야… 이상한 건가?"

운소명의 말에 손수수는 자신도 모르게 얼굴을 살짝 붉혔다. 하지만 그것도 잠시뿐 이내 본래의 표정으로 돌아온 그녀는 고개를 저었다.

"그건……."

뭔가를 말하고 싶은데 왜 그런 것일까? 손수수는 쉽게 말하지 못하였다. 그 모습에 운소명은 재미있는지 가까이 다가와 손수수의 어깨를 잡았다.

"그냥 곁에 있고 싶을 뿐이야. 그러니까, 여기 잡일을 하는 하인으로 좀 취직시켜 주면 좋을 것 같은데… 그 정도라면 다른 사람들의 눈에 띄지도 않고, 이 주변에 있을 수 있을 것 같은데… 어려울까?"

"음……."

손수수는 잠시 침을 삼키다 곧 고개를 끄덕였다.

"알았어."

第六章

밥값은 해야지

밥값은 해야지

퍽!
쩌억!
장작을 패는 운소명은 웃통을 벗은 채 땔감을 만들고 있었다.
퍽!
한 번의 도끼질에 정확히 통나무가 두 조각이 났고 그렇게 모은 반 토막의 통나무를 다시 잘라 쓰기 편한 크기로 만들어 모았다. 그렇게 한참 동안 일에 열중한 운소명은 해가 머리 위에 떠 있는 것을 확인하자 도끼를 옆에 놓고 벗어놓은 옷으로 땀에 젖은 몸을 닦으며 식당으로 향했다.

"저기요."

"……?"

운소명은 막 모퉁이를 돌다 마주친 십대 후반의 소녀를 보자 걸음을 멈추었다. 소녀는 시비들이 입고 있는 자색의 옷을 걸치고 있었으며, 옅은 미소를 입가에 그리고 있었다.

"이름이… 애화였던가?"

"예. 기억하네요. 훗!"

애화는 고개를 끄덕이며 웃음을 보였다.

"그런데 무슨 일로 내원에서 일하시는 분이 이런 누추한 곳에 오셨는지 모르겠소."

백문원 안에서 일하는 시비들은 밖에서 일하는 운소명 같은 하인과는 말을 잘 섞지 않는 편이었다. 밥을 먹는 곳도 달랐고 입는 옷도 달랐다.

"지나가다 보이기에 말을 건 것뿐이에요. 장작을 패는 모습이 마치 무공의 고수처럼 보여서요. 그럼."

애화는 가볍게 미소만 남기고 총총걸음으로 운소명을 지나쳐 갔다. 그녀의 뒷모습을 보던 운소명은 살짝 아미를 찌푸렸다. 이곳에서 일하는 일꾼들도 약간의 무공은 익히고 있었지만 그 이상은 아니었다. 적당히 일을 잘할 수 있을 정도의, 건강을 유지할 약간의 무공이 전부였다. 그렇기 때문에 애화의 말이 신경 쓰일 수밖에 없었다.

밤이 깊어지자 손수수의 방으로 검은 그림자 하나가 스며들었다. 낮에 일하고 밤이 깊어지자 손수수를 찾아온 운소명이었다.

운소명은 옷자락 소리와 함께 방문을 열고 들어온 손수수를 쳐다보았다. 손수수는 일부러 운소명이 들어오라는 듯 창문을 열어놓은 상태였기에 그가 왔다는 것을 쉽게 알 수 있었다. 손수수에게 들릴 정도의 바람 소리를 남겼기 때문이다.

"일하는 건 어때?"

"할 만한데."

운소명은 웃으며 대답했다. 백화성의 안에서 일하는 것이기 때문에 대우도 좋았다. 방도 독방을 주었고 옷도 깨끗하게 입을 수 있게 여러 벌 마련해 주었다. 식사 때 나오는 음식들도 백문원을 호위하고 있는 백천대와 함께 먹는 것이기 때문에 질이 좋았다.

"생활에 불편함이 없도록 많은 배려를 해주는 것 같아 좋아."

운소명의 말에 손수수는 웃으며 고개를 끄덕였다.

"마음에 든다니 다행이군. 영원히 계속 일해볼 생각은 없어?"

손수수가 반 농담처럼 한 말에 운소명은 진지한 표정을 보였다. 의외로 괜찮은 제안이었기 때문이다. 하지만 그 역시 농담이란 것을 알기에 고개를 저으며 말했다.
"그건 됐고. 어차피 시간이 되면 떠날 거니까. 그것보다 시비들 중에 애화라고 있지 않아?"
"애화? 있지. 그런데?"
손수수가 호기심 어린 표정으로 쳐다보자 운소명은 다시 물었다.
"아니, 시비들도 무공이 고강한 것 같아서……."
"그래?"
"애화라는 시비는 언제 이곳에 왔는데?"
"한 오 년 되었을걸? 신분은 확실해. 시비들로 이곳에 온 여자들은 몇 번이고 신분을 조사한 사람들이니까."
"그렇군."
운소명이 고개를 끄덕이며 눈을 빛내자 손수수가 물었다.
"무슨 문제있어?"
"아니, 아무것도. 그냥 잡부인 내게 말을 걸어오기에……."
운소명의 말에 손수수는 고개를 갸웃거렸다. 그러자 운소명이 말했다.
"보통 이런 곳에서 일하는 시비들은 신분이 높은 편이지. 하인들 중에서도 말이야. 그런 시비가 직접 잡부에게 말을 거는 경우는 드물거든. 거기다 남자와 말을 주고받는 모습을 다른 사람에게 들키면 어떤 뒷말이 나올지 모르잖아?"

운소명의 말에 손수수는 무슨 뜻인지 이해한 듯 미소를 보이며 말했다.

"그럴 수도 있지. 하지만 여기 시비들은 남자들과 대화를 한다고 해서 이상한 소문을 퍼뜨리진 않아. 오히려 좋은 남자 만나서 가정을 꾸리고 싶어할걸? 그렇게 해야 이곳에서 해방되니까 말이야. 물론 남자도 마찬가지고. 그러다 보니 혼인하는 시비들과 하인들이 많아."

"그런가?"

"그냥 호기심이겠지."

손수수의 말에 운소명은 자신이 조금 예민하게 반응한 것 같다고 생각했다. 하지만 애화의 눈빛은 무공을 익힌 여자의 눈빛이었다.

"호기심이라면 다행이지. 아! 하인들 중엔 수상한 놈들이 없더군. 물론 신분이 확실하니 이곳에서 일을 하는 것이겠지만 말이야. 이제 삼 일 정도밖에 일을 안 했기 때문에 다 알지는 못해도 대충 볼 땐 의심스러운 놈들은 없어 보여."

"그래? 그래도 계속 주시를 해야 해. 아림과 종무옥의 간세가 없다는 게 오히려 더 이상한 것일 테니."

운소명은 그 말에 고개를 끄덕였다. 자신이 생각해도 적을 알기 위해선 하인을 이용하는 게 가장 나았기 때문이다.

"그런데 굳이 이렇게 복잡하게 신경 쓰면서 생각할 필요가 있을까?"

"무슨 말이야?"

손수수의 물음에 운소명은 빠르게 말했다.

"적을 의식할 필요가 없다는 뜻이지. 어렵다고만 생각할 게 아니라 쉽게 가자는 말이야. 현재 우리의 적은 아림과 종무옥이잖아?"

"그렇지."

"거기다 그 둘 때문에 원주는 큰 위험을 여러 번 넘겼고 말이야. 나라면 벌써 수단과 방법을 가리지 않고 공격했을 텐데, 원주는 의외로 그런 면에서 약한 것 같아."

"그래서 어떻게 하자는 것이지?"

"공격을 하자고. 쉽고 빠르게."

운소명의 말에 손수수는 아미를 찌푸렸다.

"암살하자는 말이야?"

"그렇지."

운소명은 고개를 끄덕였다. 그러자 손수수는 짧게 한숨을 내쉬며 고개를 저었다. 자기라고 운소명과 같은 생각을 안 해봤을까? 하지만 곡비연은 허락하지 않았다. 자기는 절대 손을 쓸 생각이 없다고 하였고, 그러면 결국 자신도 아림이나 종무옥과 다를 게 없다고 하였기 때문이다. 거기다 그런 식으로 성주가 되면 과연 자신을 따르는 사람이 얼마나 될까? 분명 몇 없을 것이다. 곡비연은 그 점을 우려했다.

"그런 생각을 나라고 안 해봤을까? 안 했다면 오히려 이상하지. 이가 갈리는 여자인데…….”

"원주가 허락하지 않은 모양이군?"

손수수는 운소명의 물음에 고개를 끄덕였다. 운소명은 대충 예상하고 있었기에 별다른 변화 없는 표정으로 말했다.

"나라면 죽일 텐데… 어차피 죽은 자는 말이 없는 법이니까. 성주가 바뀌면 세인들의 머릿속에서 사라질 일이지."

"거기다 말처럼 그렇게 쉬운 상대가 아니야. 암살을 하려면 백무원으로 들어가거나 아씨세가로 가야 하는데, 솔직히 둘 다 쉽게 갈 수 있는 곳이 아니지. 종무옥도 마찬가지고. 무엇보다 지금 같은 시기에 피살당한다면 분명 사람들은 묵가나 우리를 의심하겠지."

"아무리 의심해도 겉으로 표현하지는 않을 텐데 무엇이 걱정이지? 증거만 남지 않으면 되는 일을."

운소명의 말에 손수수는 눈을 빛내며 말했다.

"증거가 없다 해도 한 번 마음속에 의심이 생기면 계속 의심하게 되는 것이고, 결국 적이 되겠지."

"알았어, 알았으니까 그만 하지. 나는 조용히 옆에서 일만 할 테니까."

"간세를 찾는 것도 잊지 말고."

"걱정하지 말고."

말을 끝낸 순간 운소명은 손수수를 강하게 안았다. 갑작스러운 행동이었기에 손수수는 거의 무방비 상태로 당하자 눈을 부릅떴다. 그러자 운소명은 재빠르게 손수수의 이마에 입을 맞추고는 신형을 돌렸다.

"헉!"

손수수가 놀라 눈을 크게 떴지만 운소명의 모습은 어느새 사라졌다. 그리고 밖에서 목소리가 들려왔다.

"손 언니, 저희예요."

손수수는 재빠르게 안색을 바꾸며 문을 열곤 내실로 나가 노화와 안여정을 맞이했다. 그녀들을 쳐다보는 손수수의 표정은 조금 굳어 있었고, 뭔가 기분 나쁜 일이라도 생긴 것처럼 보였다. 그러자 노화와 안여정의 안색이 조금 바뀌었다.

"저기… 무슨 일이라도?"

"아니, 아니다. 좀 빨리 온 것 같아서……."

손수수는 고개를 저으며 물었다.

"그래. 원주님은 돌아오셨고?"

"예. 좀 전에 모셔다 드리고 왔어요."

"너희들도 그만 가서 자, 피곤할 테니."

손수수의 표정이 여전히 안 좋아 보이자 노화와 안여정은 오래 있으면 안 되겠다는 생각에 얼른 대답했다.

"예."

노화와 안여정이 대답한 후 재빠르게 밖으로 나가자 손수수는 방 안으로 들어와 옷을 갈아입으며 가슴을 만졌다. 아직도 심장이 뜨겁게 뛰고 있었으며 운소명의 체온이 느껴지는 것 같았다.

"후우……."

깊은숨이 흘러나왔다. 그리고 괜히 일찍 온 노화와 안여정이 마음에 들지 않았다. 그녀들의 기척을 들었기에 운소명이 급하게 간 것이기 때문이다.

"겨우 이마냐……."

* * *

백문원으로 돌아온 곡비연은 곧장 자신의 집무실로 들어가 밀린 일들을 처리했다. 주변은 어두웠고 창밖으로 깊은 어둠이 내린 시간이었기에 오가는 사람들도 없었다.

홀로 앉아 백화성에 관련된 일들을 처리하던 그녀는 발걸음 소리에 고개를 들었다. 밤이 늦은 시간이었기에 이곳에 오는 사람은 없었다. 해가 지면 출입이 통제된 곳이었기 때문이다. 가슴속에서 불안감이 맴돌았다.

"누구신가요?"

곡비연의 목소리에 문을 연 손수수는 느린 걸음으로 들어왔다. 손수수를 확인한 곡비연은 안심한 표정으로 미소를 보였다.

"주변을 돌다 불이 켜져 있기에 혹시나 해서 와봤어요."
"그랬군요."
"아직도 안 주무시고⋯ 일이 많아도 밤이 되면 주무셔야 해요."
 손수수의 말에 곡비연은 고개를 끄덕였다. 아무리 자기가 고집을 피워도 재우려 할 게 뻔하였다.
"손 위사가 오셨으니 그만 하고 일어나야겠네요."
 곡비연은 대충 책상을 정리한 후 자리에서 일어섰다.
"방까지 제가 안내하지요."
 손수수는 말을 하며 곡비연과 함께 밖으로 나갔다. 밖에 나가자 찬바람이 불어와 두 사람의 머리를 스쳤다. 그 바람이 좋았을까? 곡비연은 잠시 걸음을 멈추고 섰다.
"오늘 성주님과 함께 저녁을 먹었어요."
"예."
 손수수는 이미 알고 있는 일이었기에 크게 신경 쓰지 않았다. 하지만 곡비연의 표정은 그리 좋아 보이지 않았다.
"식사 중에 무슨 일이라도 있었나요?"
"아니요. 아무 일도⋯⋯. 단지 식사가 끝난 후 아 원주와 잠시 대화를 나눈 게 마음에 걸리네요."
"무슨⋯⋯?"
 손수수의 물음에 곡비연은 천천히 걸음을 옮기며 말했다.

"선물 고맙게 받았다고 하네요. 제 호의에 감사한다고 했어요. 그리고 이렇게 받았는데 자기도 안 줄 수 없다고 말이에요. 조만간 좋은 선물 하나를 보내겠다고 하네요."

"음……."

곡비연은 잠시 걸음을 멈추고 그때의 일을 떠올리며 어깨를 떨었다. 날카로운 아림의 눈동자가 아직도 잔상처럼 눈앞에 남아 있는 것 같았다.

"그 선물이 어떤 선물일지……."

곡비연은 이내 굳은 표정으로 중얼거렸다. 아림에게 보낸 선물은 분명 아홍추의 머리였다. 그렇다면 아림도 자신에게 누군가의 머리를 보낼 게 분명했다. 그 누군가가 어떤 사람일지 그게 가장 두려운 일이었다.

"모두에게 조심하라고 일러야겠어요. 제겐 모두 소중한 분들이니까요."

"예. 하지만 아무리 아림이라 해도 쉽게 성안에선 움직일 수 없을 거예요. 눈이 많은 곳이기 때문에 섣부르게 움직였다간 오히려 자기가 당할 수 있어요. 그것을 모를 리 없을 테니 너무 염려치 마세요."

손수수의 말에 곡비연은 고개를 저으며 말했다.

"아니에요. 아림은 한다면 하는 사람이에요. 거기다 백화성의 절반은 아가에 붙은 상태예요. 묵가에서 빠져나온 사람들이 아가로 향한다 했어요. 밖으로 나가면 조만간 아가가 백화성을 장악할 거라고 떠드는 사람들도 있다네요."

"그런……."

손수수는 더더욱 안색을 굳혔다. 아가의 힘이 그만큼 강하다는 뜻이었기 때문이다.

"아마 그들에겐 지금이 오랜 기간 준비한 놓칠 수 없는 기회일지도 모르지요. 신경 써야 할 적이라면 묵가의 묵선혜 정도일 테니… 아가의 입장에서 보면 저는 힘없는 곡가의 여자일 뿐이에요. 손 위사도 잘 알 거예요. 저희 곡가가 어떻게 백화성의 일원이 되었는지. 저희는 여전히 백화성의 의원으로 자리 잡고 있어요."

손수수는 입을 열지 않았다. 곡비연의 집안은 대대로 백화성에서 의원으로 지냈기 때문이다. 다른 집안들처럼 무력을 가지고 이어져 온 것과는 달랐다. 그렇기 때문에 실질적으로 백화성의 일에 참여한 적은 없었다. 하지만 곡비연의 아버지인 곡현이 백문원의 원주로 발탁되면서 크게 이름을 알리기 시작했다.

처음에는 반대가 많았다고 한다. 그만큼 파격적인 인사였지만, 곡현은 성주인 자심연의 기대에 실망을 안겨주지 않았다. 그리고 곡비연이 백문원의 원주로 다시 앉게 되자 백화성의 역사에 처음으로 이대가 같은 자리에 앉게 되는 영광을 얻었다. 그런데 그것도 모자라 성주 후보로 정해지자 곡가에선 기쁘게 받아들이는 것보단 우려를 나타냈다.

다른 이유는 없었다. 성주 후보가 되면 알게 모르게 정치적인 싸움에 나서야 했기 때문이다. 한데 그 싸움을 감당할 자신이 없었다. 그렇기 때문에 곡가에선 나서지 않고 있었다. 또한 묵가나 아가에서 알게 모르게 압력을 넣고 있었다.

"손 위사."

"예."

"조심하세요."

곡비연의 말에 손수수는 미미하게 고개를 끄덕였다. 그러자 곡비연은 걱정스러운 눈빛으로 다시 말했다.

"손 위사에게 무슨 일이 생긴다면 정말 힘들 것 같아요. 지금 제가 믿고 의지할 수 있는 사람은 손 위사뿐이에요. 그런 손 위사에게 변고가 생긴다면 저는……."

곡비연은 말끝을 흐리며 더 이상 입을 열지 않았다. 그 모습에 손수수는 자신도 모르게 가슴이 아파오는 것을 알았다. 곡비연의 말을 들으면 기뻐야 정상이었다. 그런데 왜 기쁘지 않고 가슴이 아픈 것일까? 곡비연에게 자신이 죄를 짓고 있기 때문에? 손수수는 운소명과의 인연이 곡비연에겐 깊은 상처라는 것을 잘 알고 있었다.

"죄송해요."

"뭐가요?"

곡비연은 급작스럽게 손수수가 사죄하자 고개를 돌려 물었다. 그러자 손수수는 조금 당황한 듯 표정을 바꾸다 말했다.

"사실 보고를 해야 하는데 안 한 게 있어서……."
"어떤 건가요?"
"운 소협이 사실 비밀리에 저희 백문원에서 일하고 있어요."
"아!"
곡비연은 손수수의 자초지종의 말에 매우 놀란 표정으로 눈을 부릅뜨다 이내 검지 손가락을 흔들며 웃음을 흘렸다.
"아! 아! 그런……."
곡비연은 이내 궁금한 표정으로 손수수에게 물었다.
"한데 왔으면 손님으로 대접하지, 왜 일꾼인가요?"
"그건 손님으로 오면 문 각주와 한 각주가 싫어하기 때문에… 거기다 지금 성안의 상황도 손님을 들이기엔 좋은 편이 아니라서요."
"하긴… 그렇지요."
"일꾼으로 일하겠다고 한 것은 운 소협이었어요. 이왕 하는 김에 원주님에게 해가 되는 간세가 있는지 조사도 부탁했구요."
"그랬군요. 음……."
곡비연은 고개를 끄덕이며 팔짱을 끼더니 생각난 듯 말했다.
"내일 저녁에 함께 식사를 하는 게 어떨까요?"
"예?"

갑작스러운 말에 손수수는 조금 놀란 듯 눈을 크게 떴다. 그러자 곡비연은 웃으며 말했다.

"생각을 해보니 저희는 식사 한 번 제대로 한 적이 없잖아요. 제겐 그래도 은인이에요."

"하지만 그리되면 사람들의 눈에 띌 텐데……."

"몰래 오라 하세요. 그 정도는 할 수 있지 않을까요?"

"아무리 그래도 시비들의 눈에 띄기 때문에 힘들 것 같은데……."

손수수가 다시 한 번 고개를 저으며 힘들다고 말하자 곡비연은 실망하는 듯했으나 고집을 꺾기 싫은 듯 다시 말했다.

"아무리 그래도 제겐 은인이에요. 한 끼 식사도 대접 못하면서 어떻게 성주가 될 수 있겠어요? 제 방에서 하면 시비들도 안 오니 몰래 들어오기만 하면 될 거예요."

"그렇게까지 말씀하신다면… 알겠습니다. 내일 저녁에 오라 하지요."

"고마워요."

곡비연은 미소를 보이며 발걸음을 옮겼다. 손수수는 곡비연을 방에까지 배웅하곤 신형을 돌려 자신의 방으로 가려다 운소명의 얼굴을 떠올렸다.

"휴……."

손수수는 재빠르게 일꾼들이 머무는 숙소로 소리없이 움

직여 갔다.

다음날 저녁이 되자 곡비연의 방 안으로 많은 음식과 대나무 향이 좋은 죽엽청 한 병이 들어갔다.

음식이 모두 차려지자 시비들도 밖으로 보낸 곡비연은 손수수와 함께 의자에 앉았다. 종종 곡비연과 손수수가 방 안에서 식사를 했기 때문에 이상하게 생각하는 시비들은 없었다. 단지 다른 날과 다른 게 있다면 술이 한 병 들어갔다는 것이었다.

"오라고 한 건 확실하지요?"

"지도까지 그려서 설명했으니 잘 찾아올 거예요. 거기다 경비 무사들이 움직이는 시간도 알렸으니 해가 지면 나타나겠지요."

"알았어요."

곡비연은 고개를 끄덕였다.

얼마 지나지 않아 해가 지려 하자 짙은 노을이 세상을 밝혔고 소리없이 방 안으로 운소명이 걸어 들어왔다. 그가 들어오자 곡비연은 미소를 보이며 자리에서 일어났다.

"어서 오세요."

"실례하겠습니다."

운소명은 인사하며 의자에 앉았다.

"운 소협이 이곳에 있다는 건 저희 둘밖에 몰라요. 노화와

여정에게도 말하지 않았으니 그렇게 알고 계세요."

곡비연의 말에 운소명은 고개를 끄덕였다.

"좋은 판단인 것 같습니다."

노화와 안여정이 안다고 해서 좋을 것 같지는 않았기에 그리 대답한 운소명이었다. 곧 셋은 식사를 시작했고 술잔도 몇 번 오갔다. 그동안 그리 중요한 대화는 오가지 않았다. 소소한 이야기를 하다 어느 정도 배가 부르자 운소명이 입을 열었다.

"백화성에서 며칠 일을 해보니 살기 좋은 곳 같습니다. 먹을 것도 풍족하고 일을 하는 사람들도 얼굴에 근심이 없어 보이니 말입니다."

운소명의 말에 곡비연은 기분이 좋은지 미소를 보이며 말했다.

"내 집 사람이니까요. 내 식구라 생각하기 때문에 그런 게 아닐까요? 우린 모두 한가족이에요. 저는 그렇게 생각하고 있어요."

"그렇군요."

운소명은 그녀의 말뜻을 이해한다는 듯 대답했다. 하지만 지금은 그 가족 중에도 적이 있었다.

"하지만 지금은 가족끼리 싸우고 있으니 심히 걱정됩니다."

운소명의 말에 곡비연은 안색을 바꾸며 쓸쓸히 고개를 저었다.

"보기 좋은 모습은 아니지요. 하지만 어디에도 있는 싸움이에요."

"제가 이해가 안 되는 건 성주님께서 다 아시면서 가만히 계신다는 점입니다. 정도가 지나치면 나서서 중재를 해주셔야 하는데, 목숨이 오가는 싸움을 알면서도 모르는 척하시다니……."

운소명은 자심연이 모든 것을 알고 있다고 생각했다. 아림의 공격과 그녀의 행동을. 하지만 자심연은 어떤 움직임도 보이지 않았다. 성주 후보라면 보호를 해야 하는 게 당연한 것이 아닐까? 하지만 손수수를 보낸 것 정도가 다였다.

"그건 제게 강호가 얼마나 힘들고 어려운 곳인지, 그리고 목숨이 얼마나 부질없고 가벼운 것인지 알려주기 위한 하나의 시련이에요. 성주님은 저를 제외하고 다른 후보들에게도 세상이 얼마나 어렵고 복잡하면서도 사람이 잔인한지 알려주기 위해 가만히 계신 것이에요."

곡비연의 말에 운소명은 조금은 이해한다는 표정으로 고개를 끄덕였다. 하지만 그래도 너무한다고 생각했다. 그렇지만 더 이상 그 문제에 대해선 입을 열지 않았다. 자신이 나설 문제가 아니었기 때문이다. 운소명은 술을 마신 후 다시 말했다.

"혹시라도 제가 할 일이 있다면 말씀하십시오. 식사도 이렇게 후하게 대접받았는데 도울 일이 있다면 돕겠습니다."

"고마워요. 그리고 인사는 제가 해야 할 일이에요. 아직 정식으로 말하지 못했지만 고마워요."

"별말씀을……."

운소명은 손을 저었다. 자신이 한 일은 별게 없었기 때문이다. 그러자 손수수가 말했다.

"그래도 밥값은 해야지요?"

"아! 물론이지요."

"일꾼으로 일하면서 혹시라도 원주님께 문제가 생기면 바로 도와주세요."

"그러지요."

"호위가 하나 더 늘었다고 생각할게요."

곡비연이 눈웃음을 그리며 말하자 운소명은 고개를 끄덕였다.

"영원히는 아니지만 당분간은……."

곡비연은 곧 운소명의 술잔에 술을 따르며 다시 말했다.

"제가 성주가 되면 이곳에 눌러앉으셔도 돼요. 자리를 마련할 테니까요."

"예……."

운소명은 죽엽청의 녹빛 물결을 쳐다보다 곧 단숨에 마셨다. 그런 운소명을 손수수는 가만히 지켜보았다.

"방 좀 구경해도 될까요?"

"물론 돼요. 하지만 침실은 안 돼요."

"하하! 설마 제가 침실까지 들어가겠습니까?"

운소명은 가볍게 웃으며 자리에서 일어나 방 안을 둘러보았다. 고풍스러운 그림들과 검소하고 단아한 느낌의 접객실은 운치가 있어 보였다. 그러다 문득 운소명의 시선이 난이 자라고 있는 화분 옆의 장식장으로 향했다.

"이건?"

운소명이 목걸이 하나를 들어 올리며 묻자 곡비연은 생각난 듯 자리에서 일어섰다.

"아! 성주님에게 받은 건데 제가 잠시 올려둔다는 게 아직 정리하지 못한 모양이네요."

그 말에 운소명의 표정이 굳어졌다. 하지만 그것도 잠시뿐 이내 표정을 바꾸며 그 자리에 놓았다.

"관심있으신가요?"

"아니, 아닙니다. 제가 예전에 차고 다니던 것과 같아서요."

운소명은 농담처럼 웃으며 말한 후 자리로 돌아와 앉았다. 하지만 그 순간 곡비연의 눈동자가 크게 흔들렸다.

"이 목걸이의 주인을 만나거든 은혜를 베풀거라. 그리고 만약 이 목걸이의 주인이 네 원수라면 한 번은 용서해 주거라."

곡비연의 머릿속으로 자심연의 목소리가 지나쳤다. 성으로 돌아와 자심연에게 보고를 할 때 자심연이 건네주며 한 말이었다. 그 말이 메아리치자 곡비연은 잠시 운소명을 뚫어져라 쳐다보았다.

"제 얼굴에 뭐 묻었습니까?"

"아니에요."

곡비연은 가볍게 미소를 보인 후 고개를 저었다.

"그냥 호기심이 생겨서요, 운 소협이 어떤 사람인지……."

"하하! 조사하면 다 나오지 않습니까?"

곡비연의 말에 운소명은 시선을 피하며 술을 마셨다. 술잔을 내려놓자 손수수와 눈이 마주쳤고, 손수수의 차가운 눈동자에 운소명은 슬그머니 자리에서 일어났다.

"이만 가보겠습니다."

"벌써요?"

"어머! 얼른 가셔야죠. 밤도 깊어가는데 인원 점검 때 숙소에 없다는 게 알려지면 큰일이에요. 어서 가세요."

손수수가 얼른 일어나 운소명의 등을 밀었다. 그러자 운소명은 알았다는 듯 곡비연에게 인사한 후 소리없이 밖으로 사라져 갔다. 그가 나가자 곡비연은 자리에 앉은 손수수를 향해 말했다.

"저 목걸이… 아까 운 소협이 자기가 갖고 있는 것과 같다고 했잖아요?"

"예. 분명……."

"저거… 성주님 거예요. 이 세상에 단 하나밖에 존재하지 않는……."

그 말에 손수수의 표정이 굳어졌다. 하지만 곡비연이 더 이상 입을 열지 않았기에 어떤 의미가 있는 것인지는 생각지 못하였다. 그녀는 알지 못했다, 이 일로 인해 자신에게 커다란 고통이 찾아온다는 것을…….

어둠이 짙게 깔린 실내는 아무것도 움직이는 것이 없는 정적 속에 잠겨 있었다. 마치 흘러가는 공기조차도 멈춘 것 같은 공간이었다.

스륵!

침묵을 깨고 움직인 것은 창문이었다. 작은 창문이 조금씩 아주 조금씩 움직이더니 반쯤 열렸고 그 사이로 미세한 바람이 흘러들어 오기 시작했다. 그리고 바람과 함께 검은 야행복을 입은 인물이 소리없이 안으로 들어왔다.

검은 인영은 소리없이 내실을 살피기 시작했다. 마치 무언가 찾는 사람처럼 보였고 움직임은 마치 정적 위를 거닐고 있는 것처럼 소리가 없었다.

소리를 내지 않기 위해 노력하는 듯 그의 동작은 느렸고 매우 신중했다. 그렇게 반 시진 동안 내실을 뒤지던 검은 인영은 고개를 돌려 침실을 쳐다보았다. 뒷문을 열고 회랑을 지나면 침실이 있었다. 그것을 잘 아는지 검은 인영은 뒷문을 소리없이 열곤 조용히 회랑을 걸어 침실 앞에 섰다.

짙은 어둠 속에서 움직이는 것은 이미 익숙한 일인 듯 검은 인영은 침실을 둘러보다 화장대를 발견하곤 그 자리에 서서 서랍을 살폈다. 그러다 옥함 하나를 꺼내 든 검은 인영은 망설임없이 함을 열었다.

그곳에 그가 찾던 물건이 모습을 나타냈다. 그것은 목걸이였고 검은 인영은 만족한 눈빛으로 목걸이를 손에 쥐었다.

"오셨군요."

"……!"

검은 인영의 눈빛이 흔들렸다. 차분한 목소리가 뒤에서 들려왔기 때문이다.

"올 거라 생각했어요."

스륵!

자리에서 일어나 침상에 걸터앉은 곡비연의 눈빛은 차분했고 담담했다. 마치 모든 걸 예상한 것처럼 보였다. 검은 인영의 신형이 조금 움직이자 곡비연의 목소리가 빠르게 흘러나왔다.

"도망칠 생각은 하지 마세요, 운 소협."

운 소협이란 말 때문에 그런 것일까? 검은 인영은 바위라도 된 듯 그 자리에 굳은 채 움직이지 않았다. 그렇게 침묵이 어느 정도 흐르자 여러 가지 생각을 하는 듯 눈을 굴리던 검은 인영은 곧 복면을 벗곤 곡비연을 쳐다보았다. 곡비연은 자신의 생각처럼 운소명의 얼굴이 나타나자 만족한 표정으로 미소를 입가에 걸었다.

"안 자고 있었소?"

운소명의 낮은 목소리에 곡비연은 고개를 끄덕였다.

"그래요. 안 자고 있었어요. 사실대로 말하면 잠들기 위해 노력했다고 해야겠지요. 오늘, 아니면 내일 중에 분명히 찾아올 거라 생각했으니까요."

"음……."

운소명은 그 말에 침음을 삼켰다. 문득 곡비연의 모습이 전에 자신이 보았던 모습과 다르게 커 보였다. 그사이에 자랐다고는 볼 수 없었다. 하지만 분명 곡비연의 존재가 이전과는 다르게 다가왔다.

"내가 올 것을 알고 있었단 말이오?"

운소명의 물음에 곡비연은 고개를 다시 한 번 끄덕였다.

"지금 당장 점쟁이라도 되는 게 좋겠소. 분명 많은 돈을 벌 것이오."

운소명의 말에 곡비연은 가볍게 웃음을 흘리곤 고개를 저었다.

"그럴 생각은 없어요."

곡비연은 잠시 웃음을 보인 뒤 물었다.

"그 물건이 어떤 것인지 알고는 있나요?"

"이것 말이오?"

운소명은 말을 하며 목걸이를 들어 보였다.

"그래요."

"어떤 물건인지 모르나 분명한 것은 내가 주인이란 점이오."

"누구에게 받았나요?"

"그걸 말해줄 의무는 없는 것 같소."

"저는 성주님께 받았어요. 그리고 성주님은 그 전대의 성주님에게 받은 것이고요. 또한 성주님은 과거 그 목걸이를 가장 사랑하는 제자 분에게 주었어요. 아니, 조카 분에게 주었다고 해야겠지요. 그 목걸이는 자씨세가에서 대대로 내려오는 물건이에요. 제가 만약 성주가 되면 자씨세가의 여자를 제자로 받아 이 목걸이를 물려주라는 말과 함께요. 자신의 손으로 줄 수가 없으시다면서……."

"……!"

운소명의 표정이 순간 굳어졌다. 곡비연의 말이 충격적이었기 때문이다. 그렇다면 자신이 지녔던 목걸이는 어떤 것이란 말인가? 운소명은 그 본래의 주인이 자심연이란 사실에 매우 놀라워했다.

"그랬었군……."

운소명은 표정을 바꾸며 담담하게 중얼거렸다. 곧 목걸이를 화장대 위에 올려놓은 운소명은 빠르게 말했다.

"남의 물건이었는데 내가 착각한 모양이오. 야밤에 찾아와 굉장히 큰 실례를 한 것 같소. 죄송하오."

운소명이 사과하자 곡비연은 자리에서 일어서며 말했다.

"아니, 사과할 필요 없어요. 운 소협이 주인이라는 점이 불가능한 것은 아니니까요."

"그건 또 무슨 말이오?"

운소명이 안색을 바꾸며 묻자 곡비연은 걸음을 옮겨 그의 옆으로 다가왔다. 그녀가 다가오자 짙은 꽃향기가 운소명의 코를 간지럽혔다. 곡비연은 스치듯 운소명을 지나 목걸이를 손에 쥐었다.

"이곳 백화성에는 삼대세가가 존재해요. 삼대세가는 백화성의 중심이고, 그들의 힘은 중원의 무가들에 비해 절대 뒤지지 않지요. 삼대세가는 묵가와 아가, 그리고 현 성주님의 본가인 자씨세가예요."

운소명은 이미 알고 있는 이야기였기에 고개만 끄덕였다. 백화성에 대해서 곡비연보다 몰라도 어느 정도는 알고 있었기 때문이다. 곡비연이 걸음을 옮겨 침상 옆에 놓인 다탁에 앉았다.

"와서 앉으세요."

운소명은 아미를 찌푸리다 곧 곡비연의 맞은편에 앉았다. 지금은 곡비연이 시키는 대로 순순히 따르는 게 이득이었기 때문이다. 곡비연이 앉은 운소명을 쳐다보며 다시 말했다.

"성주님께선 과거에 세 명의 제자를 두었어요. 그중 두 명은 아림과 종무옥이고, 다른 한 명은 자씨세가의 자월이란 분이세요. 그분은 성주님의 조카로, 촉망받는 인재였다고 해요."

"그 자월이란 사람은… 무림맹주인 유수월의 제자, 이추결과 눈이 맞아 도망간 사람이 아니오? 이추결과 자월은 결국은 죽은 것으로 아는데?"

운소명도 자월에 대해서 이야기를 들었기에 알고 있는 사실을 말했다. 그러자 곡비연은 반짝이는 눈빛으로 운소명을 쳐다보며 말했다.

"그래요. 그 두 분은 이추결을 죽이려는 백화성의 무사들과 자월을 죽이려 한 무림맹 무사들의 공격으로 인해 죽음을 맞이했지요. 그런데 한 가지 알려지지 않은 게 있어요."

"무엇이오?"

곡비연은 가만히 운소명을 쳐다보며 목걸이를 손안에 감싸 쥐었다.

"그 두 분 사이에는 아들이 한 명 있었어요."

"아들?"

운소명은 조금 놀란 듯 고개를 끄덕였다. 아들이 있었다는 이야기는 처음 들어봤기 때문이다. 그러자 곡비연은 운소명이 정말 아무것도 모른다는 표정으로 말했다.

"그 아들에 대해서 아는 게 없는 모양이군요?"

"그렇소."

운소명의 대답에 곡비연은 살짝 눈웃음을 보이며 목걸이를 손안에서 풀어 운소명의 눈앞에 보였다.

"성주님이 이 목걸이를 자월에게 주었어요. 그리고 자월은 이추결과 함께 죽었어요. 그렇다면 이 목걸이가 누구의 손에 넘어갔을까요? 무림맹? 백화성?"

운소명의 안색이 눈에 띄게 변하였고 표정은 굳어지기 시작했다. 곡비연은 다시 말했다.

"그 아들에게 남겼어요."

"말도 안 되는……."

벌떡!

운소명은 자리에서 일어섰다. 결국 자신이 이추결과 자월의 아들이란 소리였기 때문이다. 그러자 곡비연이 다시 입을 열었다.

"그분들의 아들이 확실한지 아닌지 그걸 확인하고 싶어서 그래요. 그래서 물어보는 거예요. 이걸 누구에게 받았나요?"

운소명은 굳은 표정으로 장림을 떠올렸다. 그리고 어릴 때부터 장림이 자신에게 다른 사람과 다른 차별을 두었던 점을 떠올렸다.

"음……."

운소명은 팔짱을 끼며 표정을 풀지 못한 채 안색만 바꾸고 있었다.

'내 과거가 숨겨져 있다고 하였다…….'

운소명은 장림의 말을 떠올리며 고개를 저었다. 사실 곡비연에게 목걸이가 있다는 것만으로도 많이 놀랐었다. 찾지 않아도 그만이었지만 자신의 과거가 담겨 있는 것이었기에 찾으려 한 것이다.

출생에 관한 비밀이 있다고 한 목걸이였기에 곡비연의 수중에 있다는 것을 알자 찾아온 것이다. 그리고 어떻게 해서 이 목걸이가 곡비연의 손에 들어가 있는지도 궁금했다. 잃어버렸을 때가 창천궁에 잡혔을 때였기 때문이다.

"누구에게 받았나요?"

다시 한 번 곡비연의 목소리가 들려왔다.

"장림에게 받았소."

운소명의 대답에 곡비연은 짧게 숨을 내쉬며 여러 가지 상황들을 떠올렸다.

"그분은 분명 이추결의 사매예요. 그리고 그녀는 그 당시… 분명 백화성과 싸운 여자고요. 아림과 종무옥이 죽이지 못해 원통해했던 여자지요."

"내가 아들이라… 웃기지도 않는군."

운소명의 말에 곡비연은 무언가 결심을 했는지 자리에서 일어섰다.
"저와 함께 갈 곳이 있어요."
"이 시간에 말이오?"
운소명이 놀라 묻자 곡비연은 피풍의를 걸치며 고개를 끄덕였다.
"물론이에요."
"너무 늦었소. 그만 가서 쉬겠소이다."
"그냥 간다고요? 이렇게 무단으로 침입해 놓고 그냥 간다고 하셨나요? 과연 가능할까요? 거기다 시집도 안 간 아녀자의 방에 오셨어요. 제가 소리라도 질러 손 위사가 당신을 쫓으면 좋은 구경이 되겠군요. 그리고 운 소협은 지금 목숨이 백 개라도 할 말이 없잖아요?"
곡비연의 말에 운소명은 아미를 찌푸렸다. 그녀의 말처럼 죄는 자신이 지었기 때문이다. 결국 운소명은 고개를 끄덕였다.
"따르겠소. 그런데 어딜 가겠다는 것이오?"
운소명의 물음에 곡비연은 미소를 보였다.
"백화궁."
"……!"

第七章
나도 모르게 움직인다

나도 모르게 움직인다

 어둠이 내린 방 안에 불이 밝혀졌다. 자시가 넘은 야심한 시각이었기에 이곳에 오는 사람은 없었다. 하지만 지금 백화궁의 불은 환하게 밝혀진 상태였으며, 접객실은 십여 명의 시비가 눈을 비비며 서 있었다. 그녀들은 의자에 앉아 있는 곡비연과 운소명을 원망스럽게 쳐다보았다. 그녀들은 탁자 위에 다과와 차를 준비하고 혹시라도 있을 분부를 기다리는 중이었다.
 "이 시간에 온 것은 큰 실례가 아니오?"
 "그만큼 중요한 일이에요."
 곡비연은 걱정하지 말라는 듯 운소명에게 말했다. 하지만 운소명의 표정은 그리 밝지 않았다. 자심연을 만나는 게 문제가 아니었다. 곡비연은 자신이 자월의 아들이라고 굳게 믿고 있는 것처럼 보였기 때문이다. 그 점이 염려스러웠다.

만약 아니라면 자심연의 분노가 자신에게 떨어질 것처럼 생각되었다. 그리고 자심연의 무공에 맞서 싸울 자신은 없었다. 하지만 도망칠 자신은 충분히 있었다.

'분위기를 봐서 아니다 싶으면 도망쳐야겠어……'

운소명은 내심 마음을 굳힌 듯 눈을 빛냈다.

"성주님께서 오십니다."

문을 열고 황색 무복을 걸친 호위무사로 보이는 젊은 여자들이 들어오더니 곧이어 백색 궁장의를 걸친 자심연이 모습을 보였다. 곡비연과 운소명은 자리에서 일어나 정중히 인사했다. 고개를 든 운소명은 자심연과 눈이 마주치자 절로 심장이 터질 것 같은 기분이 들었다.

"흠……"

운소명은 자신도 모르게 침음을 흘리며 등줄기로 식은땀을 흘렸다. 자신의 전신을 스쳐 가는 거대하고 날카로운 예기 때문이다. 단 한 번 눈만 마주쳤을 뿐인데 자심연은 운소명의 무공 수위를 간파한 것처럼 보였고, 운소명은 홀딱 벗은 벌거숭이가 된 기분이었다.

"닮았군……"

자심연은 조용히 중얼거리며 천천히 다가와 의자에 앉았

다. 곧 그녀는 시비들을 물렸다. 고개 숙인 시비와 호위무사들이 조용한 걸음으로 모두 밖에 나가자 곡비연에게 말했다.

"이 시간에 나를 찾아온 것을 보니 중요한 볼일인 것 같은데… 일단 앉지."

"단잠을 깨워서 죄송합니다."

곡비연은 조용히 의자에 앉았다. 자심연은 미미하게 고개를 끄덕이며 운소명을 쳐다보고 있었다. 운소명은 그녀의 시선 때문에 의자에 앉지 못하고 있었다. 그러다 생각난 듯 운소명은 허리를 숙였다.

"후배 운소명이 성주님께 인사드립니다."

"운씨?"

자심연은 눈살을 살짝 찌푸리며 운소명의 전신을 다시 한 번 훑었다.

"네 성씨가 운씨라고? 이상하군. 운씨라… 네 성은 운씨가 아닌 듯한데… 그게 본명이더냐?"

"어릴 때 저와 친분이 있던 분께서 지어주신 이름입니다."

"그 친분있는 자가 누구냐?"

"장림이라 합니다."

"호오……."

자심연은 고개를 미미하게 끄덕이며 곡비연에게 말했다.

"그래, 나를 찾아온 용건은?"

"이 목걸이의 주인이라 하였습니다."

곡비연이 공손하게 목걸이를 건네자 자심연은 미미하게 고개를 끄덕였다. 이미 처음 얼굴을 본 순간 예상했기 때문이다. 곡비연이 이렇게 늦은 시간에 자신에게 올 일은 거의 없었다. 아주 중요한 일이 아닌 이상은 말이다. 그리고 오기 전 미리 기별도 하였기에 대충 짐작하고 있었다.

"앉게."

자심연의 말에 운소명은 조용히 의자에 앉았다. 그러자 자심연이 말했다.

"사실 저녁에 비연의 기별을 들었을 땐 믿지 않았다. 하지만 비연이 절대 쓸데없이 보고를 올리는 아이가 아니기에 기다렸다."

자심연의 말에 운소명은 함께 저녁을 먹다 자신이 목걸이에 대해서 언급한 것을 떠올렸다. 그리고 곡비연은 그 이후 자심연에게 보고를 한 것이리라.

"목걸이의 주인을 발견했다고 했을 땐 놀랐지. 믿고 싶지도 않았고. 그런데 네 얼굴을 보니 믿음이 생기는구나. 넌 너무… 그자를 닮았어……."

자심연의 표정이 굳어지자 운소명은 다시 한 번 심장이 뜨겁게 달구어지는 것을 알았다. 하지만 그것보다 지금 자심연의 말이 더더욱 가슴을 때리고 있었다.

"휴우……."

긴 한숨이 자심연의 입에서 흘러나오자 방 안을 가득 채우던 무거운 공기가 소리없이 사라졌다. 운소명은 심장을 누르던 압력이 사라진 것을 느끼곤 깊은 호흡을 했다.

"하염없이 기쁘구나… 하염없이……."

자심연은 가만히 중얼거리며 담담한 표정을 보였다. 표정만으로는 그녀가 기쁜지 슬픈지 알 수가 없었다. 단지 담담하게 흘러나오는 말소리가 조용히 실내에 울릴 뿐이었다.

"가서 아림과 종무옥을 불러 오너라. 급히 보자고."

"예."

곡비연이 자리에서 일어나 밖으로 나갔다. 그녀가 나가자 자심연은 운소명을 쳐다보며 말했다.

"장림에게 이름을 받았다면 장림의 손에서 자랐겠구나?"

자심연의 물음에 운소명은 고개를 끄덕였다.

"그렇습니다."

"그래… 어떻게 살아왔느냐?"

자심연의 물음에 운소명은 잠시 입을 열지 못하고 다물어야 했다. 홍천에 대해서 말을 할 수가 없었고, 백화성의 곡현을 자신이 죽였다고 말할 수 없었기 때문이다.

"부족한 것 없이 자랐습니다."

운소명은 간단하고 짧게 대답했다. 구체적인 물음이 아니었기에 최대한 조심스럽게 대답해야 했다.

"그래? 그랬군, 그랬어. 그런데 어쩌다가 백화성에 오게 되었느냐? 장림의 손에서 자랐다면 무림맹의 사람이 되었을 터인데?"

"우연히 어려움에 처한 곡 원주를 도왔습니다. 그 계기로 오게 되었습니다."

"그랬군."

자심연은 연신 고개를 끄덕였다.

"유수월은 네가 이추결의 아들이란 사실을 모르고 있었더냐?"

"한 번도 뵌 적이 없는 분이라… 잘 모르겠습니다."

운소명은 자심연의 질문에 한 치의 망설임도 없이 대답했다. 자심연은 살짝 눈을 반짝였다. 과연 장림이 유수월에게 이추결의 아들에 대해서 언급을 안 했을까? 문득 그런 의문이 들었다. 그리고 운소명의 대답이 거짓이란 것도 알았다. 절대 언급 안 할 리가 없기 때문이다. 하지만 더 이상 묻지 않았다.

"장림도 숨긴 모양이야. 하긴… 알려지게 된다면 네 입장이 난처하겠지."

"예?"

운소명이 그 말에 눈을 반짝이자 자심연은 차를 마시다 찻잔을 내려놓으며 말했다.

"네 외가는 우리 백화성의 자씨세가인데, 친가는 중원에서도 이름 높은 이가장이 아니더냐? 너는 이가장주의 조카가 된다."

"음……."

운소명의 입에서 깊은 침음성이 흘러나왔다. 곧 발소리와 함께 곡비연이 들어왔다.

"전하였습니다."

"그래."

곡비연의 말에 자심연은 고개를 끄덕이며 운소명에게 말했다.

"가서 옷을 갈아입고 오너라. 네 옷차림을 보아하니 마치 도둑처럼 보이는구나."

"이건……."

운소명이 뭐라 대답하기도 전에 시비를 부른 자심연은 운소명을 데려가게 했다. 운소명은 얼떨결에 시비들을 따라 움직였다.

"정말 운 소협이 그분들의 아들이 확실한 건가요?"

곡비연이 조금 걱정스러운 표정으로 묻자 자심연은 미미하게 고개를 끄덕였다.

"피는 못 속이지. 거기다 이추결을 보는 듯하구나."

"하지만 닮은 사람은 세상에 얼마든지 존재해요. 조금 닮았다고 해서 아들이라고 하기엔……."

"네 말처럼 세상에 닮은 사람이 있는 것은 사실이다. 하지만 그 기도까지 닮을 수는 없다. 내가 처음 이추결을 보았을 때 나는 지금도 그때를 잊지 않고 있다. 그리고 지난 세월 동안 살아오면서 그놈보다 더 뛰어난 놈은 못 보았다."

자심연은 눈을 반짝이며 낮게 중얼거렸다. 그러자 곡비연의 표정이 굳어졌다. 성주인 자심연이 남을 이렇게 칭찬하는 모습을 본 적이 없었기 때문이다.

"휴우……."

자심연은 길게 숨을 내쉬었다. 그 모습이 왠지 모르게 고독해 보였다. 기쁘면서도 기쁘다는 표현을 제대로 못하는 자리에 앉아 있는 것처럼 보였다. 자신의 감정을 절대적으로 제어해야 하는 위치에 앉은 자심연이었기에 한숨으로 모든 감정을 버려야 했다.

"내심 기뻤다, 자월이 이추결이란 남자를 선택했다는 것이. 처음에는 이추결을 죽일 생각이었지. 하지만 이추결을 본 순간 그런 생각을 버렸단다. 자월에게 정말 어울리는 자였다. 백화성과 무림맹을 떠나 한 사람의 여자와 남자로 둘은 정말 잘 어울렸지. 백 년에 한 번 나올까 말까 한 인재들이 짝을 이루었으니까."

그렇게 말한 자심연은 그때를 생각하면 기분이 좋은지 입가에 옅은 미소를 그렸다.

"자월이 성주라는 자리를, 내 제자라는 위치를… 모든 것을 버리고 그 남자에게 간다고 했을 때 느꼈던 배신감이 사라졌지. 여자로서 살겠다고 했을 때 이추결을 죽이리라 생각했으나 그의 당당한 기백과 사내다운 풍모를 보았을 때, 아… 우리 자월이 정말 좋은 남자를 선택했구나……. 훗! 이런 생각이 들었다. 우습게도."

자심연은 낮게 말하며 조용히 차를 마셨다. 그 모습에 곡비연은 문득 묵선명을 떠올렸다. 그의 사내다운 모습과 당당함이 아직도 그녀의 머리에서 잔상처럼 흐릿하게 남아 있었다. 과연 자신은 자월처럼 그렇게 할 수 있었을까? 모든 것을 버리고 여자로서 살아갈 수가 있었을까? 그런 결단을 내릴 수 있었을까? 만약 그런 삶을 살아간다면 어떤 삶을 살게 될까? 많은 생각들이 그녀의 머릿속을 맴돌았다.

"나는 아직도 그들의 죽음에 의문이 많다."

자심연의 말에 곡비연은 생각에서 깨어났다.

"그 의문을 풀지 못하고 물러서야 한다는 게 아쉽지만 그 숙제를 풀어줄 아이가 나타났으니 한결 어깨가 가벼워진 기분이다."

자심연은 조용히 말하며 고개를 들었다. 발소리가 들려왔기 때문이다.

"백무원주 아림이 성주님께 인사드립니다."

"칠성당 총당주 종무옥이 성주님께 인사드립니다."

"들어와라."

문밖에서 들린 목소리에 자심연이 명령하자 곧 문을 열고 아림과 종무옥이 들어왔다. 그녀들은 안에 들어오는 순간 곡비연이 앉아 있다는 것에 조금 놀란 표정으로 잠시 걸음을 멈추었다.

"앉지."

자심연의 말에 아림과 종무옥은 공손한 자세로 의자에 앉았다. 그녀들은 이 늦은 시간에 자신들을 부른 이유가 궁금한지 조금 당황스러운 표정을 보이고 있었다.

"무슨 일이라도 생긴 것입니까?"

아림이 조심스럽게 묻자 자심연은 고개를 저으며 말했다.

"그리 큰일은 아니다. 단지 너희에게 소개시켜 줄 사람이 있어서 불렀다."

"예."

아림과 종무옥은 이 늦은 시간에 누굴 소개시켜 줄려고 하는지 궁금했으나 어떤 인물인지 묻지 않았다. 단지 매우 중요한 인물이란 생각만 할 뿐이었다.

백색 무복을 걸친 운소명은 거울을 쳐다보고 있었다. 시중드는 시비들의 모습이 눈앞에서 오가고 있었다.

'이제 와서 내가 이추결과 자월의 아들이라 해도… 변하는 것은 아무것도 없다. 백화성과는 연을 맺을 수 없지 않은가. 그렇다고 무림맹과 연을 맺을 수도 없다. 참으로 고약하구나…….'

많은 생각들이 머릿속에서 오가는 중에 가장 마음에 걸리고 떠나지 않는 것이 있다면 유수월과 장림의 얼굴이었다. 자신을 그 어디에도 속하지 못하게 키우고 일을 시킨 장본인들이었다.

'내 죄가 내 발목을 잡고… 후에 내 심장을 찌를지도 모른다.'

운소명은 그런 생각이 들자 고개를 저으며 한숨을 길게 내쉬었다. 그리고 새삼스럽게 죽은 유수월이 두렵다는 생각이 들었다. 그는 다 알고 있었을 것이다. 자신에 대해 모든 것을. 그리고 그것을 알기에 홍천으로 키워 백화성과 원한을 가지게 한 것이다. 백화성에 갈 수 없게 말이다. 과거를 알아도 갈 수 없게… 장림 또한 다 알고 있었다.

그녀는 방관자였다. 아니, 어쩌면 유수월보다 더욱 두려운 자가 장림일지도 모른다고 생각되었다. 그녀는 다 알면서도 자신이 백화성에 가는 것을 방관했기 때문이다. 혹시 이런 상황을 예상하고 있지 않았을까? 자신이 백화성을 떠날 수밖에 없다는 것을 말이다.

'세상 참… 더럽다…….'

운소명은 쓰게 혀를 차며 눈을 감았다.

"모서왔습니다."

시비가 안으로 들어와 말하자 자심연이 고개를 끄덕였다. 곧 문을 열고 백색 무복을 걸친 운소명이 안으로 들어왔다.

단정하게 머리카락을 묶었으며, 이마가 보이게 영웅건을 두른 운소명의 모습은 기품이 있어 보였고 당당해 보였다. 또한 날카로우면서도 빛을 발하는 눈동자는 깊이있어 보였다.

그 모습에 아림과 종무옥이 자신도 모르게 놀라 자리에서 일어섰다.

"이추결!"

벌떡!

일어선 그녀들은 순간 자신들이 실수했다는 것에 안색을 바꾸며 자심연을 쳐다보았다.

"앉아."

자심연의 목소리에 아림과 종무옥은 조용히 의자에 앉았다.

"이리 오게."

자심연의 손짓에 운소명은 그녀의 옆으로 다가가 섰다. 그러자 자심연이 말했다.

"자월의 아들이다."

"……!"

아림과 종무옥의 눈동자가 흔들리기 시작했다.

"닮았어… 정말 닮았어……."

아림이 조용히 중얼거리며 연신 고개를 끄덕였고 종무옥은 반짝이는 눈동자로 운소명의 전신을 살폈다.

"정말 놀라워……."

종무옥은 크게 놀랍다는 표정으로 말했다.

"많이 놀란 모양이구나."

자심연의 낮은 목소리에 아림과 종무옥은 정색하며 대답했다.

"죄송합니다."

"이추결을 생각하자 저도 모르게 그만……."

아림과 종무옥이 말을 마치자 자심연은 고개를 끄덕이며 다시 말했다.

"너희들은 이 아이에게 해줄 말이 있을 것이야. 이 아이의 부모가 어찌 죽었는지, 너희는 분명 보았으니까. 또한 이 아이도 알아야 할 권리가 있고. 너희를 부른 것은 이 아이에게 너희가 본 모든 것을 말해주길 바라서였다."

그 말에 아림과 종무옥은 조금 당황한 표정을 보이다 곧 서로의 얼굴을 쳐다보곤 고개를 끄덕였다.

"예."

아림이 대답하며 운소명을 쳐다보았다. 문득 그녀의 눈동자가 크게 흔들리고 있는 게 보였다.

"보면 볼수록 이추결과 닮았네요. 그 씹어 먹어도 시원치 않을……."

아림은 말을 하다 이추결을 떠올리며 입술을 깨물었다. 그러다 자심연의 날카로운 눈과 마주하자 고개를 숙였다.

"죄송합니다."

"말해주거라."

자심연은 고개를 끄덕이며 말했다. 곧 아림은 운소명을 쳐다보며 입을 열었다.

"우린 성주님의 명을 받고 사매를 데려오기 위해 중원에 나갔다. 사매를 꼬드긴 그놈도 죽일 생각이었지……."

아림은 천천히 말하다 눈이 붉게 충혈되기 시작했다. 그런 아림의 길고 긴 이야기가 운소명의 귀로 계속 들려오기 시작했다.

* * *

응애! 응애!

작고 허름한 집 안에서 울리는 힘찬 아기 울음소리에 어두운 산속은 크게 요동치고 있었다.

"크악!"

따다당!

병장기 소리 역시 어둠 속에서 크게 울리고 있었으며, 사람들의 고함 소리와 함께 수많은 그림자들이 움직이고 있었다.

"아들아… 내 아들아……."

어둠 속에서 피투성이의 아기를 안아 든 사람은 이십대 중반의 여인이었다. 그녀는 허름한 집 안 가장 구석진 곳에서 아기를 품에 안은 채 젖을 물렸다. 따뜻한 피부를 느꼈기 때문일까? 아이는 울음소리를 멈추었다.

우당탕!

순간 문이 부서지더니 피투성이로 변한 청년이 굴러 들어왔다. 그는 힘겹게 일어나 여인의 앞에 섰다.

"당신……."

"미… 미안하오……."

청년의 옷은 원래 백색의 비단옷처럼 보였으나 지금은 그저 피에 젖은 허름한 옷에 불과했다. 본래는 미남이라 불릴 만한 얼굴도 헝클어지고 여기저기의 상처로 인해 흉하게 변해 있었다. 하지만 그녀의 눈엔 세상 누구보다도 멋있고 사랑스러운 얼굴이었다.

"아들이에요……."

"후후……."

청년은 품에 안긴 아기의 얼굴을 쳐다보며 미소를 보였다.

푹!

순간 청년의 목을 뚫고 검날이 튀어나왔다. 눈을 부릅뜬 청년의 시선은 여전히 아기를 품에 안은 여인을 향하고 있었다. 청년의 떨리는 손이 앞으로 뻗어졌다. 여인은 그저 멍한 눈으로 쓰러지는 남편을 쳐다봐야 했다.

"백화성의 요녀가 감히… 감히……!"

순간적으로 들린 목소리에 그녀가 고개를 들었다. 고개를 든 그녀의 눈에 긴 흑발을 늘어뜨린 채 온몸을 떨고 있는 여자의 얼굴이 들어왔다. 그녀는 사시나무 떨듯 몸을 떨며 피 묻은 검을 늘어뜨리고 있었다.
"애… 애기씨……."
순간 그녀는 눈을 부릅뜨며 마치 광기에 물든 표정으로 소리쳤다.
"시끄러워! 누가… 누가! 네년의!"
퍽!
저도 모르게 앞으로 내지른 검이 복부를 파고들었다.
주륵!
눈물방울이 흘러내렸다. 검은 떨고 있었으며 아기를 안은 여인의 손은 여전히 자신의 아들에게서 떨어지지 않고 있었다. 그녀의 시선과 검을 든 여자의 시선이 마주쳤다. 둘의 얼굴은 눈물로 범벅이 된 채 흔들리고 있었으며 온몸은 떨리고 있었다.
"애기씨, 죄송… 해요……."
아기를 안은 채 멍한 시선으로 쳐다보는 그녀의 눈동자를 제대로 볼 수 없어서일까?
퍽!
"흡!"
검을 뽑자 피와 함께 신음성이 크게 흘렀다. 온몸을 떨던 그녀의 입가에 검은 피가 흘러내렸다. 이내 그녀는 고개를 돌려 자신의 아들을 안았다.

"미안… 하구나……."

아기를 품에 안은 채 가만히 중얼거린 그녀의 입가에 가느다란 미소가 그려졌다. 아기의 손이 눈을 감은 그녀의 볼을 만지고 있었다.

슥!

그녀가 그 모습에 검을 들었다.

"요녀의 새끼……."

입술을 깨물며 검을 들던 그녀가 순간 죽은 청년의 얼굴과 마주쳤다. 그래서일까, 그녀의 전신이 다시 떨리기 시작하더니 이내 자리에 주저앉았다. 순간 아기의 웃는 얼굴과 눈이 마주치자 그녀는 입술을 깨물며 자리에서 일어났다.

밖으로 나가자 수많은 무사들이 그녀의 앞에 도열해 있었다.

"아가씨."

그녀의 옆으로 삼십대 초반의 인물이 다가와 걱정스러운 표정으로 쳐다보자 그녀는 곧 차가운 한기를 뿌리며 말했다.

"안에 아기가 있다."

"……!"

청년이 놀란 표정으로 눈을 크게 뜨자 그녀가 차갑게 다시 말했다.

"맹에 줘버려. 알아서 하겠지."

그렇게 말한 그녀가 빠르게 걸어가자 그 뒤로 무사들이 따랐다. 삼십대 초반의 청년은 곧 안으로 들어가 아기를 안아 들었다.
"맹주님의 이제자와 백화성주의 삼제자 사이에 태어난 아들이거늘······."
청년은 슬픈 눈으로 아기를 쳐다보고 있었다.

*　　*　　*

"내가 기억하는 건 거기까지다. 더 이상 접근할 수가 없었지. 너를 찾고 싶었으나··· 그렇게 할 수가 없었다. 미안하구나. 그때 목숨을 버려서라도 너를 구했어야 했는데······."
"사저께선··· 그날 큰 부상을 당하신 상태라 움직이기도 힘들었지. 가려고 하는 걸 내가 막았다. 미안하다, 구했어야 했는데··· 그렇다면 이렇게 만나는 일도 없었겠지. 평생 가슴속에 한으로 남아 있었는데······."
두 여인의 눈동자엔 물기가 어려 있었으며, 후회스러운 과거로 인해 남은 상처가 아파오는 것처럼 보였다. 운소명의 눈동자도 붉게 충혈되었으며 자신도 모르게 어깨가 떨려왔다.
"이렇게라도 만났으니 얼마나 다행이냐. 다행이다, 다행이야······."
결국 그녀들은 어깨를 흔들며 눈물을 흘렸다. 그 모습이 왜 이렇게 아픈 것일까? 가슴이 터질 듯 고통스럽게 뛰기 시작했다.

[냉정해지세요.]

"……!"

운소명은 순간 자신의 귓가에 들린 말이 헛것이란 생각이 들었다. 곡비연의 전음 소리였기 때문이다. 저도 모르게 붉어진 눈으로 시선을 돌리자 곡비연의 냉정한 표정이 잡혔다.

"휴우. 슬프도다……."

자심연은 깊게 숨을 내쉬며 고개를 저었다. 곧 운소명에게 시선을 던졌다.

"갑자기 여러 이야기를 들어 복잡할 것이야. 혼자 있고 싶을 테지? 피곤할 테니 오늘은 푹 쉬거라. 내일 아침에 내 부를 터이니 식사라도 하자꾸나."

"예."

운소명은 무거운 표정으로 대답하며 고개를 숙였다. 그러자 자심연은 자리에서 일어나 아림과 종무옥에게 말했다.

"너희도 이만 물러가 쉬거라."

"예."

아림과 종무옥이 고개를 숙이며 천천히 물러갔다. 곡비연도 자리에서 일어나 아림과 함께 나가자 자심연은 운소명을 바라보며 말했다.

"내일 외가에 가보는 것은 어떠냐?"

"아닙니다."

갑작스러운 말에 당황한 운소명은 고개를 저었다.

"아직 마음의 정리가… 거기다 믿어지지 않는 일이고, 지금도 사실로 받아들이기 어렵습니다."

"그럴 테지……."

가만히 고개를 끄덕인 자심연은 천천히 말했다.

"일단 오늘은 그만 쉬거라. 너희는 자향원으로 안내해 주거라."

"예."

시비들이 공손히 대답했다. 운소명은 자심연과 인사를 나눈 후 시비를 따라 걸음을 옮겼다. 자심연은 운소명의 뒷모습을 한참 바라보다 곧 자신의 방으로 향했다.

"연 단주."

"예, 성주님."

휘릭!

자심연의 말에 바람처럼 연소월이 나타나 부복했다.

"지금부터 암화단은 운소명에 대한 모든 것을 철저하게 조사하게."

"존명."

슥!

연소월의 신형이 순식간에 사라졌다. 곧 몇 걸음 더 옮기던 그녀는 또다시 걸음을 멈추었다.

"장씨."

스륵!

바람처럼 장자기가 모습을 나타냈다. 성주의 최측근으로, 외유를 돕는 백화성의 장로인 장자기가 궁 안으로 들어오는 경우는 거의 없었다. 그런데도 이렇게 들어온 이유는 저녁에 급작스럽게 자심연이 불렀기 때문이다. 그리고 이 주변에서 대기하고 있었다.

"장자기가 성주님을 뵙습니다."

장자기가 가볍게 고개를 숙이자 자심연은 빠르게 말했다.

"암화단으론 부족한 것 같아. 수고 좀 해야겠어."

장자기는 이미 모든 이야기를 들었기 때문에 자심연이 무엇을 원하는지 알고 있었다.

"걱정 마십시오. 만족할 만한 답을 구해오겠습니다."

장자기는 옅은 미소를 보이며 소리없이 사라졌다. 그제야 자심연은 조금 만족한 표정으로 자신의 방으로 들어갔다.

자심연과 헤어진 곡비연은 자신의 방으로 돌아온 이후 잠을 이루지 못한 채 고민스러운 표정으로 의자에 앉아 있었다.

"왜지……."

곡비연은 백화궁에서 본 아림과 종무옥의 모습을 떠올리며 아미를 찌푸렸다. 그녀들의 말은 가슴을 후벼 파는 것이었고, 자신도 모르게 그 말에 흥분했으며 눈시울을 붉혔다.

하지만 천안신공을 익힌 그녀의 눈엔 아림과 종무옥의 가슴에서 적색빛이 보였다.

"도대체……."

곡비연은 그녀들이 무언가를 숨기고 있다는 생각이 들었다. 그렇지 않고서야 그 사람의 마음이 적색으로 보일 리가 없기 때문이다.

"만약 숨기는 게 있다면… 성주 후보에서도 물러서게 할 수 있는 기회겠지……."

곡비연은 가만히 중얼거리며 눈을 반짝였다. 자월과 이추결의 죽음에 혹시라도 관여를 했다면 그녀들은 죽음을 피하더라도 후보가 될 수는 없었다. 그녀는 한참 동안 고민하다 손수수를 찾았다.

자심연과 만난 후 잠을 못 이룬 사람은 곡비연뿐만이 아니었다. 방으로 돌아온 아림은 종무옥과 함께 내실에 앉아 있었다. 그녀들의 표정은 그리 밝지 않았다. 지금까지 살아오면서 전혀 생각해 본 적 없는 일이 눈앞에서 일어났기 때문이다.

표정은 애써 태연한 척하려 했지만 심장은 어느 때보다 뜨겁게 뛰고 있었다.

"말도 안 돼……."

한참 동안 말이 없던 종무옥이 고개를 저으며 중얼거렸다.

"자식이 살아 있었다니, 확실한 마무리를 부탁했을 거 아니에요? 분명 그놈도 확실하게 마무리 지었다고 했잖아요?"

"자월을 죽였다고 했지, 자식을 죽였다고 말한 적은 없어."

아림이 냉정한 표정으로 차갑게 말했다. 그 말에 종무옥의 표정이 굳어졌다.

"그런……!"

"중간에 누군가가 자식을 데려간 것이겠지. 분명 자월은 임신 중이었으니까. 우린 임신 중인 자월이 죽었다고 하니까 그 자식도 당연히 죽었다고 생각했던 게 아닐까? 하지만 죽기 전에 낳은 모양이야……."

아림의 낮은 목소리에 종무옥의 어깨가 미미하게 떨렸다.

"걱정할 건 없어. 어차피 우리가 아는 것은 아무것도 없으니까. 우린 그냥 본 그대로를 말했을 뿐이야."

"하지만 후에 장림이 아니라고 말하면 어찌하시려고……?"

"장림을 죽여야지."

아림은 종무옥의 물음에 간단하게 대답했다. 종무옥은 그 말에 미미하게 고개를 끄덕이며 눈을 빛내기 시작했다.

"어차피 너무 오래 살려두었어. 무림맹주의 제자라는 신분 때문에 지금까지 목숨을 붙여두었지만 이제는 그걸 따질 때가 아니지 않니?"

"그렇지요. 거기다 유수월도 죽었으니 더 이상 그 계집에게 병풍은 없어요."

종무옥은 장림의 병풍이었던 유수월의 죽음을 언급하며

아림이 빨리 손쓰길 바랐다. 아림도 종무옥과 같은 생각이었기에 고개를 끄덕였다. 아림은 무림맹주인 추파영의 얼굴을 떠올리며 옅은 미소를 그렸다. 그는 절대 자신의 부탁을 거절하지 않을 것이기 때문이다.

"장림을 최대한 빨리 처리하게 해야지. 내가 알아서 할 테니 넌 너무 걱정하지 않아도 돼."

"언니를 믿을게요."

종무옥은 미소를 보이며 고개를 끄덕였다. 그러자 생각난 듯 아림이 말했다.

"그런데 듣자 하니 네가 요즘 불순한 마음을 가지고 있다 하던데……."

"예? 그게 무슨 말인지?"

종무옥은 아림의 갑작스러운 말에 눈을 동그랗게 떴다. 그러자 아림은 가볍게 미소를 보이며 말했다.

"우리가 이렇게 함께하게 된 지 벌써 삼십 년이 넘은 건가?"

"그렇지요."

종무옥은 아림의 말에 대답하며 삼십 년이 넘도록 자심연의 수발을 들던 세월을 떠올렸다.

"기쁜 일도 함께하고 슬픈 일도 함께하며 보내온 시간이라 저는 늘 사저를 친언니라 생각하고 있어요. 물론 그 마음은 지금도 변화가 없지요."

"나 역시. 네 말처럼 사매를 사매가 아닌 친동생으로 여기고 있다."

종무옥의 말에 아림은 미소를 보이며 고개를 끄덕였다. 종무옥만큼이나 아림 또한 지난 세월을 함께한 동생이라 생각했기 때문이다.

"그런 제가 어떤 불순한 마음이 있다는 것인지……?"

종무옥이 묻자 아림은 살짝 아미를 찌푸리며 말했다.

"어떤 미친놈이 네가 나를 죽이고 성주가 되려 한다고 하더구나."

"헉!"

종무옥은 매우 놀란 듯 눈을 부릅뜨며 고개를 저었다.

"무슨 그런… 저는 한 번도 그런 생각을 해본 적이 없어요. 말도 안 되는 이야기예요. 저는 스스로 성주가 될 수 없는 그릇이라 생각하고 있어요. 대체 어떤 발칙한 놈이 그런 거짓을……."

종무옥은 정말 아니라는 표정으로 사나운 살기를 보이며 강하게 부정했다. 그 모습에 아림은 살짝 눈을 반짝이며 차를 마셨다. 곧 잔을 내려놓은 그녀는 주전자를 들어 자신의 빈 찻잔에 차를 따랐다.

또르륵!

정적 같은 실내에 찻물이 주전자에서 떨어지는 소리가 마치 거대한 폭포 소리처럼 종무옥의 귓가에 메아리쳤다.

탁!

주전자를 내려놓은 아림이 한쪽 입술을 올리며 가늘게 뜬 눈으로 종무옥을 쳐다보았다. 그런 그녀의 눈동자엔 살기가 번뜩였고, 종무옥은 저도 모르게 등줄기로 식은땀이 흘러가고 있는 것을 느껴야 했다. 아림이 어떻게 행동할지 예측할 수 없었기 때문이다. 아림의 붉은 입술이 움직였다.

"그렇겠지. 그래서 내게 그런 거짓말을 하고 우리 둘 사이를 갈라놓으려 한 발칙한 놈을 죽여 버렸다."

"아……."

종무옥은 그 말에 살짝 안도한 표정으로 말했다.

"그랬군요. 저는 언니가 정말 제가 그런 불순한 마음을 품고 있다 생각하는 줄 알았어요."

"설마. 우리가 함께한 세월이 있는데 네가 그런 생각을 가지고 있겠느냐? 내가 너를 모를까, 세상이 나를 배신해도 너는 나를 배신하지 않을 거라 확신한다."

아림의 말에 종무옥은 밝은 표정으로 고개를 끄덕였다.

"물론이에요. 저를 이토록 믿어주신다니 정말 기분이 좋네요."

"우리는 하나가 아니더냐."

아림은 진정 종무옥을 생각한다는 표정으로 말했다. 그러자 종무옥이 미소를 보이며 다시 말했다.

"늘 언니가 내 친언니가 되었다면 어떨까 했어요. 그런 생각을 늘 가슴에 품고 있었어요. 그렇기 때문에 언니가 성주가 되기를 바랐구요. 지금도 그 마음은 변함이 없어요. 겨우 성주의 자리로 언니와 나와의 관계가 악화되는 것을 바라지 않으니까요."

종무옥의 밝은 목소리에 아림은 미소를 보였다.

"네가 그렇게까지 생각한다니 나는 정말 기쁘구나… 윽!"

정말 기분 좋은 표정으로 말하던 아림은 갑자기 왼 가슴을 잡으며 어깨를 떨었다. 그런 그녀의 표정은 일그러졌으며 눈동자가 크게 흔들리기 시작했다.

"이… 이건……."

"왜 그러세요?"

종무옥은 갑작스러운 아림의 모습에 놀라 자리에서 일어났다.

"어디 아프세요? 갑자기 왜 그러세요?"

정말 크게 놀란 듯 종무옥은 한 걸음 아림에게 다가갔다. 아림의 표정이 일그러진 채 돌아오지 않았으며 안색도 붉게 변하기 시작했다. 종무옥이 다시 몇 걸음 다가갔다.

"의원을 부를까요?"

아림은 말을 못하겠다는 표정으로 종무옥을 노려보며 힘겹게 입을 열었다.

"독(毒)……."

주륵!

나도 모르게 움직인다

아림의 입을 통해 검붉은 핏물이 흘러내리자 종무옥은 매우 놀란 듯 그녀를 쳐다보았다. 종무옥은 도저히 믿을 수가 없다는 듯 아림에게 말했다.

"어떻게 이럴 수가, 독이라니요? 이곳에 들어올 수 있는 사람은 없는데… 어떻게……?"

스윽!

말과 함께 비수 하나가 종무옥의 손에 들렸다. 그 모습에 아림의 눈이 부릅떠졌다. 도저히 믿을 수 없다는 표정으로 비수를 든 종무옥의 얼굴을 쳐다보았다.

"진정… 네가……?"

"뭐가요? 독에 중독되었다면 해독을 해야지요? 독에 중독된 부위가 위니까 위를 도려내야겠어요. 그럼 아무 일도 없던 것처럼 건강해질 거예요. 언니, 너무 걱정하지 마세요. 아픔은 한순간이니까."

비릿한 살기를 입가에 그린 종무옥의 눈동자는 웃고 있었다. 그 모습에 아림의 전신이 미미하게 떨리기 시작했다.

"언제… 독을……?"

아림은 아직도 자신이 독에 중독된 게 믿어지지 않는다는 표정으로 중얼거렸다. 그러자 종무옥은 미소를 보이며 말했다.

"방금, 들어오면서. 정신이 없더군요. 이추결과 자월의 아들을 본 후라 그런지 말이에요."

"네가… 진정 나를 죽이려 하는구나……."

아림은 결국 입술을 깨물며 차가운 표정으로 종무옥을 노려보았다. 그제야 종무옥은 고개를 미미하게 끄덕이며 말했다.

"언제나 언니의 뒤에 가려져 있었어요. 그렇게 삼십 년을 살았어요, 삼십 년을……. 알지 모르겠네요. 삼십 년 동안 언니의 그림자에 가려 살아온 내가… 어떤 마음으로 살아왔는지. 그런데 같은 성주의 후보면서 경쟁도 못한 채 후보를 포기하라고요? 그건 너무 가혹하지 않나요?"

종무옥은 차갑게 중얼거리며 비수를 천천히 아림의 명치로 가지고 갔다.

"언니에게 가려진 세월을 이제 보상받고 싶어요. 언니는 저를 친동생처럼 생각한다니까 허락하실 거죠?"

종무옥은 마치 어린아이처럼 친근한 어투로 말하며 명치를 찌르려 했다. 그 순간 아림의 전신으로 강력한 살기가 일어나며, 두 개의 빛이 아림의 손과 함께 종무옥을 향했다. 반 보까지 접근한 종무옥이었기에 급작스러운 아림의 행동과 날아드는 빛에 눈을 부릅떠야 했다.

따당!

급격하게 회전하며 뒤로 물러선 종무옥은 매우 놀란 표정으로 비수를 늘어뜨린 채 일어선 아림을 쳐다보았다. 그런 아림의 손엔 연검이 바람에 흔들리듯 움직이고 있었는데, 마치 살아 있는 뱀처럼 보였다.

"어떻게……?"

이번에는 종무옥이 눈을 부릅뜨며 믿을 수 없다는 표정으로 아림을 쳐다보았다. 그러자 아림의 입가에 미소가 걸렸다.

"내가 정말 중독되었다고 생각한 모양이구나."

"……!"

종무옥은 믿을 수 없다는 듯 경직된 표정으로 그 자리에 섰다. 그런 그녀의 눈은 아림의 입 주위를 향했다. 아림의 입가에서 흐르는 피는 진짜였고 지금도 말할 때 핏방울이 흘렀다.

"하지만… 그 피는……."

"피? 훗!"

아림은 가볍게 미소를 보인 후 차갑게 말했다.

"내 혀를 내가 깨물었지. 상당히 아팠다… 마치 내 마음처럼."

"……!"

다시 한 번 종무옥은 놀란 표정으로 아림을 쳐다보았다. 아림은 스스로 혀를 깨물며 연기를 해 보인 것이다.

"사실 믿지 않았다. 네가 정말 나를 배신할 거라고 말이야. 마음이 아프구나… 내가 왜 내 혀까지 깨물며 이렇게 연기를 한 줄 아느냐?"

종무옥은 고개를 가만히 저었다. 그러자 아림이 말했다.

"그만큼 너를 믿었기 때문이다. 이렇게까지 해서라도 사실을 확인하고 싶었지. 하지만 괜히 한 것 같다. 가슴이 이렇게 아프니… 마치 독에 중독된 것처럼 말이야."

종무옥은 아림이 길게 숨을 내쉬며 고개를 흔들자 뒤로 한 걸음 물러섰다. 정면으로 싸워서는 이길 수 없는 상대였기 때문이다. 그 순간 종무옥의 눈동자가 부릅떠졌다.

"커억! 컥!"

종무옥의 입을 통해 검붉은 피가 한 움큼 터져 나왔다. 종무옥은 전신을 미미하게 떨기 시작했다. 그 모습을 냉정하게 쳐다보는 아림이었다.

"독은 네가 먹었다."

아림의 말에 종무옥은 믿을 수가 없다는 듯 눈을 크게 떴다. 그리고 아림의 옆으로 한 사람이 다가오는 것이 보였다.

"석본생."

종무옥은 자신도 모르게 나타난 중년인을 쳐다보며 얼굴을 구겼다. 나타난 사람이 자신의 심복이었던 일명당의 당주 석본생이었기 때문이다. 석본생은 구겨진 표정으로 서 있는 종무옥을 쳐다보았다.

"네가… 네가… 배신했구나……."

"그렇소."

석본생은 종무옥의 말에 당연하다는 듯 고개를 끄덕였다.

"……!"

종무옥은 그 말이 더 충격이었을까? 바닥에 무릎을 꿇으며

나도 모르게 움직인다

거칠게 숨을 몰아쉬기 시작했다. 그런 그녀의 얼굴빛이 흙빛으로 변하기 시작했다.
 "구혈독(九血毒)이오. 아홉 개의 구멍에서 피를 토한다고 해서 붙여진 이름인데, 독성이 강하고 특징은 먹은 지 일다경 후에 발작한다는 점이오. 물론 해약은 없소이다. 후후."
 "믿을 수가… 너는… 나와… 한… 몸이지 않았나……. 지난 이십 년 동안……."
 종무옥은 도저히 믿을 수 없다는 듯 석본생을 쳐다보았다. 하지만 석본생은 그런 종무옥을 향해 고개를 저으며 말했다.
 "설마 우리가 부부라고 생각한 것이오? 미안하지만 난 사실 당주보단 원주님이 더 좋다오."
 그렇게 말한 석본생은 아림의 뒤에 서서 그녀의 허리를 감싸 안았다. 그러다 아림의 옷깃 사이로 손을 넣었다. 그 모습에 종무옥은 전신을 떨기 시작했다. 아림은 차가운 표정으로 종무옥을 쳐다보았다.
 "네가 몰랐던 모양이구나. 이미 십 년 전부터 나와 살을 맞대었지."
 아림의 말에 종무옥은 다시 한 번 피를 토했다. 그런 그녀의 코로 빗방울이 흘러내리기 시작했다. 종무옥은 그래도 믿지 못하겠다는 듯 말했다.
 "내가… 그렇게 섭하게… 대했단 말인가……."
 종무옥은 석본생과 함께했던 지난날들을 떠올리며 전신을

떨었다. 그러자 석본생이 우습다는 표정으로 말했다.

"당신보다 매력적이고 육감적이오. 거기다 기술도 좋아 나는 아 원주의 품에서 벗어날 수 없다오. 나는 늘 당신을 안았을 때도 아 원주를 생각했다오."

"……!"

종무옥은 다시 한 번 눈을 부릅뜨다 결국 왼 가슴을 부여잡으며 바닥에 쓰러졌다. 그런 그녀의 눈은 여전히 아림과 석본생을 향하고 있었다.

"씹어 먹을 연놈들……."

스윽!

종무옥의 눈을 감긴 석본생은 신형을 돌려 반쯤 옷깃이 풀어진 아림을 쳐다보았다. 그런 그의 눈동자는 뜨겁게 타오르고 있었다.

"오늘도 여전히 아름답습니다. 그 청순한 얼굴에 이토록 사내를 뜨겁게 달구는 육체를 가지고 있는 것은 신의 축복일 것입니다."

석본생은 말을 하며 상의를 벗었다. 그러자 아림은 미소를 보이며 탁자 위에 앉아 더욱 상의를 풀고 다리를 드러냈다.

"네 공이 크구나."

"다 원주님을 향한 제 마음일 뿐입니다."

석본생은 금방이라도 아림에게 달려들 듯한 표정으로 대

답했다. 아림은 그런 석본생을 향해 눈웃음을 흘리며 말했다.
"충직한 너에게 큰 상을 주고 싶은데… 무엇을 줘야 할지……."
"원주님……."
아림이 살짝 가슴 골을 보이자 석본생은 참지 못하고 아림에게 다가갔다.
퍽!

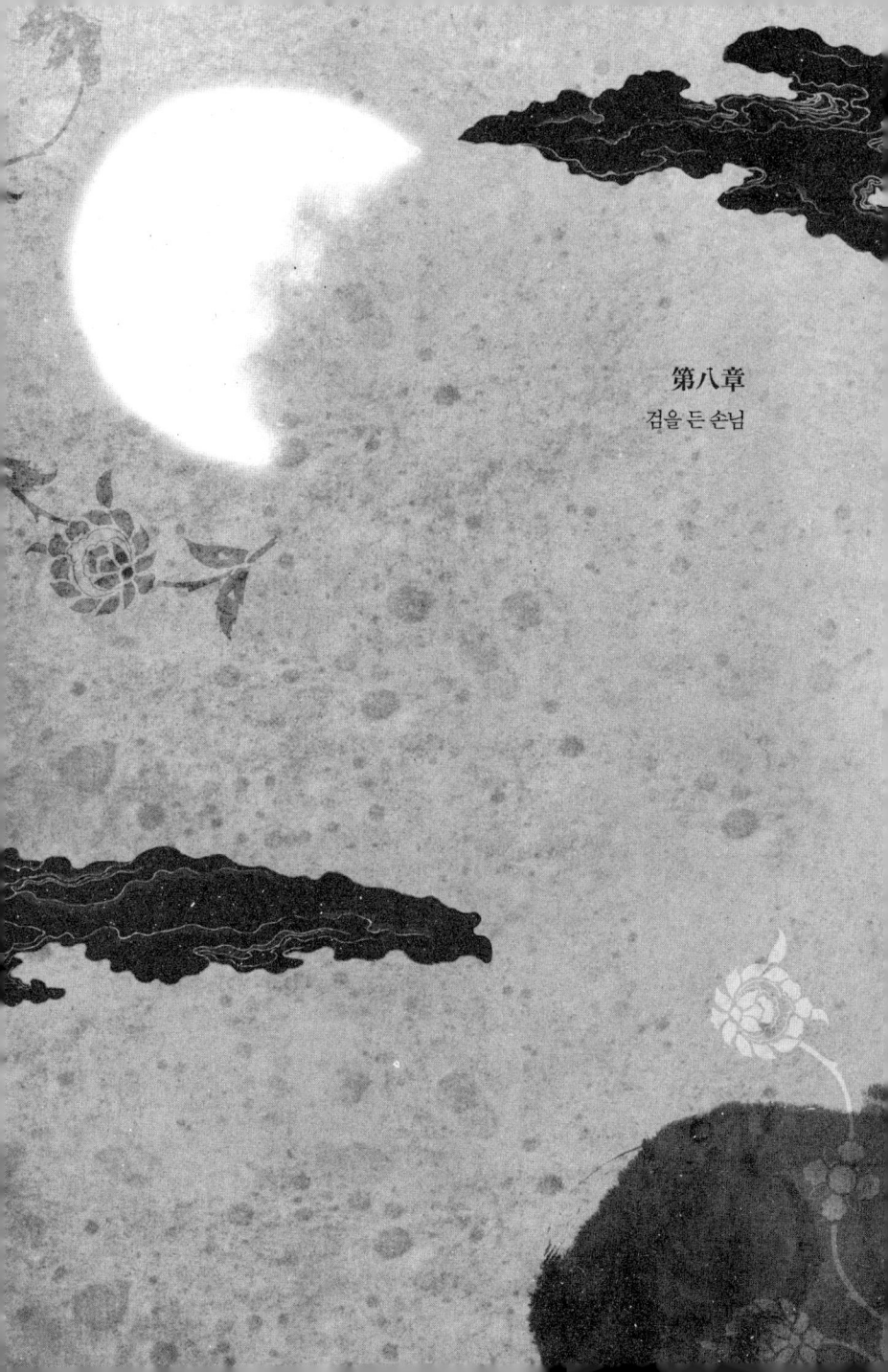

第八章
검을 든 손님

검을 든 손님

"……!"
 둔탁한 소리는 전혀 상상도 못한 곳에서 들려왔다. 석본생은 자신도 모르게 배를 뚫고 나온 검날을 쳐다보았다. 그는 고개를 들어 아림을 쳐다보았고, 아림은 눈을 부릅뜬 채 석본생의 배를 뚫고 나온 검을 바라보았다.
 "원주님?"
 석본생의 전신이 격렬하게 흔들리기 시작했다. 등에서 찔린 검이었기에 아림은 그저 검끝만을 볼 뿐이었다. 그런 그녀의 눈이 석본생을 향하고 있었다. 아니, 석본생의 뒤에 서 있는 사람을 찾고 있었다. 뒤에 사람이 없다면 어떻게 석본생의 등을 찌를 수가 있겠는가?

"원주님……"

석본생은 믿을 수 없다는 듯 검을 손으로 잡았다. 그 순간 검이 빠져나가더니 '푹!' 하는 소리와 함께 다시 석본생의 목을 뚫고 나왔다. 아림의 눈동자가 차갑게 번들거리기 시작했다.

"누구냐?"

털썩!

석본생의 육체가 옆으로 쓰러지자 그 자리에 사십대 초반의 중년인이 서서 반짝이는 눈동자로 아림을 쳐다보고 있었다.

"음……"

아림은 침음을 삼키며 중년인을 쳐다보았다. 중년인은 주변을 둘러보다 석본생의 시신을 발로 한 번 건드리더니 곧 종무옥의 시신을 쳐다보았다. 그리곤 고개를 저으며 아림에게 말했다.

"결국 죽였군."

"여기에는 무슨 일로 오셨지요? 아직 제대로 일을 처리하지 않았을 텐데요."

아림의 말에 중년인은 가볍게 미소를 입가에 걸었다.

"보고 싶어서."

"일을 마무리할 때까진 그럴 수 없다고 했을 텐데요."

"그러니까… 나보고 조카를 죽이라고 했었지? 우리의 사랑을 위해서?"

"그래요."

"그랬지……."

아림은 갑작스럽게 나타난 곡반호를 뚫어져라 쳐다보았다. 곡반호의 시선이 자신의 헝클어진 옷깃 사이로 향하자 아림은 정색하며 옷을 추슬렀다. 그러자 곡반호가 말했다.

"예전에는 몰랐는데… 지금 보니 알겠어……."

"무엇을 말인가요?"

"네가 아름다운 게 아니라 네 색공이 대단하다는 것을."

"무슨 헛소리를 하는 건지 모르겠네요."

"좀 전에 석본생에게 보인 것은 분명 색공일 텐데? 환영공? 유유공? 미혼공? 어떤 색공이지?"

곡반호의 질문에 아림의 표정은 한없이 굳어졌으며 이내 살기를 보이기 시작했다. 그러자 곡반호가 말했다.

"아, 미안하군. 놀릴 생각은 없었는데……. 그리고 조만간 처리할 생각이야. 하지만 그러기 전에 네 얼굴도 보고 안아도 보고 싶어서……."

그렇게 말한 곡반호가 차를 마시기 위해 찻잔을 잡자 아림의 눈이 반짝였다. 독이 든 찻물이었기 때문이다. 막 입에 대려던 곡반호는 이내 찻잔을 다시 내려놓았다. 아림의 눈에 아쉬움이 스쳤다.

"그런데 분위기가 영 아니군. 혈향이라……."
"석본생을 왜 죽였나요? 그자는 내게 필요한 일꾼인데."
"질투가 나서."
 간단한 곡반호의 대답이었다. 아림은 그 말에 안색을 바꾸며 눈살을 찌푸렸다. 그가 자신을 사랑하고 있다는 사실은 잘 알고 있었다.
"그렇다고……."
 아림은 중얼거리며 쓰러져 있는 석본생을 다시 보았다. 석본생은 자신이 만난 남자 중에 보기 드물게 마음에 드는 인물이었다. 물론 정(情)이 아니라 색(色)으로 마음에 드는 인물이었다. 아깝다는 생각이 들었다.
"꽤 정이 든 모양이군?"
 곡반호의 물음에 아림은 고개를 저으며 의자에 앉았다.
"그렇지도 않아요. 당신이 곁에 없었기 때문에 잠시 눈을 돌린 놈일 뿐이니까."
 아림의 말에 곡반호는 어깨를 살짝 흔들었다. 여전히 아림은 아름다웠고 그녀를 떠난 것은 자신이었기 때문이다.
"오늘은 피곤하네요, 많은 일을 겪다 보니. 거기다 혀를 깨물었더니 말도 오래 못하겠어요. 내일 밤에 당신 품에 안기고 싶은데……. 지금은 쉬고 싶어요. 방 안도 치워야 하고."
 아림이 눈을 반짝이며 쳐다보자 곡반호는 주변을 둘러보며 고개를 끄덕였다. 그녀의 말처럼 주변이 어수선했기 때문이다.

"내가 온 것은 비밀로 해주겠지?"

"물론이에요."

아림이 고개를 끄덕이자 곡반호가 미소를 보였다. 그러면서 아림에게 다가가 어깨를 잡으며 입을 맞추려 했다. 그러자 아림이 자기도 모르게 본능적으로 고개를 돌렸다.

"왜 그러지?"

"아!"

아림은 자리에서 일어나 웃으며 말했다.

"목이 마를 텐데 차를 한 잔 드세요."

찻잔을 손에 쥐고 권하는 아림은 미소를 보이고 있었다. 곡반호는 그 모습에 웃음을 보이며 왼손으로 찻잔을 잡았다. 그리고 오른손을 앞으로 밀었다.

퍽!

"어!"

너무 자연스럽고 부드러운 동작이었기에 아림은 자신의 배를 뚫고 들어온 검을 마치 환상을 보는 것처럼 쳐다보았다.

"이거… 거짓말이죠?"

아림은 어깨를 미미하게 떨면서 여전히 미소 진 얼굴로 곡반호에게 물었다. 그러자 곡반호가 찻잔을 내려놓으며 고개를 저었다. 그러자 아림이 다시 말했다.

"당신이 제게 이럴 리가 없어요. 저를 사랑하고 있잖아요?"

검을 든 손님

"사랑하지, 가족과 백화성을 버릴 만큼."

곡반호는 당연하다는 듯 대답했다. 그러자 아림은 이해할 수 없다는 표정으로 곡반호를 쳐다보았다. 그런 아림의 표정은 일그러지기 시작했다. 고통이 올라오고 있었기 때문이다. 그리고 그 고통이 지금 이 현실이 사실이라는 것을 말해주고 있었다.

"그런데 왜……."

아림의 물음에 곡반호는 담담히 말했다.

"이곳에 오면서 결심했거든, 다 말하기로. 그리고 죽기로 말이야. 너와 함께."

"……!"

아림의 눈동자에 순간 살기가 맴돌았다.

"감히, 감히… 네가 나를 찔러? 나와 함께? 웃기고 있군."

쉭!

순간 아림의 손에서 뻗어 나온 연검이 마치 뱀처럼 곡반호의 얼굴을 감쌌다. 하지만 곡반호는 이미 뒤로 몇 걸음 물러서 있었다.

쉬쉬쉭!

십여 개의 검 그림자가 허공을 가르고 지나쳤다. 아림은 배를 움켜잡으며 뒤로 몇 걸음 물러서 허리를 숙였다. 그런 그녀의 전신은 크게 흔들리고 있었다. 곡반호가 뒤로 빠질 때 검을 아래위로 몇 번 움직였기에 상처가 더욱 크게 벌어진 것이다. 피는 하염없이 아림의 하체를 적시고 있었다. 아림의 안색이 창백하게 변하기 시작했다.

"네 말을 들은 직후 정말 나는 조카를 죽이려 했지. 조카를 죽이면 네 사랑을 다시 받게 될 거라 믿었으니까. 그런데 어른으로 변한 비연의 모습은 너무… 사랑스럽고 예뻤어. 형수님을 꼭 빼닮았더군."

곡반호의 나지막한 목소리에 아림은 비틀거리며 내공을 모아 손에 집중했다. 그 순간 곡반호의 신형이 잔상을 남긴 채 사라졌다. 아림의 눈동자가 굳어졌다.

파팟!

"헉!"

순식간에 아림의 요혈을 점한 곡반호는 그녀를 품에 안으며 말했다.

"너무 무리하지 말라고. 늦었으니까. 그 몸으로 나와 싸울 수는 없잖아?"

곡반호의 말에 아림은 몸부림을 치기 위해 전신에 힘을 주었으나 마혈까지 잡힌 듯 움직이지 못하였다. 거기다 아혈까지 짚여 목소리도 흘러나오지 않았다. 그런 아림을 담담한 표정으로 쳐다보던 곡반호는 그녀를 바닥에 눕힌 후 배에 양손을 포개주었다. 아림의 눈에서 눈물이 흘러내리기 시작했다. 죽음이 다가왔기 때문이다. 그것은 두려움이었다. 그런 아림의 입술에 입을 맞춘 곡반호가 다시 말했다.

"창천궁을 나와 여기까지 오는 동안 내내 따라다니며 그 아이의 모습을 눈에 담았지. 큰 곤경에 빠질 때 나도 모르게 도우려 했으나 천운이 따라 위기를 넘기더군."

그렇게 말한 곡반호는 아림의 헝클어진 머리카락을 단정히 쓸어 내리며 다시 말했다.

"한 번의 죄로 인해 반평생을 숨어 살았는데 또 다시 그럴 순 없다고 생각했어. 거기다 그 아이의 앞을 막아서는 장애물이 되어서는 안 된다고 생각했지. 늘 고민하고 고민했다. 이곳에 오면서까지도 고민했지. 하지만 네가 석본생과 함께 있는 모습을 보고 마음의 결정을 내릴 수가 있었어. 고마워, 돌아올 수 없는 강을 건너지 않게 해주어서."

곡반호는 아림의 얼굴에서 화광반조의 현상이 보이자 곧 아혈을 풀어주었다. 아림은 창백한 안색으로 곡반호를 쳐다보며 입을 열었다.

"내가… 성주님의 눈에 띄어… 제자가 되지 않았다면 너와… 부부의 연을 맺었을 거야……."

"……!"

순간 곡반호의 전신이 미미하게 떨리기 시작했으며, 그의 눈동자에서 물방울이 흘러내리기 시작했다. 그 모습을 보자 만족했을까? 아림은 마치 곡반호를 비웃듯이 미소를 그리다 이내 눈을 감았다.

＊　　　＊　　　＊

　아침이 되자 아림의 방으로 들어온 시비들은 눈앞에 펼쳐진 모습에 기겁하며 밖으로 뛰쳐나갔고, 순식간에 백화성이 뒤집혔다. 그 방에는 곡반호가 의자에 앉아 있었다. 마치 자기를 잡아가 주길 바라는 사람처럼.

　잠을 이루지 못한 채 아침을 맞이한 곡비연은 피곤한 안색으로 식사를 하는 중이었다. 그 앞에는 손수수와 문소월, 한수가 함께하고 있었다.
　"근심이라도 있는 표정입니다."
　문소월이 안색을 살피며 묻자 곡비연은 고개를 저었다.
　"근심은 없어요. 단지 백화관에 들어갈 날이 다가올수록 긴장감이 커져서 그래요."
　"하하! 무슨 걱정이십니까? 백화관에 들어가면 분명 원주님만이 성주님과 함께 백화동에 가실 것입니다."
　"그렇게 되기를 바라야지요."
　한수가 웃으며 확신하듯 말하자 곡비연은 가만히 미소를 보였다. 그사이 급박한 발걸음과 함께 시비 두 명이 들어왔다. 그 모습에 식사를 하던 문소월과 한수가 안색을 찌푸렸다. 조용한 자리였기 때문이다.
　"어허! 경박하구나."

한수가 얼굴에 화를 보이며 무겁게 말하자 시비들이 다급하게 말했다.
"큰일이 터졌다고 합니다. 그리고 성주님께서 급히 원주님을 찾으십니다. 또한 각주님들도 모두 백화궁에 모이라는 전갈입니다."
"응?"
"허어……."
시비의 말에 모두의 표정이 굳어졌다. 이렇게 급작스럽게 소집하는 경우는 없었기 때문이다.
"무슨 일이 있는 것이냐?"
문소월의 물음에 시비가 고개를 끄덕이며 말했다.
"밤사이에 종 당주와 아 원주께서 살해당했다 합니다."
"헉!"
"……!"
순간 모두의 눈이 커졌으며 곡비연과 손수수는 자신도 모르게 자리에서 벌떡, 일어섰다. 심적 충격이 큰 것일까? 곡비연의 눈동자가 흔들리기 시작했다. 분명 몇 시진 전까지만 해도 대화를 나누었던 사람들이다. 그런 사람들이 죽었다니? 믿어지지 않는 이야기였다.
"그럴 수가……."
"일단 백화궁에 가야겠습니다."
손수수가 옆에서 말하자 정신을 차린 곡비연은 고개를 끄덕였다.

　희미하게 들어오는 빛 속에 서 있는 곡반호는 양팔을 벌리고 있었다. 팔목에는 쇠가 감겨 있었고 그렇게 감긴 쇠는 좌우로 길게 늘어나 벽 속에 들어가 있었다.
　끼이익!
　문이 열리고 빛과 함께 몇 명의 무사들이 들어와 곡반호의 상태를 살핀 후 길을 열었다. 그러자 사십대 초반의 중년인이 걸어 들어와 곡반호 앞에 섰다.
　곡반호는 눈앞에 서 있는 중년인을 쳐다보고 있었다. 익히 아는 얼굴이었고, 오랜만에 보는 이였다. 반갑다고 인사라도 해야 했지만 상대방은 그럴 기분이 아닌 듯 분노한 표정으로 곡반호를 노려볼 뿐이었다.
　"오랜만이군."
　중년인은 그 말에 고개를 끄덕였다.
　"그래. 이십 년 만인가……."
　가만히 중얼거리며 옆에 선 무사에게 손을 내밀자 무사가 비수 하나를 주었다. 중년인은 망설이지 않고 곡반호의 왼 어깨를 찔렀다.
　퍽!
　"크윽!"
　곡반호의 입에서 신음성이 터져 나왔다. 중년인은 그런 곡반호를 슬쩍 한 번 보고는 다시 비수를 받아 오른 어깨를 찔렀다.

"크으윽!"

이빨을 깨물며 흘리는 곡반호의 신음성이 어두운 실내에 퍼지자 중년인이 말했다.

"왜 죽였나?"

"자네는 어떤 직위에 있지?"

"현재 집법각(執法閣)의 각주네."

백화성에서 법을 다스리는 집법각의 각주는 엄청난 영향력을 행사하는 자리였다. 그곳의 각주인 아룡은 죽은 아림의 사촌 오라비였다. 자신이 친동생처럼 사랑하는 아림이 죽었으니 그 분노는 대단히 클 수밖에 없었다.

곡반호는 아룡이 집법각의 각주라는 말에 눈을 반짝였다. 이십 년 만에 만난 아룡은 집법각의 각주가 된 상태였고, 자신은 죄인이었다.

"성주님을 만나고 싶네."

"만나게 될 거네."

아룡은 고개를 끄덕였다. 백화성의 칠성당 총당주와 일명당의 당주, 거기다 백무원의 원주까지 죽인 인물을 성주가 직접 안 만날 리 없었다.

"왜 죽였나?"

무색에 가까운 음색으로 아룡이 다시 물었다. 하지만 곡반호는 입을 열지 않았다. 대답할 이유가 없었기 때문이다. 그러자 아룡은 고개를 끄덕이며 손을 내밀었다. 그러자 비수 하나가 그의 손에 다시 잡혔다.

"성주님을 만나뵙기 전에 죽을지도 모르네."

"그리되면 과연 성주님이 너를 가만둘 것 같으냐? 이처럼 대단한 살인을 저지른 나인데. 큭. 네가 집법각주라 해도 네 손에서 처리할 사건은 아닐 터인데?"

"상관없어. 내 목이 잘려도 말이야. 어차피 원수니까."

아룡은 무심한 어투로 중얼거렸다. 그 모습에 곡반호는 굳은 표정으로 말했다.

"성주님을 뵙고 싶다."

퍽!

비수가 곡반호의 장심을 뚫고 벽에 박혔다. 곡반호의 안색이 붉게 달아올랐으며 어깨가 흔들리기 시작했다. 아룡이 무심하게 다시 말했다.

"우리는 어릴 때 함께 몰려다니며 재미있게 놀기도 했지. 좋은 추억도 많고 말이야. 아림은 너를 좋아했고, 너도 아림을 좋아했어. 그래서 물어보는 거야. 왜 죽였나?"

슥!

아룡의 손에 다시 비수가 하나 들렸다. 곡반호의 눈동자에 살기가 일어나자 아룡이 말했다.

"이번엔 눈을 파주지."

아룡의 무심한 말에 곡반호는 다시 한 번 이빨을 깨물어야 했다. 아룡은 한다면 하는 사람이었기 때문이다.
아룡은 곡반호가 입을 열지 않자 곧 손을 들어 곡반호의 왼눈을 크게 뜨게 한 후 비수를 가지고 갔다. 곡반호의 눈동자가 매우 빠르게 흔들리기 시작했다. 그때 한 사람의 그림자가 안으로 들어왔다.
"죄인의 몸에 상처 하나 남기지 말라는 명령이오."
낮은 목소리에 아룡은 인상을 크게 쓰며 고개를 돌렸다. 그리곤 그곳에 서 있는 중년인을 보자 뒤로 한 발 물러서며 말했다.
"종 형이로군. 성주님의 명령인가?"
"그렇소."
들어온 인물은 백화성의 성주 직속에 속하는 이밀단의 단주 종우루였다. 이밀단은 성주의 보좌이자 생활을 총괄 관리하는 곳이었다. 그곳의 단주인 종우루가 직접 온 것이다.
"곧 성주님께서 오신다고 하오."
"음……."
아룡은 그 말에 날카로운 살기를 보이며 곡반호를 노려보았다.
"자네는 죽이고 싶은 생각이 없나 보군?"
아룡이 묻자 종우루는 이를 악물며 말했다.
"내 누이를 죽였는데 왜 없겠소. 하지만 성주님의 처분을 기다려야 하오."

종우루의 말에 아룡은 입맛을 다시며 뒤로 물러섰다. 종우루는 아룡이 밖으로 나가자 곡반호를 쳐다보았다. 곡반호의 몸에서 피가 흐르자 옆에 있는 무사에게 말했다.

"치료해라. 성주님께선 상처 하나 남기지 말라 하셨다."

"예."

무사들이 그 말에 재빠른 동작으로 움직이기 시작했다. 곡반호는 종우루를 쳐다보며 말했다.

"자네는 여전히 성주님 우선이군. 나라면 뒤도 안 보고 죽일 텐데 말이야."

퍽!

순간 종우루의 주먹이 곡반호의 안면을 강타했다. 곡반호의 신형이 흔들렸으며 입술이 터지고 코에서 피가 흘렀다. 그 모습을 본 종우루가 신형을 돌리며 말했다.

"마음속으로는 너를 몇 번이고 죽였다."

종우루는 곧 밖으로 나가 아룡과 함께 성주인 자심연을 기다렸다.

우루루!

수많은 사람들의 발걸음 소리가 집법각으로 향하고 있었다. 가장 선두에는 자심연이 백색 궁장의를 입고 있었으며 좌측에는 곡비연이 서 있었다. 그리고 우측에는 머리카락부터 수염까지 백색인 건장한 체격의 장로원주 자선원이 함께했다. 그 뒤로 장로들부터 시작해 수많은 백화성의 간부들이 따르고 있었다.

"성주님을 뵙습니다."

집법각 안으로 들어가자 아룡과 종우루가 맞이했다.

"뇌옥에 있나?"

"그렇습니다, 성주님."

아룡은 고개를 숙이며 대답했다. 그리곤 안내를 하였고, 스치듯 곡비연을 쳐다보는 그의 눈빛엔 독기가 어려 있었다. 곡비연은 아룡이 자신을 왜 저렇게 쳐다보는지 이유를 알고 있었다. 지금까지 단 한 번도 본 적 없는 자신의 숙부가 흉수였으며 그 소식을 들은 곡비연 역시 상당한 심적 충격을 받은 상태였다.

"가지."

자심연이 말하며 뇌옥 쪽으로 걸음을 옮기자 아룡과 종우루가 뒤로 물러나 각주들 틈에 섰다.

희미한 빛무리에 갇혀 있던 곡반호는 수많은 발소리와 함께 빛이 들어오자 고개를 들었다. 그리고 그곳에서 자심연의 얼굴을 보았으며, 곡비연의 모습도 눈에 들어왔다.

"확실히… 곡반호로군."

자심연은 젊은 날의 곡반호의 얼굴을 기억한다는 듯 고개를 끄덕였다.

"성주님을 뵙습니다."

곡반호가 낮은 목소리로 힘겹게 입을 열었다. 그 모습에 자심연이 눈을 반짝이며 물었다.

"네가 진정 아림과 종무옥을 죽였단 말이냐?"

"반은 맞지만 반은 틀렸습니다."

"무슨 소리냐?"

자심연이 낮은 목소리로 다시 묻자 곡반호가 크게 호흡을 내뱉으며 말했다.

"아림과 석본생을 죽였지만 종무옥은 아림이 죽였습니다."

"무슨 헛소리를 하는 것이냐!"

순간 아룡이 크게 외치며 앞으로 나섰다. 그 모습에 곡반호는 미소를 보이며 말했다.

"모르고 있었나? 종무옥은 늘 아림을 죽이려 했었지. 성주가 되고 싶은 마음은 후보라면 누구라도 있는 법이 아닌가?"

곡반호의 말에 아룡은 성난 표정으로 말했다.

"닥쳐라! 어디서 모함을 하는 것이냐!"

"조용."

아룡이 크게 말하자 옆에 있던 장로원주인 자선원이 고개를 저었다. 그 말에 아룡은 굳은 표정으로 한 발 물러섰다. 그러자 자심연이 물었다.

"그렇다면 석본생과 아림은 왜 죽였느냐?"

"석본생을 죽인 것은 아림과 연인 관계였기 때문에 질투로 죽인 것이고, 아림을 죽인 것은 더 이상 이렇게 살고 싶지 않았기 때문에 그런 것입니다."

곡반호는 자심연이 앞에 있자 마치 모든 것을 포기한 사람처럼 순순히 말했다. 자심연 앞에서는 거짓도, 어떠한 수작도 통하지 않기 때문이다. 그리고 자심연은 자신이 가장 존경하고 동경하는 인물이었다.

"이렇게 살고 싶지 않았다니? 그건 무슨 말인가?"

자선원이 옆에서 묻자 곡반호는 가볍게 미소를 보이며 말했다.

"이십 년 전 제가 성에서 사라진 이유는 아림과 종무옥 때문입니다. 그녀들이 제게 사주를 했지요. 자월과 이추결을 죽여달라고……."

"헉!"

"……!"

순간 수많은 사람들의 표정이 굳어졌으며 삽시간에 웅성거리는 소리로 인해 뇌옥 전체가 시끄럽게 변하였다.

"웃기지 마라! 어디서 거짓을 고하느냐! 그 혀를 뽑아야 되겠다!"

종우루가 앞으로 나섰고 아룡이 경직된 표정으로 목소리를 높였다.

"저자가 자기 살길을 열고 싶어 헛소리를 하는 것입니다.

이는 모함입니다, 성주님!"

아룡의 말에 자심연은 반응조차 보이지 않았다. 그저 차가운 눈동자로 곡반호를 쳐다볼 뿐이었다.

"모함? 거짓? 웃기는군. 내가 살고자 거짓말을 한다고 생각하나? 살고자 했으면 어젯밤 성에서 도망쳤을 것이다."

"웃기는군! 이 성에서 쉽게 빠져나갈 수 있다고 생각하나?"

아룡의 말에 곡반호는 가볍게 웃음을 흘리며 양팔에 힘을 주었다.

뚜두둑!

순간 뼈마디가 어긋나는 소리가 들리더니 그의 팔이 갑자기 줄어들었다. 그리곤 사뿐히 만년한철의 쇠사슬을 빠져나와 바닥에 내려섰다.

"축골공!"

뚜둑!

뼈마디의 소리가 들리더니 본래의 모습으로 돌아온 곡반호는 마치 아무 일도 없었다는 듯 양팔을 이리저리 움직였다.

"좀 전에도 도망칠 수가 있었지만 참았지."

곡반호의 말에 아룡은 전신을 미미하게 떨었으며 종우루도 입술을 깨물었다.

"이럴 수가… 분명 제압했거늘……."

자신이 직접 혈도를 눌러 제압한 곡반호가 너무 쉽게 움직이자 아룡이 믿을 수 없다는 표정으로 중얼거렸다. 주변 공기가 무겁게 변할 때 자심연의 목소리가 울렸다.

"그래서 그들을 죽였다고?"

자심연의 낮은 목소리에 곡반호는 곧 정색하며 그녀를 쳐다보았다.

"그렇습니다. 그 죄책감 때문에 성에 돌아올 수가 없었고 지난 세월 동안 숨어 살았습니다."

"그러니까 너는 아림과 종무옥이 자월과 이추결을 죽여달라고 하자 그들을 죽이고 숨었다는 말이냐?"

"그렇습니다."

곡반호의 대답에 자선원이 물었다.

"진정 그 말이 사실이렷다?"

"거짓은 없습니다."

곡반호가 담담히 대답하자 아룡의 옆으로 장로인 아가정이 한 걸음 나섰다. 하지만 아가정은 입을 열지 않은 채 그저 곡반호만 쳐다볼 뿐이었다. 아룡이 살기 어린 목소리로 물었다.

"증거는… 증거가 있느냐? 증거도 없이 헛소리를 하지는 않을 것이 아니냐!"

아룡의 목소리가 미미하게 떨고 있었다. 그러자 곡반호가 망설이지 않고 말했다.

"오늘 아침 궁주님 앞으로 자색 상자 하나를 서문각으로 보냈지."

그 말에 모두의 시선이 서문각주인 윤청에게 향했다. 자심연이 말했다.

"윤청은 가서 가지고 오너라."

"예, 성주님."

윤청이 재빠르게 대답하며 밖으로 나갔다. 다시 한 번 웅성거리는 소리가 뇌옥 안에 울렸고, 그 웅성거림을 틈타 뒤에 서 있던 손수수가 조용히 밖으로 빠져나갔다.

방 안에 앉아 있던 운소명은 성에 무슨 일이 생겼다는 것을 알 수 있었다. 이른 아침부터 시끄러운 소음과 많은 무사들의 발소리가 멀리서 들려왔기 때문이다. 거기다 시비들의 모습도 보이지 않았다.

"큰 문제라도 터진 건가……?"

운소명은 가만히 중얼거리며 마당에 나와 섰다. 그리곤 잘 꾸며진 정원을 걸으며 앞으로 어떻게 해야 할지를 고민하기 시작했다.

'내가 그들의 아들이라고? 후후. 나도 안 믿는 것을 그들은 믿다니… 우습군.'

자신도 모르게 쓰게 웃으며 고개를 저었다.

저벅! 저벅!

발소리가 들리자 운소명은 고개를 들었다. 얼마 떨어지지 않은 곳에 손수수가 검은 머리카락을 휘날리며 걸어오고 있

검을 든 손님

었다. 그녀의 모습에 운소명은 걸음을 멈추고 다가오는 손수수를 가만히 쳐다보았다.

"놀랍군."

다가온 손수수가 걸음을 멈추고 가장 먼저 한 말이었다. 그리고 그녀가 왜 놀랍다고 한 것인지 운소명은 잘 알고 있었다. 그 말에 운소명은 고개를 저었다.

"나도 놀라울 뿐이야."

"믿을 수가 없어."

"나도 그래."

"그런 네가 실제로는 우리완 양립할 수 없는 존재라는 것도."

손수수의 말에 운소명은 선선히 고개를 끄덕였다.

"과거는 그렇지."

운소명도 알고 있다는 표정으로 말하자 손수수가 조금 경직된 표정으로 갑작스럽게 운소명의 손을 잡았다. 그 행동에 운소명은 눈을 크게 떴다.

"왜……?"

"나가자."

손수수의 말에 운소명은 무슨 뜻인지 몰라 그녀를 쳐다보았다. 그러자 손수수가 다시 말했다.

"여긴 위험해. 그리고 나도 함께 갈 테니까 나가자. 우리 둘이 떠나는 거야."

손수수의 말에 운소명은 그녀를 가만히 쳐다보았다. 왜 갑작스럽게 이런 말을 하는지 그 이유를 알고 싶었기 때문이다.
"무슨 일 있어?"
운소명의 물음에 손수수는 고개를 끄덕이며 말했다.
"오늘 아침에 아림과 종무옥이 죽었어."
"……!"
순간 운소명의 눈동자가 굳어졌으며 그의 눈빛이 차갑게 변하였다. 손수수가 계속 말했다.
"그 흉수는 곡반호로, 원주님의 숙부야."
"그거 큰일이군. 원주도 성주 후보에서 내려앉을 수가 있겠는걸."
"그럴지도 모르지. 하지만 성주 후보에서 내려앉지는 않을 것 같아. 곡반호는 곡씨이긴 하나 제명된 사람이니까. 곡가에선 모르는 사람이라고 할 게 뻔하거든. 그렇다고 곡가에서 책임을 회피하려 하지는 않겠지. 어느 정도 제재를 당할지는 몰라도 원주님이 성주 후보에서 떨어지지는 않을 거야. 왜냐하면 후보가 이제는 두 명 남았으니까. 원주님이 떨어지면 경쟁 상대가 없는 묵선혜가 홀로 백화관에 들어가는데, 홀로 들어갈 거면 백화관이 있을 이유가 없지. 전통에 어긋나는 일이기 때문에 절대 장로원에서 가만히 있지 않을 거야."
손수수의 말에 운소명은 대충 이해한다는 표정으로 고개를 끄덕였다. 백화관에 후보들이 들어가 마지막까지 남은 한 사람이 성주가 되는 것은 백화성의 전통이고, 그런 경쟁을 통해 뛰어난 성주가 대를 이었다. 지금까지 한 명이 후계자가 되어 성주가 된 일은 없었다.

"그런데 그 일과 우리는 아무런 관계가 없는데 왜 도망치려는 건데?"

운소명의 물음에 손수수는 입술을 깨물며 말했다.

"곡반호가 그러더군, 이십 년 전 자기가 자월과 이추결을 죽였다고."

"……!"

운소명의 눈동자가 부릅떠졌다. 곧 그는 조금 어이없다는 표정으로 손수수를 쳐다보았다. 손수수가 다시 말했다.

"너무 많은 일이 갑작스럽게 일어나서 조금 혼란스러워. 거기다 네 주변에서 위험한 냄새가 나. 그냥 떠나자. 그게 좋을 것 같아."

손수수의 말에 운소명은 가만히 굳은 표정을 보이더니 이내 가볍게 웃기 시작했다.

"하하하! 재미있군, 재미있어."

"……?"

운소명이 웃으면서 얼굴을 손으로 가렸다. 그 모습에 손수수가 경직된 표정으로 쳐다보았다. 그러자 손을 내린 운소명은 날카로운 눈빛으로 미소를 보이며 말했다.

"너무 재미있지 않아? 곡반호는 내 아버지와 어머니를 죽인 원수인데, 곡비연의 숙부라……. 그런데 나는 우습게도 곡비연의 아버지를 죽인 원수이지 않은가? 후후후! 안 그래? 우습지 않아?'

운소명은 낮게 중얼거리며 웃다 이내 정색하며 다시 말했다.

"이제 보니 곡 원주에게 미안한 마음을 가질 필요가 없었던 거네. 지금까지 너무 미안해서… 어떻게 해서라도 돕고 싶은 마음뿐이었는데. 후후."

운소명은 고개를 저으며 곧 짧게 숨을 내쉬곤 다시 말했다.

"그런데 마치 남의 일 같아. 부모의 얼굴도 모르고, 사실… 그들이 내 부모라고 생각하지도 않아. 그래서 그런지 별다른 감정이 없네."

운소명의 말에 손수수가 그의 손을 굳게 잡았다. 운소명은 문득 손수수의 손이 뜨겁다는 생각을 했다.

『홍천』 제8권에 계속…

저작권 보호!!
장르문학의 성장에 힘이 되어주십시오.

저작물의 무단 전재와 복제, 불법 다운로드!
이것은 관심이 아니라 무관심입니다!

작가님들은 창의적 열정과 시간을 투자해 자신의 꿈과 생계를 유지합니다.
한 권의 책을 만들어 많은 사람들은 자신의 인생과 미래를 설계합니다.

저작물 속에는 여러 사람의 노력과 희망이 담겨 있습니다!

저작물의 무단 전재와 복제, 불법 다운로드는 여러 사람들의 꿈과 생계를
위협함으로써 장르문학을 심각한 상황에 빠뜨리고 있습니다.

이제는 무관심이 아니라 관심으로 장르문학의 성장에 힘이 되어주세요.

[도서출판 **청어람**은 항시적인 저작권 보호를 통해 장르문학과
여러분의 희망을 지키겠습니다.]

저작물의 무단 전재와 복제, 불법 다운로드는 법률에 의해 처벌받을 수 있습니다.
저작권법 제97조의5 (권리의 침해죄)
저작재산권 그 밖의 이 법에 의하여 보호되는 재산적 권리(제73조의 4의 규정에 의한 권리를
제외한다)를 복제 · 공연 · 방송 · 전시 · 전송 · 배포 · 2차적 저작물 작성의 방법으로 침해한
자는 5년 이하의 징역 또는 5천만 원 이하의 벌금에 처하거나 이를 병과(동시에 두 가지 이상의
형벌을 지우는 일)할 수 있다.

무림군자

장진영 新무협 판타지 소설

무림은 그를 영웅이라 불렀고,
그는 자신을 소인이라 칭했다

"사람이 가져야 할 것 중 가장 기본은 인의(人義). 자신이 정한 바를 흔들림없이 나아가는
것이 바로 군자의 도(道)다."

얽히고설킨 그들의 인연에 의해 시간의 수레바퀴가 돌아가고,
숨죽였던 무림이 풍룡과 함께 웅대한 날개를 펼친다!!

유행이 아닌 자유추구 -
WWW.chungeoram.com
Book Publishing CHUNGEORAM

검의 길을 걷길 원했지만, 태생적인 한계로
꿈을 접어야 했던 치유사 랑스.
그러나 결코 접을 수 없었던 지고(至高)의 꿈을 위해,
자신이 가진 모든 재능을 이용해 최강의 적과 맞서 싸운다!

총탄과 포탄과 마법이 난무하는 전장의 한복판을 지배하는 최강의 전력 기사!
그런 기사에 맞서기 위해, 랑스는 금지된 힘에 손을 대고야 마는데…….

과학과 문명이 발달된 새로운 판타지의 전쟁!

THE PANDORA COMPANY
PANDORA
판도라

류승현 퓨전 판타지 소설

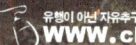
유행이 아닌 자유추구 -
WWW.chungeoram.com
Book Publishing CHUNGEORAM

제국 帝國
무산전기

허담 新무협 판타지 소설

신황 단목천의 전무후무한 무림제국이 홀연히 붕괴한 후 삼백 년,
강호의 혼란을 종식시키고자 새롭게 등장한 무산(武山) 천의맹!
그 천의맹에 대변혁의 바람이 분다.

신황 단목천의 영광을 재현하려는 무림의 영웅들!
과연 새로운 무림제국은 다시 탄생할 수 있을 것인가?

그 혼란의 폭풍 속으로 독각수 적풍이 걸어 들어간다.
적풍과 함께 떠나는
파란만장한 강호의 대서사시!

WWW.chungeoram.com
Book Publishing CHUNGEORAM